攀龍不如當高枝

1

小粽 著

風文創 1276

目錄

序文

小粽

提筆作序，腦中回想起的是創作這本書的心路歷程。

起初想法很簡單，只想寫一本姊妹倆的歡喜日常。重生的姊姊、穿越的妹妹，還有陪伴在身邊的丫鬟們，或伶俐、或潑辣、或聰穎……想寫古代背景下的女子群像。

立意簡單，動筆時，人物卻彷彿有了生命。

姊姊告訴我，她不想再如上輩子那樣成為鎖在後宅的大雁，她應該是翱翔在天空的鷹，她想用自身的聰明和睿智，為女性開闢新的路。

妹妹告訴我，穿越女生來就擁有超脫時代的思想，她想告訴身邊的女孩們，勇敢堅定自己的信念。

丫鬟紅菱說，老天賜我奴才命，我偏偏不認。

丫鬟碧兒說，她見過了人生的更多可能，不想再回到原點。

趙鴛說，雖身入淤泥，卻嚮往高潔。只要想從頭來過，什麼時候都不晚。

「反派」姑母曲雁華說，她揹負著所謂反派的標籤，胸有城府卻自私自利，她渴望權力不惜犧牲真心。也許吧，就當她是徹頭徹尾的反派，總之她終究會像男人一樣去爭奪權力。

創作過程中，略略回憶，就有無數張女子的面孔在我腦海中閃過。哪怕只有驚鴻一瞥，卻足以令我銘記。

若要用一句話概括，我想起在文中引用的前人詩句：**紅妝亦有凌雲志，飲將鮮血代胭脂。**

我所創造的女孩們在另一個世界堅韌而勇敢地活著，她們壯志凌雲，齊心協力開闢出一條嶄新的、屬於女子的坦途。

除卻著重描繪的事業線，關於感情線，我著墨不多，但並非不重視。情感總是與願景雜糅在一起才難捨難分，兩位男主不僅是姊妹倆的伴侶，也是戰友與朋友。

袁兆光風霽月，與清懿的感情卻是蘭因絮果，輾轉兩世才求得善終。

文中我寫袁兆是「已識乾坤大，猶憐草木青」，用這句話形容他，再合適不過。清懿愛他的仁義與風流外表下的慈悲。二人的情感，是相知相遇，相離相別，最終卻又惺惺相惜。

晏徽雲是鮮衣怒馬少年郎，寫他與妹妹的片段，是我最開心的時刻。少年、少女的春心萌動和相處日常，應該是這篇文裡亮眼的色彩。

寫下這篇序，我又重溫了過往的創作歷程，筆下的那些友情、愛情、親情，會永遠在書中熠熠生輝。衷心祝願各位讀者，平安健康快樂！也願這本書可以帶給各位上佳的閱讀感受！

第一章

細雨紛飛，梅顫枝頭，早春薄寒沁人肌骨。

天剛朦朦亮，東胡同巷的曲侍郎府便忙開了。健碩的僕婦來來往往地搬運著物件，幾個剛留頭的丫鬟跟在領頭的劉嬤嬤身後聽訓。

「如今進了府裡，便與外頭不同，那些個市井脾性不可帶來家裡，教與妳們的規矩可都記著了？」劉嬤嬤身材高大，嗓門也格外洪亮，因是太太身邊的老人，頗有幾分體面，面對這幾個剛從人牙子手裡買回來的小丫鬟，自然擺起了主子的款。

「記著了，劉嬤嬤。」

大點的丫鬟才七、八歲，小點的約莫五歲，學著大人的樣子低眉屈膝回話，聲音稚嫩，砭骨的寒風吹得幾個穿著單薄的小孩直發抖。一個小的沒忍住打了個噴嚏，劉嬤嬤回頭狠狠瞪了她一眼，丫鬟登時一瑟縮，不知是凍的還是被嚇的。

「劉嬤嬤，快些讓她們進來吧，姐兒們不知何時到，屋子還得使人來布置呢。」

只見屋內一個穿著煙青色襖裙，面容齊整的大丫鬟打起簾子，探出身望向這邊。

劉嬤嬤的話頭被打斷，暗瞪了那人一眼，皮笑肉不笑地道：「碧姑娘好派頭，我這老人家話還沒說上兩句，妳卻心疼人了，才第一天便真拿自己是這院裡的人，擺起了一等的譜，我這老人家比不得姑娘好本事，前頭伺候大少爺，後腳又攀上嫡親姐兒的高枝，真是好去處啊。」

劉嬤嬤帶來的僕婦慣是會幫腔的老油條，聽她陰陽怪氣的一通搶白，尤其最後那句諷刺意味濃厚的「好去處」，自然都嗤笑出聲。

主子們不在，這群倚老賣老的僕婦都是敢碎嘴的。

「劉嬤嬤，可不敢得罪了姑娘，人家伺候的是府上真正的兩個大小姐，一會兒便來為她撐腰……」有人語調油滑地調笑，料定了年輕姑娘臉皮薄，不敢回嘴。

可話音剛落，這僕婦便被一盆涼水潑了滿頭滿臉，驚得她將剩下的話都噎回了肚子裡。

「嘴裡嚼蛆的老貨！有這膽子便等主子到了再去她們面前說！」一個穿著藕粉色夾襖裙的年輕丫鬟猛地掀開簾子，手裡端著倒完涼水的銅盆，雙頰微紅，柳眉倒豎，顯然氣極了。

紅菱在裡間聽劉嬤嬤說話時便已經忍不住。碧兒是個好性子，她可不是！

舉凡高門府邸，下人們也分三六九等，她與碧兒原先是大少爺院裡的人，眼看就要升一等女使，卻不知是哪個在背後嚼舌根，說她二人生得嫵媚，有旁的心思，太太竟把她二人打發出去，調來新置的流風院。

雖都是伺候人，但也有伺候人的學問。

第一等自然是去老爺、少爺身邊，若是被收用了，便一步登天；二等是伺候太太，主子管家，下人也有了幾分體面。

末等是伺候年紀小的姐兒，主子都得在太太手底下過日子，丫鬟還能好到哪裡去？運氣好，伺候了太太肚子裡生出的嫡女，將來指一樁好婚事，陪嫁出去倒也不算難熬。

紅菱、碧兒二人卻屬實倒楣，如今伺候這流風院裡的兩個姐兒，是曲老爺的原配夫人阮氏所出，自小養在潯陽外祖家，直到今日才回京。

大的十三歲，小的七歲，雖說是嫡女，卻沒托生在繼室太太的肚子裡，又在鄉下荒廢到如今這個年紀，高門貴女當學的功課一樣也沒學到，進了府也是要任人搓揉的。

更何況紅菱、碧兒這樣的下人，伺候這等主子，去灶上要些吃食都得賠笑臉，更別想以後有什麼臉面。

碧兒正是明白這個道理，忙將紅菱拉進來，低聲勸道：「好妹妹，她要耍威風便讓她耍，何苦與那老貨計較，且忍一忍，等主子姐兒來了再說。若姐兒是個有氣性的，不消咱們說，自然能擺出主子的譜來治這群奴才；若是個軟和的，咱們就更不能使性子，往後要受的氣多著呢。」

碧兒的話紅菱何嘗不明白？她到底是有幾分委屈和不甘，前日還是大少爺身邊的一等丫鬟，哪個不對她奉承一句「紅菱姊姊」，如今可好，粗使老婦都敢來調笑她！

外頭被潑了冷水的僕婦罵罵咧咧了幾句，到底畏懼紅菱從前的威名，不敢多言，畏縮著走了。

劉嬤嬤冷笑一聲，也不與紅菱說道，只管教訓面前幾個小丫鬟，嗓門大且尖利。

「妳們這些小蹄子把耳朵都掏乾淨聽好了，做下人蠢笨些不打緊，卻不許仗著幾分顏色，使那狐媚子手段，太太要是知道了，打殺了用一捆草蓆扔出去都算輕的！」

屋內的紅菱聽見她的暗諷，熱血直沖腦門，來不及找稱手的傢伙，隨手抄起一把掃帚便打了出去，嘴裡一邊罵道：「妳個老不死的賊婦！」

碧兒急急去攔，卻沒攔住。那掃帚正好打在劉嬤嬤的頭臉上，蓋了她一臉的灰塵。

「不知斤兩的賤蹄子！我撕了妳的臉！」劉嬤嬤又豈是好相與的，立刻便扯住紅菱的頭髮，兩個人打了起來。

「別打了！別打了！」

碧兒心急如焚，上前勸架還平白挨了兩下暗拳，小丫鬟們少不經事，嚇得躲在一旁抹眼淚，老僕婦們則樂得看戲。

碧兒又氣又急，指著老僕婦們怒道：「還不快來拉開她們！今兒是什麼日子？姐兒們眼看就要到了，妳們這群死貨，再不管，若鬧到太太那兒去，我要狠狠告妳們一狀，讓妳們吃一頓板子！」

老僕婦們這才怕了，上前將二人拉開，止住這場官司。

劉嬤嬤膀大腰圓，兩個僕婦使力才拉住，嘴裡仍不乾不淨，口沫橫飛。紅菱被激得臉色脹紅，掙開碧兒的手又要撲上去。

眼看又要打起來，門外飛奔進來一個小廝，慌腳雞似的報信。「姑娘要到了！車在正陽街，一刻鐘便要到了！張嬤嬤迎客去了，打發我來叫姊姊們快些布置好屋子，再去太太那兒回話！」

聞言，眾人不敢再鬧騰，各自散開做事。

那小廝把話帶到，便麻利地轉頭跑開。他還要去回張嬤嬤的話，要是腳程快，說不定能見到兩個姐兒的臉呢！

正陽街的府邸是一水兒的京官，各自宅邸相連，同朝為官，彼此知根知底，倒也不好擺闊，於是各家門前都立著兩頭石獅子，不顯得哪家更富貴。

侍郎府一眾僕婦立在石獅子前，張望著街口，領頭的是曲侍郎繼室夫人陳氏的奶嬤嬤，統管著府中的丫鬟、婆子，十分潑辣厲害，底下人都喊她張嬤嬤。

跑腿小廝緊趕慢趕，跑得氣喘吁吁，張嬤嬤皺眉瞥了他一眼，他立時不敢喘大了聲音，緩了好一會兒才上前回話。

等到將那院裡的情形說完，張嬤嬤冷哼一聲，語帶嫌棄。「劉福家的越發不成器了，跟個丫鬟也能吵嘴。那院子可布置好了？缺了什麼及時報上來，快快添上。」

小廝道：「剛剛看約莫是齊整的。」

張嬤嬤點頭，又旁敲側擊地提點眾人道：「都是老人了，不必我囉嗦。等姐兒們來了，面上都恭敬些，心裡想什麼我不管，但若是誰明面上的事做不好，掃了太太的臉，我必要重罰。」

京中官眷甚多，誰家有風吹草動，不消一個時辰，街頭巷尾都能傳遍了。侍郎府這陣仗自然也落在別人眼裡，隔壁有好事的門房家僕早已打聽清楚來龍去脈。

堂堂吏部右侍郎府原配夫人所出的兩個嫡女，竟養在外祖家，繼室夫人所生的孩子和一眾庶子、庶女倒悉心帶在身邊。嘖嘖，如此顛倒倫常，怪不得如今擺出這般陣仗，不過是怕落得個繼母苛待繼女的名聲。

等了半刻鐘，只見兩頂烏青軟轎轉過街角，後面綿延十數輛馬車，七、八個丫鬟和婆子隨侍而來。

張嬤嬤定睛瞧了瞧，認出那轎伕和幾個婆子是自家派去的，這才確信是接到人了。只是，她打發了兩輛馬車去，打算一輛坐人，一輛馱行李，怎的多出這一長串，還有幾個丫鬟都是生面孔。

張嬤嬤心下納罕，臉上卻立刻堆著笑意迎上前。

「姑娘們可算是到了，全家日盼夜盼地等著妳們呢，太太特意差我在這裡候著，生怕丫鬟、小廝怠慢了姑娘！」她笑著說完，立刻又換了張臉，向下人們斥道：「小廝們趕緊把東西卸了，馬也拉去馬廄；丫鬟們把箱籠都歸置好，少了一件就小心妳們的皮！」

那邊軟轎剛落地，這邊的話就像連珠炮似的轟轟而來，沒等丫鬟、小廝們上前，就聽轎內傳來一道溫軟的聲音。

「有勞嬤嬤了。」她又喚道：「翠煙，彩袖。」

隨侍在轎側的兩個丫鬟上前一左一右撩開轎簾。

饒是張嬤嬤見慣了高門貴女，也不由得一驚，更遑論沒見過世面的丫鬟、小廝，這道姝麗的身影簡直讓人移不開眼。十三、四歲的年紀，身形纖細窈窕，蜜合色的對襟襖裙掐出纖不盈握的腰身，面孔雖稚嫩，卻已顯露美人相，是極出挑的面容。

張嬤嬤諂笑道：「姐兒真是天仙下凡。休要勞累了姑娘帶來的人，倒叫小蹄子們躲了懶。」說著便打發了幾個婆子去收拾後面十數輛車的行李。

「多謝嬤嬤。不過……」穿青白色夾襖的丫鬟翠煙不慌不忙地拿出一本冊子，施施然攔住了那要拿箱子的婆子。「姐兒的外祖母阮家老祖宗疼孫女，行李也就多帶了些，怕路上若丟個一件、兩件的鬧得不好看，便造了冊子叫我帶來，日後回潯陽我可是要回話的。」

張嬤嬤目光閃爍片刻，心思急轉，又掛上一張笑臉道：「是，是這個道理。」她又轉頭喝道：「都聽翠煙姑娘的，讓她仔細對了再入庫！」

翠煙略福身，便跟著婆子們走了。

眾人各自忙活，視線卻不約而同地悄悄落在那小主子身上，見她不急著走，側頭問那個叫彩袖的丫鬟。「椒椒睡著了？」

彩袖笑道：「離開碼頭沒多少工夫就睡了，墊了軟褥子、軟枕，姑娘放心。」

說話的工夫，後頭那個轎子傳來響動，一個雪團子似的女娃娃像是被吵醒，自己掀開轎簾走了出來。她揉著惺忪的睡眼，還仰頭打了個哈欠，大眼睛泛起水霧，白嫩的小臉上還殘留著睡出的紅印子，眼皮一眨一眨，也不理旁人，逕自走到姊姊的身邊。

曲府內院廣闊，姊妹二人進門後又坐上一頂軟轎，從西角門進，走半刻鐘到了一處垂花門方才停下。

雖是睡了一路，睡眠質量卻不算好，因此小孩有些懨懨。

曲清殊這具身體才七歲，正是需要睡眠的年紀。她穿到了武朝已有六年，唯有晨昏定省、早睡早起這個規矩怎麼也適應不了；好在姊姊曲清懿疼她，時時縱容她睡到日上三竿，不然這日子是一天也過不下去。

「椒椒，昨兒我教妳的還記得嗎？」曲清懿牽著曲清殊下了轎，一面低聲問。

「嗯！我記得。」

自然記得。如何面對便宜爹媽，如何行禮問安，如何應對各種盤問……

清殊像上了考前衝刺班，姊姊就是魔鬼教師。也不怪她長這麼大卻什麼都不知道，剛穿來時，清殊以為自己和其他被命運選中的穿越者一樣擁有改變世界的使命，最後發現自己只是個牙牙學語的一歲小屁孩，一睜眼就是吃喝拉撒睡。

起初是聽不懂這些人說話，她只能無聊得啃腳趾，啃了一年多才略略聽懂，能說幾句。周圍的人「姐兒、姐兒」的叫，她以為自己就叫「椒」，直到三歲時姊姊教她認字，這才曉得自己姓甚名誰，「椒椒」這個小名也是那時留下的。

古代女子的訊息渠道很窄，她又小，只能從旁人的隻言片語裡知道有個便宜爹在京城做官，她原想著老爹可能是個基層公務員，沒時間帶孩子才讓她倆成為留守兒童，卻沒想到這傢伙是個頗有臉面的正四品大員！純粹是缺乏責任心的極品渣男。

清殊倒罷了，她上輩子就是孤兒，無父無母，自然也沒有對父愛、母愛的渴望；只是可憐她的姊姊清懿……母親去世沒多久，父親就扶正妾室，留下嗷嗷待哺的妹妹，真正的妹妹一歲多也沒了，裡頭的芯子換成了她。

原以為要在潯陽老家快活過一輩子，沒想到突然要進京。

清殊悲傷地想，使命終於來了，開啟宅鬥副本！可惜上輩子看的宅鬥文都忘光了，現在只學會了如何當一個合格的廢物。

清姝乖乖地拉著清懿的手，扮演合格廢物，一路上穿過抄手遊廊、一處會客的前廳，才到了正房大院裡。

張嬤嬤當先打起簾子朝屋內道：「大姑娘和四姑娘到了！」

姊妹二人方進入屋內，只見一眾青衣丫鬟簇擁著一個衣著素淨，體態富貴的婦人迎了上來，二人心下便知這就是夫人陳氏。

清懿帶著清姝福身行禮。「請父親、母親安。」聲音一溫軟，一童稚。

滿室的目光都聚集在二人身上。

「我的兒，路上耽擱這許久，可叫我與妳爹好等。」陳氏話未說完淚卻含在眼眶，她拉過清懿細細地看，摩挲著她的臉，嘖嘖讚嘆。「老爺您瞧，懿丫頭和阮家姊姊真是一個模子刻出來的好相貌。」

陳氏將清懿拉到軟榻上坐著，輕拍她的手道：「好姑娘，與妳父親好生說說話，他心裡頭是念著妳的。」清姝想挨著姊姊坐，卻被陳氏抱著摟在懷裡，憐愛地捏捏她的臉蛋。「這是姝兒？真是個可人疼的好孩子，一路累壞了吧？咱們吃點糕墊墊肚子。」陳氏哄她吃點心，又細細問她讀了什麼書、愛吃什麼、穿什麼，一併叫丫鬟記下來。

左側榻上坐著的儒雅中年男子，便是吏部右侍郎曲元德，他略略打量了許久未見的女兒幾眼，問道：「路上顛簸這許久，可還適應？」

清懿頷首道：「謝父親垂問，女兒們一切都好。」

「妳外祖身子還康健？」

「外祖常有咳疾，這幾年須得時時用藥調理著。」

「妳娘的墓還是妳乳母在照料嗎？」

清懿眸光微斂，低聲道：「確實是林嬤嬤在照看著。」

曲元德是不經意問的，愣怔一會兒，應了一聲便又問起幾個舅舅的境況，清懿一一答了。他又看向依偎在陳氏懷裡的小孩——那孩子眼睛大而明亮，雖乖乖吃著陳氏餵的糕，卻時刻看著自己的姊姊。他目光凝住片刻，方才露出一絲笑道：「這是殊兒，當初那麼小小一團，如今已這麼大了。」

清懿順著他的目光看向妹妹，神色柔和了許多，不自覺笑道：「妹妹能吃能睡，是個很好養的孩子。」

「這便好。」曲元德點頭。「以後妳姊妹二人就在府裡安心住著，京裡不比潯陽，該學的規矩不能落下；吃穿用度不必拘著銀錢，向妳母親要便是，原先在家裡妳也是叫過她姨娘的，她是個直爽性子，妳不必怕她。」

阮氏在時，陳氏還是妾室，後來才扶正做了夫人。

提及此事，陳氏神色僵硬片刻，強笑道：「是呢，妳們如從我肚子裡生出的肉一樣，把我當親娘就是再好不過了。」

第二章

曲元德又略坐了會兒便推說有公務，往衙門去了。

他一走，陳氏便將清殊放了下來，安坐在清懿身側，臉上的笑意也收斂了些，擺出一張苦相，眼淚盈在眼眶裡。

「原不該提傷心的事，只是一想起我那苦命的阮家姊姊，便覺得對不起妳們兩個好孩子。我雖被喚做夫人，可到底是後頭扶正的，在老爺面前也說不上幾句話。」陳氏的眼淚應聲流下。

張嬤嬤趕忙遞上帕子，一面嘆道：「太太是個菩薩心腸的人，常常掛記兩位姐兒，她又是個體弱的，想起這樁事便哭，如今更是落下了病根，還請兩位姐兒多體恤些才是。」

清懿低聲道：「自然體諒母親。」

陳氏適時咳嗽兩聲，淚光盈盈，拉過清懿的手。「好孩子，妳如今大了，我便也好將家中事說與妳聽，咱家雖有妳父親和哥哥不大不小兩個官，但妳卻不知過日子的艱難。京裡高門甚多，妳又有幾個弟弟、妹妹，吃的、用的不能丟了臉面，都得嬌養著，家中靠田鋪子收租與妳父兄那點俸祿也只能勉強過活。」

張嬤嬤嘆了口氣，頗有些怨怪地道：「太太從娘家填補了好些呢。」

「胡咧咧什麼?!」陳氏神情一肅，叱道：「主持中饋合該是我分內的事！」

「是。」張嬤嬤立時收斂神色，不敢多言。

「如今家裡光景好些，我便央著妳爹將妳二人接來，只是到底耽誤了妳許久，我這心裡油鍋煎了似的難受。」陳氏說著說著就摟過清懿大哭了起來。「好孩子，妳若怪我便打我罵我就是，只是別將怨氣堵在心裡傷了身。」

「母親有苦衷，女兒不怨怪。」清懿柔聲道，她又輕拍陳氏的肩膀，安慰許久，這才被鬆開。

「好孩子，好孩子。」

清殊歪靠在姊姊身邊，偷偷打量著陳氏——她一身素雅，不飾金銀，然而抬手拭淚時，袖子滑落露出一截手腕，腕上有一只晶瑩剔透的玻璃種滿綠翡翠鐲子。她前世認得這品種的鐲子，價值不菲，就是放在古代，想必也不是她口中「勉強過活」的人家能戴的。

又看了看陳氏哭了許久卻依然精緻的妝容，便知她是光打雷、不下雨，戲臺子還沒搭好就唱起戲。

清殊怕姊姊不明內情，真信了這人的鬼話，便悄悄撓了撓清懿的手心。那大些的手回握住小手，捏了捏，是叫她放心的意思。

清殊心下稍定，又抬頭看看姊姊，見清懿半垂著頭，依舊是一副溫順的模樣，只有清殊的視角裡能清楚瞧見她眼底漠然而冷靜的神情。

姊妹倆都安靜坐著，不作聲。陳氏乾嚎了一會兒也覺得沒趣，便止住哭聲。戲演完了自然就散場，她又拉著姊妹二人說了些場面話，末了才道：「妳哥哥現下在揚州出差，過些時日才回，妳院子已派人收拾好了，去見見其他兄弟姊妹吧。」

姊妹二人這才從祿安堂脫身，前往自己的院子。

目送姊妹倆離去，陳氏屏退左右，這才悠然坐回榻上，抿了一口茶，抬了抬下巴。「說吧，這丫頭帶了多少好東西來？」

張嬤嬤躊躇片刻，面露難色道：「回太太的話，那些值錢物件全都登記造冊了，被那個大丫鬟翠煙收走了，說是日後要去潯陽回老祖宗話的。」

陳氏挑眉，思索片刻道：「阮家到底是潯陽巨富，有幾分家底，想必是老太太不放心外孫女，防著咱們呢。」

張嬤嬤道：「先夫人阮氏也是個會算計的。」

「他們阮家的女人都厲害，可再厲害也抵不過命短，不急在這片刻。」陳氏哼笑一聲，眸中閃過狠戾。「兩個小丫頭如今都在我手裡呢，任憑什麼好東西，日子久了還不是要乖乖拿與我。」

張嬤嬤掃了眼陳氏露在外頭的鐲子，欲言又止。

陳氏眼風一掃。「吞吞吐吐做甚，嬤嬤只管說便是。」

張嬤嬤頷首。「懿姐兒到底是懂事了，太太戴了這好東西，唬不過去可怎生是好？」

陳氏順著她的目光看向腕間，那鐲子成色極好，不是凡品，是端陽長公主從宮裡得來的寶貝。她一介四品官的繼室夫人，自然沒那本事擠進侯爵勛貴的圈子獲得這恩賞，原本是公主送給曲家那位嫁入平國公府的小姑子的表禮，恰好小姑子有事求到娘家來，她這大嫂才得了這鐲子。

那眼高於頂的小姑子從來都瞧不上她這妾室扶正的太太，開口閉口就是先夫人阮氏，好在她娘家兄弟爭氣，做生意走了大運，賺了份豐厚的家底，又恰好幫得上小姑子的忙，陳氏這才摸著高門貴婦圈的門，腰桿子硬了些。

陳氏因這鐲子，暢快了一段時日，那些官夫人也不敢再瞧不起她，總算把她看作正經嫡妻了。這鐲子本就是她的愛物，連睡覺都不離身，沒承想，她卸了釵環，一時大意，卻未卸這鐲子，到底是不美。

「嬤嬤說得是，是我想差了。」陳氏遲疑了片刻便摘了鐲子，想了想，還是捨不得，復又戴上，開口道：「不過，也不必這般周全，一個小姑娘家，不會有那識貨的利眼與見識。」

陳氏是個主意大的。張嬤嬤神色躊躇，到底是沒說話了。

清懿、清殊二人跟著丫鬟、婆子去了流風院。一眼望過去，院子處處精緻，花廊亭臺，假山綠植，無不齊全。

候在院裡的婦人身材壯碩，自稱劉嬤嬤，不知怎的眼圈烏了一塊，此刻正諂笑著在前邊引路。「知道姐兒們要來，咱們府裡過年似的熱鬧，太太挑了最好的院子給您二位，吩咐我們要將這院子打點得連公主都住得。」

清懿微笑道：「有勞嬤嬤。」

清殊一面跟著走，一面留心細看這「公主都住得」的院子，一則，遊廊兩側雖花朵爭妍，品類卻隨處可見，並不多稀奇，只堆砌個花團錦簇的樣子罷了；二則，這院子座南朝北，冬冷夏熱，是個受苦的好住處。

還讓公主住呢，公主聽了定要搧妳嘴巴。

正是倒春寒的時節，穿堂涼風吹過，清殊沒忍住打了個寒顫。旋即，一件厚絨雪貂毛小披風蓋了下來，將她嚴嚴實實裹住，周身登時暖洋洋的。

「昨兒怕熱，今兒怕冷。」清懿低聲打趣道。

清殊抬頭，姊妹倆相視一笑。

正院裡，四個年歲不一的少爺、小姐和一眾丫鬟、婆子已候在屋裡。

曲家上下總共七個孩子，嫡長子曲思行與清懿、清殊皆是先夫人阮氏所出。而後行二的曲思珩是三姨娘邱氏所出庶子；行三的曲思閩是陳氏扶正後所出嫡次子。女孩子裡清懿與清殊一頭一尾，姊姊是嫡長女，妹妹是老么；行二的曲清蘭是四姨娘所出的庶女，行三的曲清芷是陳氏為二姨娘時所出庶女，如今也能叫嫡女。

曲思珩今年已有十五歲，是個半大的少年了，很有幾分做哥哥的樣子，正領著弟弟、妹妹規規矩矩地等候。兩個女孩子能安安靜靜坐著，但將滿六歲的曲思閩年紀小，愛鬧騰，一疊聲地問姊姊來了嗎？

曲思珩道：「就快了。」

他雖面上冷靜，心裡卻難免好奇，上一次見到她二人還是六年前的事了，當時一個正好是閩哥兒現下的年紀，一個路還走不穩，也不知如今是個什麼模樣？

半炷香的工夫，有動靜傳來。

「大姑娘和四姑娘到了。」外頭有人叫道。

「來了來了，終於來了！」

閩哥兒雀躍不已，兩個女孩也按耐不住，紛紛探身往門外看去。

在屋裡伺候的碧兒上前打起簾子，待姊妹二人身影映入眼簾，眾人只覺眼前一亮。那一大一小兩個姑娘玉人兒似的標致，襯得滿室亮堂的屋子都暗淡了。

雖知道阮氏夫人長得好，女兒也不會遜色，只是沒想到竟出落得如此亭亭玉立，那小的也十分粉裝玉琢。

曲思珩愣怔了一瞬，便回過神拱手見禮。「妹妹們遠道而來，舟車勞頓，實在辛苦。」

劉嬤嬤指著他笑道：「這是妳們珩二哥哥。」

清懿、清殊亦福身回禮。「珩二哥哥。」

曲思珩到底是男孩子，年歲漸長，不宜久留，略寒暄幾句便告退了。

劉嬤嬤又依次指了餘下的兄弟姊妹讓她們認識。

五、六歲的孩童是最小的閩哥兒，見了禮叫了兩句姊姊便鬧著乳母要回去。

與清懿一般大的女孩子是二姑娘清蘭，她斯文慣了，聲音細如蚊蚋，叫了一句姊姊、一句妹妹，便不再開口，打量了兩眼又匆匆低下頭，揪著衣角局促地坐著。兩人堆金砌玉養出來的嫡女氣度，她又何止是黯然失色，看一眼都像要低到塵埃裡。

倏然，一隻盈潤白皙的手伸過來，拉過她緊握成拳的手，一抬頭，入眼是清懿那張皎若明月、令她無地自容的臉。

「二妹妹與我許久不見，可是生疏了？」清懿笑意盈盈，又拉過清殊道：「椒椒，這是妳蘭二姊姊。」

清殊學著姊姊，拉過清蘭的另一隻手，眼睛笑彎成月牙，乖巧道：「二姊姊好，妳也與我許久不見，可是生疏了？」

頓時室內一片笑聲。

小孩走時才一歲，誰能與她生疏？不過是故意學舌，逗人開心罷了。清懿輕捏她臉頰，半寵溺、半笑罵地道：「妳這小鬼靈精，哪個認得妳？還與妳生疏。」

清殊牽著姊姊的手晃了晃，笑出兩個小酒窩。

「大姊姊別怪四妹妹，倒是我的不是了，我與姊姊、妹妹自然是親近的，只是我嘴笨，怕不討人開心這才做了木頭。」因清殊的玩笑，清蘭確實放鬆許多，又想起兒時的記憶，找回了幾分親近感，便與清懿熱絡地聊了起來。

清殊沒去打岔，自去旁邊的軟椅坐了，然後看向斜對面——閩哥兒已鬧著走了，只剩下那個比她大一歲的三姐兒曲清芷。

清殊冷眼瞧著，這曲清芷打她們二人進門起便悶不吭聲地坐在角落，不打招呼便罷了，連姊姊主動跟她說話她也愛理不理，下巴揚得老高。

小屁孩！真是給妳臉了！

清殊心裡暗暗翻白眼，面上卻不動聲色，甚至還悠閒地吃糕——不過是一個八歲小女孩在玩「誰先理誰，誰就輸了」的幼稚遊戲。

自詡有著成熟靈魂的曲清殊表示幼稚，但……她也不介意贏上一贏。

於是她朝曲清芷揚起大大的笑臉，扭頭就加入姊姊們的聊天，拿出十二分的熱情逗趣，歡聲笑語連連，更襯得對面淒淒慘慘戚戚。

八歲小孩立刻氣紅了眼眶。

早在知道姊妹倆要回來時，曲清芷就滿不高興，與後面出生的閩哥兒不同，她從小就聽人說自己是「半路嫡女」，沒少被這話氣哭，如今母親有了幾分體面，她這才受人尊重了些，在學堂裡也交到幾個朋友。好日子才沒過多久，這兩個正經嫡女就要回來，母親還鄭重其事地迎她們，豈不是要將她的寵愛都搶了？

抬頭望去，對面其樂融融，她暗暗握著拳頭，心裡又委屈、又氣惱。

特別是那個小的，最氣人！方才她看過來時，曲清芷故意視而不見，就等著她過來說話，結果餘光裡卻掃到她挑釁的眼神。母親說得真對，在鄉下養大的就是沒教養！

清懿心思玲瓏，自然察覺到兩個小孩之間的暗流湧動。自家小不點從小就面上乖巧實則很有脾氣，平日最維護她這個姊姊。

眼看對面的奶嬤嬤已經在哄人了，清懿捏了捏清殊的手心，悄悄道：「不許再淘氣了。」

「嗯。」清殊原本就沒多氣，見對面都委屈得哭了，頓時神清氣爽，自然不淘氣。

「彩袖。」清懿早早就備好了表禮，見時候正好，便打發人送到兄弟的院裡去，剩下兩個錦盒，一個遞給清蘭。「來得匆忙，沒帶什麼好的，只是幾個不值錢的物件，勝在新奇有趣，妹妹拿著玩吧。」

「哎呀，這怎麼好意思。」清蘭捧著錦盒，半是驚喜、半是羞怯地道：「我竟都不知這些規矩，若不嫌棄，我便幫大姊姊和四妹妹繡個荷包吧！」

「哼，一個荷包妳也好意思拿出手。」

對面的清芷咕噥著，聲音不大，卻正好能讓所有人都聽見。

清蘭的笑頓時僵在臉上，她是被欺負慣的，倒不是因清芷的話生氣，只是今兒聊得開心，便忘了分寸——金尊玉貴的嫡女哪裡會缺了荷包？

「多謝二姊姊，我正缺荷包呢！我一人得兩個可好？」一道清脆軟糯的聲音橫插進來，還得寸進尺道：「一個要小兔子，一個要小豬。」

「啊？」清蘭愣住沒反應過來。

清懿笑道：「妳別理她，好生收下就是，姊妹之間客氣什麼？」

清蘭這才回過味來，雖是央她做荷包，卻讓她心底放鬆許多。

「四妹妹要做什麼樣的只管告訴我。」清蘭露出溫婉的笑容。「正如姊姊方才說的，姊妹之間客氣什麼？」

眼見這邊一派和睦，對面又起了火氣，還沒燃起火來，清懿便拿了另一個錦盒送過去。

「我走時三妹妹還小，不記得我了也在情理之中，這是一點心意，還望妹妹收下。」

清懿的笑容和話語都挑不出錯，但清芷卻遲遲不接，她身旁的奶嬤嬤神色不自在，趕忙替她接了。

「難為姑娘這樣周到，我替我們姐兒多謝了。」

見有人接了，清懿也不會自討沒趣，她只做全了自己的禮數便是，也不是真來找罪受的。

清芷見她要走，又鬧么蛾子。「姊姊別拿這破盒子打發我。」

她將錦盒從奶嬤嬤手裡扯出來往地上一扔，彩袖見狀趕緊拾了起來。

她指著清殊道：「我要她手上的珠串！」

眾人順著她的目光看向清殊的手腕，只見一串色澤瑩潤的珊瑚桃紅碧璽珠串繞在她腕間。

清殊眉頭一皺，拳頭硬了。真是忍這死丫頭很久了！

清芷自然不是因為識貨，格外愛重這珠串，純粹就是想找她們不痛快。

清殊想揍人的心蠢蠢欲動，心下還在衡量下手要用幾分力道，把她打成幾分熟，就聽清懿語氣淡淡地道：「妳真要這珠串，不要盒裡的東西？」

清芷知道自己得逞，傲然點頭。「我就要那珠串。」

清懿也不多說，點點頭，打發了彩袖收好錦盒去拿珠串來。

清姝氣得胸悶，卻也知道分寸，清懿都說話了，不能在這時候鬧起來讓姊姊臉上難看。

彩袖很快就回來了，遞上了另一個盒子，清芷打開一看，裡頭也是紅通通的珠串，又見對面清姝難看的神色，心底自然暢快無比。這下她倒心甘情願地道：「多謝大姊姊了。」

第三章

清殊悶悶不樂了一整天，直到晚間睡時眉頭都還皺著。

她實在是心疼那珠串。

上好的桃紅碧璽嵌著頂級的珊瑚珠做成的手串，樣式是她五歲時親手畫的。她前世是個珠寶設計專業的學生，雖然穿成小孩，但是到底和真小孩玩不到一塊兒，得了空就在紙上畫畫打發時間。姊姊怕她養成孤僻的性子，便格外關注她的一舉一動。前一天見她畫畫，隔天便找了匠人製出來，甭管是什麼不著調的「小風車」、「大熊貓」，一應小擺件都被姊姊當成寶貝收了起來。

就是一塊冰，也得被暖化了，更何況是從未體會過父母親情的清殊。她也是在二人相依為命的無數日夜裡，真心實意地把清懿當親人了。

這珠串便是她熬了三個晚上，廢了好幾稿才設計出來的得意之作，想送給姊姊當生辰賀禮。

姊姊瞧它精緻，不願獨得，便找匠人做了一對，姊妹倆一人一串。這珠串總共就兩件，滿大武朝也找不出旁的來，姊姊說給就給了，白白便宜了曲清芷那小蹄子！

清殊一面心疼錢，一面是心疼姊姊委屈求全。沒忍住，氣得踢被子，重重翻身。

聽見動靜，彩袖掀開床帳一角，悄悄看了看床上隆起的小鼓包，捂著嘴輕笑。

「還在惱呢。」彩袖輕手輕腳地回到外間，與桌邊坐著的清懿使了個眼色，揶揄道：「這是氣您散了財。」

清懿正在和翠煙一同看物品單子對帳，右手忙著撥算盤，聞言輕笑著搖了搖頭。「不管她。」

雖是這麼說，卻又吩咐道：「她沒好好用晚膳，深夜肚子定要鬧饑荒，妳吩咐個妥帖的丫鬟守著灶上，溫著些吃食，還是做她慣用的甜酥酪，不許放多了糖，否則又要牙疼。」

「嗯。」彩袖點了點頭，又一臉嫌棄道：「還是我去吧，這院子裡的丫鬟和婆子老的老，小的小，沒一個中用的。那兩個大的雖好，心思卻不定，我先冷著她們在外院，磨磨她們的性子。」

「嗯，妳做得極好。老的不必管，由她去，我自有辦法；挑幾個小丫鬟先教著，蠢笨些不打緊，心思不能野；那兩個大的晾著便是，聰明的自然曉得怎麼做。」清懿一心二用，神色淡淡地吩咐著。

彩袖領命去了。

室內暖香融融，上好的紫檀雕螭案設著一個鏨銀鎏金香爐，裡頭燃著十餘種香料調配而成的「月沉香」，有安眠養神的功效，價格十分昂貴。

裡間又傳來翻身的動靜，想到小傢伙氣呼呼的樣子，清懿眼角和眉梢都染上笑意。

翠煙打趣道：「這是鬧給您聽呢。」

清懿搖頭失笑。眼看帳都對完了，她便收了東西往裡間去。

「亥時三刻了，妳還沒睡，明兒我允妳的一斛珍珠沒有了啊。」

還在裝睡的小鼓包靜了一瞬，片刻後，頂著一頭亂髮的清殊立即坐了起來。

「好好好，我不再是妳親妹妹了，妳都拿給妳三妹妹去。」清殊一臉控訴。

清懿笑看著她，也不說話。

清殊原本憋了口氣，現下破功了，也就不管什麼臉皮，纏了上去。

「姊姊，我的好姊姊。」清殊一頭栽進清懿懷裡，嗲著嗓子委屈道：「我就是生氣嘛，我給妳那好東西，可不是叫妳給旁人的，還是最討人厭的那個！她那樣潑皮，妳給她的東西她說摔就摔，要不是妳先應了她，我可是要給她幾分顏色瞧瞧，讓她知道我拳頭的滋味！」

小時候在孤兒院裡清殊就是說一不二的霸王，收拾個沒禮貌的小屁孩還不跟玩耍似的。雖說以她這個心理年齡去欺負一個八歲孩子有損顏面……但是誰又知道她裡面芯子多大呢？

清殊沒皮沒臉地想：論殼子，我還比妳小呢！咱就是要以小欺大。

「妳因為這樁事生了我半晚上的氣，我可是傷了心的。」清懿慢悠悠地從懷裡拿出一個珠串。「妳瞧瞧這是什麼？」

那不是桃紅碧璽珊瑚珠串又是什麼？

清殊雙目圓睜，旋即眉飛色舞地笑彎了眼，一疊聲地道：「姊姊，妳真是我親親好姊姊，是我糊塗了，我以為妳真給出去了呢！」

清懿輕拍妹妹的腦袋，眸光閃過一絲嘲諷，淡淡道：「她自己不要盒裡的東西，那我便順她的意，給她十個銅板一串的珊瑚珠子便是。那麼多雙眼睛看著，還是我厚此薄彼了不成？」

「啊？」清殊呆了呆，倏然想到什麼，憋著笑道：「不會……不會是我給小白買的那串吧？」

小白是外祖家養的一隻短腿小奶狗，每天圍著清殊汪汪叫，很得寵愛。

清懿挑了挑眉，默認了。

清殊沒忍住，「噗」的一聲笑出來，捂著肚子笑得直打滾。

誤會一解開，姊妹倆又重歸於好。

清殊枕在姊姊的腿上，小嘴說個不停，將她一整天所見所想竹筒倒豆子似的說出來，從「劉嬤嬤一看就不是好東西」到「這院子連潯陽豆腐鋪老闆家都不如」，上上下下被她噴了個遍，哪裡還有白天裝乖的樣子。

清懿一邊順著她的頭髮，一面含笑聽著，不時接她兩句。「嗯，還有呢？」

大半個時辰過去，清殊終於說累了，中途彩袖進來投餵了些吃食，肚子一填飽，睏意開始上湧，又總覺得有事情忘了說，使勁想了片刻，猛地一捶床。

「哦，我有件很要緊的事要和妳說。」清殊掙扎著張開雙眼。「我雖不知家裡境況究竟如何，但太太手上那鐲子可不是凡品，妳莫要被她誆得心軟。一則，戴得起這樣的鐲子，可見沒有窮得揭不開鍋；二則，便是揭不開鍋，和我們有什麼關係？這些年的生活費都還沒找便宜爹要呢，小心我告他……」

清殊實在睏得不行，雖還在絮叨，聲音卻越來越小，說的話也顛三倒四了。

清懿習慣了妹妹嘴裡三不五時就冒出的怪詞，聽不懂的也不問，只輕拍著她的背，哄她入睡。

「嗯，小孩別操心這些，睡便是，我自有分寸。」

清殊睏得迷迷糊糊，思緒漸漸飄遠，眼前的清懿被柔和的光影籠罩著，她恍然覺得這一幕和從前無數的日夜沒什麼不同，一樣令人沈醉。

明明她的芯子二十來歲了，應當比清懿更像個大人才是，可清懿身上卻有種魔力，只要有姊姊在，她就會變成一個孩子，可以任性，可以撒嬌，而姊姊永遠包容著她。

某種空洞被填滿，她貪戀著的溫暖，足以填補前世內心缺失的部分。

朝夕相處的時日裡，只有在面對彼此時，她們從未矯飾過自身的獨特之處。就像清殊隨心所欲地做出偏離這個時代審美的設計，清懿也從未隱藏她超出這個年齡應有的手段與智謀。

她有想過，清懿十來歲的皮囊下，或許藏著更為成熟強大的靈魂。

可是那又如何？她不在乎。姊姊永遠是姊姊。

並不知道妹妹的思緒飄到哪個爪哇國，清懿仍然輕拍著她的背，又替她掖了掖被角。

昏黃燭火在牆上照出她的側影，少女臉龐稚嫩，顯露的美貌如荷葉尖尖，一雙形狀優美的眼睛裡卻盈著一泓深不見底的潭水，寫滿與年紀不符的幽沈。

想到清殊殷殷切切地囑託她不要心軟，清懿便生出幾分恍然。

世事如棋，牽動一子，大勢隨之變幻。

前世那局棋，一步錯，步步錯，最後滿盤皆輸。

那時，她也是清殊這樣的年紀，才七歲，母親便去了，母親留下的妹妹也沒照顧好，一歲就夭折了。父親和她說，母親恨他，不願入曲家墳，問她是去潯陽外祖家，還是回京城。

她不想一夜之間失去母親又失去父親，便去了京城。

此後，堂堂嫡女活得小心翼翼，如履薄冰。到了年紀便要如同豬狗被拉出去相看，一眼就要定終生，然後糊塗過一輩子。

後宅女人看到的天空，豆腐塊一樣小，一眼就望到頭。看不到未來，如同溺水之人喘不過氣的壓抑感，好像只有她一個人感受得到。

《女誡》、《女訓》、《女論語》……書裡的字字句句教她如何三從四德，卻沒教過她要怎麼掙脫命運。

眼看就要被繼母陳氏草草訂下婚事，嫁給一個空有虛名的落魄伯爵府庶子，她終於為自己爭取了一次，只是沒想到卻踏入了另一個深淵。

清懿上輩子不曾去潯陽，帶著妹妹留在府裡。外祖母疼女兒，連帶著心疼這兩個孤苦的外孫女，便將阮家留在京裡的田地鋪子一併送給了曲家。一則是想著為將來外孫女出嫁添妝，姑娘手裡有銀子傍身，日子才好過；二則是敲打曲家，不可苛待了兩個孩子。

誰知，妹妹才一歲多便得了急病早夭，清懿因傷痛太過病倒了，繼母陳氏堂而皇之地侵吞了阮家的財產，美其名曰幫她照看，庫裡的值錢物件卻一應出現在曲清芷的嫁妝單子上。

阮家相隔甚遠，便是手再長也幫不到她一個身處內宅的女兒家，她一無父母憐愛，二無錢財傍身，此後人生諸多不順，想來便是於此處埋下了禍源。

重來一世，清懿索性帶著妹妹去了潯陽，潯陽地僻，卻得外祖憐愛，反倒比上輩子活得舒心自在。

最重要的是，妹妹平安長大了。

清懿看著妹妹的睡顏，摩挲著她的小手，神情柔和，思緒卻回到了那場噩夢裡。

清殊一歲時那場急病來勢洶洶，高燒三日不退，全城的郎中都請了個遍，都說沒法子。走投無路時，阮家甚至求神拜佛，寺廟、道觀能拜的都拜了，萬兩香油錢老太太也說捐就捐，全家吃齋茹素地為妹妹祈福。

直到第三日，郎中說人已經不行了，勸府裡打點後事。外祖母哭得昏死過去；外祖父怒極，叫人將庸醫打出去。

彼時，七歲的清懿不哭不鬧，彷彿聽不見外頭的哀聲陣陣，只握著重生之時出現在頸上的一塊無字白玉，跪在母親靈前。

上一世她見過這樣的場面，椎心之痛，兩輩子也忘不掉。如果世上真有倒轉乾坤的神明，既許了她重來一世的機緣，又能否再憐憫她一些，再憐憫她一些……讓她的妹妹活下來。

清懿閉著眼向不知名的神明祈願，只要妹妹平安長大，順遂一生，即便她只能陪伴這小孩走過長大成人的一段路，也是好的。待妹妹有了新的依靠，她願意讓神明收回她所擁有的一切，絕不後悔。

這不知名的神明是她這溺水之人最後握著的稻草。她枯坐了三天三夜，直到聽見外頭有人似哭似笑地大喊：「四姑娘醒了！」

清懿才茫然地看了一眼手中的白玉——瑩潤透亮，卻泛著些許暖意，像是錯覺。她愣怔了許久才反應過來，妹妹得救了。

連日來壓抑著的恐懼與心痛排山倒海地湧上心頭。自重生之日起便沒有哭過的清懿只覺鼻子發酸，淚水模糊了視線，一滴一滴地掉落在白玉上，繼而哽咽著，嗚咽著，直至泣不成聲。

因夢見前世，清懿睡得並不好，早早便醒了。隔壁清殊還在夢裡和周公會面，蒙頭大睡，直到被彩袖半哄半迫地挖了起來。

「好姑娘，辰時了，再不起就晚了，今兒要去祿安堂和一大家子用朝食呢，咱們不說早到，卻斷不能做那個晚到的。這比不得在潯陽，現下咱們院裡院外十多雙眼睛盯著，您乖乖起了，別叫大姑娘難做。」

一向習慣了彩袖的嘮叨，清殊左耳進、右耳出，閉著眼睛伸胳膊伸腿，任彩袖擺布。兩個被挑選出來的小丫鬟端著盥洗用具，依次在旁候著。小的那個還沒有桌子高，勉力端著銅盆，小胳膊直打顫。

這丫鬟叫招娣，年紀小，才五、六歲，還不懂什麼尊卑，只曉得自己被家人賣到富貴人家做丫鬟，因而並不十分畏縮，反倒小心翼翼又滿心好奇地偷看帳子裡的人——昨兒雖瞥了一眼，但隔得遠，只瞧見是個十分好看的小姊姊，比年畫上的娃娃還要好看！

一時看得入神，招娣小胳膊沒了知覺，手一軟，銅盆乒乒乓乓掉在地上，灑了滿地的水。盆子又將一旁的架子碰倒，頓時一片狼藉。她嚇得臉色發白，自知闖了禍，趕緊跪下來討饒。

「彩袖姊姊，招娣錯了，招娣錯了。」

另一個丫鬟年歲也不大，又有昨夜彩袖的敲打，說是犯錯就打發回家去，一時也嚇得抽泣。

「鬼叫什麼？沒規沒矩！還有妳這小蹄子，昨兒見妳長得討喜才將妳挑進屋裡來，這才第一日就翻盆子倒架的，還要人伺候妳不成？」彩袖平日裡就當著管教丫鬟、婆子的差使，萬分不喜行事蠢笨的人，現下本就急著喊這邊的小祖宗起床，那頭又添亂，口氣便凶上幾分。

隔壁聽見動靜的清懿打發了翠煙來瞧，一進門，翠煙便知是什麼因由，忙上前將盆子和架子扶起來，自去將漱洗用具接過，一面又笑道：「不值當生氣，都是孩子呢，手上沒輕重也是有的，將那冤家收拾好才是正經，大姑娘等著呢。」

彩袖仍皺眉，不悅地掃了兩個丫鬟一眼，嚇得她們紛紛低頭，這才道：「我哪裡犯得著跟她們生氣？我是氣這府裡上上下下做的好臉面，裡子卻是半點不管。說是打發了十幾個人來伺候，卻連幾個丫鬟、小廝都是前日才買來的，還要咱們現教規矩不成？若不是老太太叫咱們幾個跟來，兩個姐兒眼下怕是連口茶都喝不上。」彩袖一面俐落地給清殊穿衣裳，嘴上也沒閒著，憋著一肚子氣不吐不快。「那個劉嬷嬷也是個骯髒潑才，嘴上說得好聽，一聽見要人來伺候，早早便躲了出去。叫碧兒的倒是想搭把手幫襯我，那紅菱可一句也沒搭腔，做派倒像個主子。」

翠煙睨了她一眼，使了個眼色，示意她壓低些聲音，才不急不緩地輕聲道：「把脾氣收一收，不記得姑娘怎麼叮囑了？那劉嬷嬷是太太的人，不好隨意差遣，也不好隨意打發，只由她去，日後再尋錯處趕出門便是。

「我向昨兒在門前迎咱們的小厮李貴打聽了，碧兒與紅菱原是伺候大少爺的，大少爺雖是咱姐兒的親哥哥，但究竟疏遠了許久。況且現下他未在府裡，咱們也不知這兩個丫鬟是不是他房裡有臉面的；倘若是被收用過的，因得罪了旁人被安到流風院裡，藉機拿咱們當槍使了，那咱們發作也罷，留下她們也罷，都免不得落人口實。」

彩袖聽罷，面色緩和許多，但到底憤憤，暗啐了一口，罵道：「心眼比馬蜂窩都多！」

這麼一通鬧騰，清殊睜開了眼睛，人卻還是迷糊。她乖乖張口含著翠煙餵來的漱口水和潔牙粉，被辣嘴的味道刺激得清醒了。

「什麼窩？有燕窩嗎？」

見她醒了，二人便住了口。

彩袖的臉色多雲轉晴，沒忍住笑出了聲。「自然有，沒有也給您現做。」

「知道您要吃，一早便溫著呢。大姑娘不許您吃多了糖，燕窩只放雪梨、川貝燉著。」

翠煙笑道，一面打發丫鬟去廚房端來。「一會兒要去用朝食，只燉了半盅，您略墊墊肚子。」

第四章

年紀大點的丫鬟端來了燕窩，便在旁立著。只剩那小招娣跪在地上，不敢起來，只偷瞧著翠煙餵清殊吃燕窩，忍不住吞口水——下人是不能在主子之前用飯的，上一頓還是昨兒在廚房吃了姐兒剩下的蟹肉海棠果，她人小不經餓，胃早將這點吃食磨沒了，肚子餓得咕嚕叫。

清殊瞥見這小傢伙，饒有興味地看了一會兒，又見這孩子與旁人不同，撲閃撲閃的大眼睛不避不躲，直勾勾地盯著燕窩，不由得樂出聲，問道：「叫什麼名字？」

招娣回了神，想起大人們教的規矩，嚥了嚥口水道：「回姑娘的話，我叫招娣，家在蘭家村。」

招娣？招弟?!清殊皺眉，頓了頓，又問了小丫鬟幾句。這才知道她家有五個女兒，好不容易去歲得了一個弟弟，家裡高興得很，卻又養不活，這才將她賣給人牙子換些銀錢。

「那妳姊姊們呢？」清殊問道，瞧她餓得兩眼發直，又叫彩袖將桌上的糕分給她吃。

招娣一面狼吞虎嚥吃糕，一面呆呆地道：「都賣了，我是最後一個。」

清殊心裡沈了沈，沒再說話，只叫她慢些吃。

翠煙看在眼裡，拿了梳子幫清殊梳頭，柔聲道：「女子從來都是苦命的，姐兒若是個個都心疼，哪裡心疼得過來。如今她能來伺候您，已是頂頂好命了。」

「唔，便是站著的那個，不在您眼前哭，您也沒顧上呢。」彩袖又端了一盤糕遞給另一個丫鬟。「妳也吃吧。」

清殊也不惱，只笑道：「妳一早還打雞罵狗的，我只當妳不喜歡她們呢。我顧著這個，疏漏了那個，妳倒放在心上。」

翠煙也打趣道：「她一向是個刀子嘴、豆腐心的。」

「且打住了。」彩袖一聽軟和話就不自在，朝著丫鬟們故意凶道：「別聽她們胡說，我就是戲文裡的夜叉娘子，刀子嘴、刀子心，妳們不聽話，我就吃了妳們。」

兩個丫鬟受了她的投餵，見她這模樣都不怕了，招娣還笑出了聲，稚聲道：「姊姊好看，不是夜叉。」

眾人皆被逗笑了。

「喲，怎麼這樣熱鬧？方才還聽見打打摔摔的動靜呢！」一個身材微豐腴、同樣穿著青白色襖裙的女孩自隔壁過來，探著身笑咪咪道：「大姑娘打發我來問，姊姊們可收拾妥當了？太太那邊來人催咱們過去呢。」

「就好了。」翠煙給清殊戴上一串瓔珞，做了最後的點綴，這才滿意。

來人是茉白，同樣是姊妹二人自潯陽帶來的丫鬟，比翠煙、彩袖兩個大的要低一等。原先在家裡，老太太一人分了兩個貼身丫鬟伺候她們，都是大的帶小的。彩袖和茉白跟著清殊，翠煙和綠嬈跟著清懿。只是姊妹倆同寢同住，不分妳我，丫鬟們感情也極好，便不照著例專門伺候哪一個。

「姊姊，姊姊！」才出門，一見著清懿，清殊便小跑著上前，嘰嘰喳喳說個不停，又是床不好睡得腰疼，又是作了噩夢沒睡夠。

「胡說什麼？小孩子哪裡有腰？」清懿微怒，輕拍妹妹的頭。

「腰」與「夭」同音，上輩子妹妹早夭，清懿平日不許她說這些。

清殊趕忙討饒。「好姊姊，我知錯啦。」

清懿嗔怪道：「既知道疼，又不曉得和彩袖說，今晚把家裡帶來的絨被墊上。要是覺得熱，也不許掀被子。」

「我保管蒸熟了也不掀，等著明兒一早吃妹妹餡兒的包子吧！」

清懿氣笑了。「又胡說！」

姊妹倆一路笑談著，甫一瞧見祿安堂的匾額，便被幾個婆子恭敬地請進門。

曲元德去上朝了。曲思珩年歲大了，不便與姊妹一同吃飯，圍著圓桌落坐的只有陳氏、曲清蘭、曲清芷，以及不肯乖乖吃飯，被乳母追著餵的閩哥兒。

「好孩子，昨兒睡得如何？枕頭、褥子哪裡不好一併告訴我，我叫人開了庫房任妳們挑去。」陳氏拉著清殊和清懿一左一右地坐到她身側，親暱笑道：「咱家幾個姑娘都打過照面了？以後同在府裡住，姊妹之間要和睦才是。」

「母親說得是。」眾姑娘一同應答。

姊妹之間互相見了禮，寒暄幾句。雖說是「互相」，參與進來的只有曲清蘭。曲清芷臭著一張臉，動也不動，腕上光禿禿的，並不見昨兒得的那串珊瑚珠子。想來，是有聰明人指點她，叫她知道那珊瑚珠不值錢。

清殊沒忍住，笑得眉眼彎彎。

「殊兒有什麼喜事？」陳氏柔聲問道。

清殊道：「回母親，我是餓了，想著快用膳了，這才笑的。」

「哎呀！是我疏忽了，我兒餓壞了吧，快快，先傳膳，別餓著姑娘們了。」陳氏急忙打發人去備膳。

高門府邸講究食不言、寢不語，曲清芷雖不說話，碗筷卻賭氣似的用得乒乓響。

陳氏眼刀一掃，叱道：「在學堂裡學的規矩都到狗肚子裡了？趙女官教妳吃飯摔碗筷不成？」

曲清芷一瑟縮，不敢再鬧，只偷偷瞪了一眼清殊。清殊任她打量，兀自吃得噴香。她愍悶了片刻，眼珠一轉，似是想到什麼，竟難得低眉屈膝道：「女兒知錯了，母親，是我辜負了趙女官的教導。」

陳氏睨了她一眼，方才欣慰道：「趙女官身分貴重，她是皇后娘娘身邊的老人了，便是公主她也是教得的。平國公府能請動她老人家來，是妳們的福分，若不是有妳姑姑的臉面，咱家還摸不著門呢。妳須得好生學些本事，知道嗎？」

清殊被這一通公啊府啊的繞暈了頭，只猜著這丫頭是被送進了門檻很高的貴族學校。

曲清芷又偷看清殊一眼，暗暗得意道：「是，去女學堂的機會難得，全家只我一個，女兒自然不會給家人丟臉。」

接收到她的目光，清殊只覺無語。

學學學，學個錘子！作為二十一世紀嚐夠考場艱辛的人，清殊只覺得這丫頭有病，她這輩子的人生目標就是吃喝玩樂！

念頭一轉，筷子就迅速戳向最後一個蝦仁酥，叫另一雙筷子落了空。

「四妹妹也須得學學禮儀才是，咱們這樣的人家怎好如鄉野村婦似的搶飯吃。」曲清芷努力揚著笑，咬緊牙關，片刻後又做恍然大悟狀，語氣誇張地道：「哦，是我的不是了，想來四妹妹在鄉下從未學過這些，又沒有機緣入學堂，可憐見的。」

清殊不語，只憐憫地看了她一眼。一個八歲的小孩，許是耳濡目染，故作大人的神態陰陽怪氣，看起來十分滑稽，連陳氏面上都露出幾分尷尬，可她自己卻恍若未覺。因而，清殊覺得她如戲臺上的丑角似的，也生不起氣來了。

清懿臉上一貫掛著的笑容卻消失了，她攪了攪碗裡的粥，垂著眸，彷彿不經意似的輕聲問道：「三妹妹怎的沒戴珊瑚珠串呢？昨兒個妳指名要椒椒手上的，還以為妳喜歡得緊呢。」

一說起這個，曲清芷繃不住了，冷笑道：「姊姊不願給好的便罷了，拿個假東西充什麼闊氣，還好意思和我提？」

見她說話不像樣，陳氏立刻道：「住口！不論拿了什麼那也是妳姊姊的心意，小小年紀便論起銀錢多寡，即便不值錢妳也得當好的收著！」她又適時換了張臉色柔聲道：「懿兒別怪妳妹妹，她年紀小，說話沒分寸，只曉得東西的價錢，不知妳的心意。」

清懿揚起一個笑，嘆了一口氣，順著她的話頭溫順道：「都怨我沒見識，才拿了羊脂玉來做禮，卻沒想到三妹妹品味高潔，不愛這俗物，竟瞧上我們椒椒那珠串。我這做姊姊的，再不好，也不能拿舊的搪塞妹妹；誰想這新的也不合妹妹的意，說來說去，都是我的不是，還請母親和妹妹們原諒一二。」

一番柔中帶刺的話落地，眾人神色各異。

曲清蘭原先從不敢在這樣的場合說話，此刻卻忍不住小聲道：「大姊姊給的玉自然是極好的，我喜歡得緊。」

言外之意是——姊姊的東西好，是妳自己不要，搶了別人的還嫌差勁。

就連閩哥兒也鬧著玩似的插了一句嘴。「就是就是，大姊姊的玉真好看！」

先前還在指責清殊搶食物無禮，現下這官司又落在自己頭上，曲清芷梗著脖子，說不出話來，卻分出眼神狠瞪了曲清蘭一眼，嚇得她瑟縮地低下頭。

陳氏僵了一瞬，又立刻打圓場道：「好了好了，姊妹之間沒得為這俗物生了嫌隙，都來喝茶。」

打了一場機鋒，多少有些累了，各自都捧著茶不語，難得安靜。

陳氏又與姊妹二人說了些場面話，乍看真是母慈女孝，一派和樂。

餘光瞥見曲清芷垂頭不語生悶氣，陳氏心裡到底不忍心，便引她說說女學裡的趣事，她這才來了興頭，那股孔雀開屏的炫耀勁又湧了上來，說自己在學堂裡認識了某某官員的女兒，又說女官如何如何誇自己。

她總共才去上學半年，就已把這陳穀子爛芝麻的事翻來覆去地說了八遍，與她住在一院的曲清蘭耳朵都起繭子了，卻不敢不聽。

但清殊可不慣著，她不耐煩聽，只想快快堵住那丫頭的嘴，便直截了當地問道：「怎麼就妳一人去上學？二姊姊怎的不去？家裡交不起兩個人的束脩不成？」

曲清芷愣了一瞬，繼而更得意了，她傲慢道：「自然就我一人，妳以為平國公府的女私塾是菜園子，想進就能進？她一個庶女憑什麼進去？」

曲清蘭臉色一白，頭更低了。

「哦？」清姝挑眉，冷笑一聲，轉向陳氏道：「那我問問母親，我和姊姊是不是嫡女？若我們要進學堂，又進不進得？」她自然不是真想去讀書，就是要氣一氣那死丫頭。

果然，曲清芷臉色一變。「妳作夢呢？妳不許去！」

清姝問道：「怎麼？方才還叫我學規矩，我要去妳怎的還攔著？」

曲清芷臉色脹紅，還待再說，陳氏便接了話，趕忙道：「我的兒，妳有所不知，這平國公府門第甚高，開的這家女學塾也是京裡唯一的一處，請的又是宮裡的女官當先生，多少豪門貴女搶著去呢。咱們家也是因有妳姑姑在他家做兒媳婦，這才將芷兒塞了進去。

「如今妳姑姑貴人事忙，咱們若為了這事打攪她，免不得討人嫌。」陳氏言辭懇切。「只是，若妳二人真想要去，那我也願意捨了這張老臉，帶上些拿得出手的玩意兒去奉承她。只是咱家並不十分寬裕，她又是個見過世面的，那些個俗物拿出去沒得叫人笑話。」

她眼神若有若無地往清懿身上瞄，眼底是明晃晃的暗示。

清懿恍若未聞，自顧自地喝茶。

陳氏見她不接話，就知道沒戲了，便也懶得裝樣子。「也只能委屈妳們幾個了，到時候叫芷兒學了回來教妳們也是一樣的。」

閒話到巳時，場子終於散了。

一回流風院，清姝便把鞋一脫，歪倒在床上，發出舒服的嘆息。「我可真想不明白，讀書有什麼好的，學些個《女訓》、《女德》，沒得把人學傻。」

彩袖一面幫清姝把鞋放好，一面道：「姐兒這話可說岔了，甭管學什麼，有書讀，略識得幾個字都是天大的造化。我們這些出身泥腿子的，便是家裡的男丁也不通文墨，又哪來的閒錢供女兒家讀書？」

清姝皺眉思索片刻，嘆了口氣道：「妳說得在理，讀書是好的，但是……」

她「但是」半天，不知怎樣表達自己的意思。

「但是，妳不想學《女德》、《女訓》。」清懿在外間練字，纖細的手腕下筆卻有磅礡氣勢，待她寫完最後一捺，又接著道：「可就連高門貴女也須得用這些書開蒙，妳棄如敝屣，卻是叫旁人爭得頭破血流。」

清姝悶悶不作聲。

她從沒想過要說服古代人認同自己的價值觀，卻也融入不了古人的教育理念裡。她信奉

「男女平等」，接受不了「夫為妻綱」、「三從四德」。

清懿似是看穿了她的心事，淡淡地道：「女子上學原本就不易，便是只學《女德》又如何？那也能教她們認得字，既識字，就有了通天的梯，四書五經看得，錦繡詩詞也看得，大丈夫看什麼書，妳便看什麼書，讀進妳肚子裡的誰也搶不走。試問女子既已見識了修身齊家治國平天下，又怎會拘泥於三從四德？」

清懿的這番話好似撥雲見月，叫清殊眼前一亮。這難道不是另類的「師夷長技以制夷」？

此前，她雖從未小瞧過古人的智慧，但到底對這個時代的女性價值觀不抱期望。這不是女性本身的錯，是這個時代的錯。故而即便是面對姊姊，她也不願展露自身「驚世駭俗」的思想，怕被抓起來進行「女德」教育；誰知，姊姊竟是這樣冰雪聰明！

她光著腳跳下床，飛奔到外間摟住姊姊的腰，興奮道：「姊姊妳說得十分有理！都怪這世道耽誤妳，若女子能科考，還有男人什麼事，叫聖人早早圈妳做女狀元吧！」

「又在胡說，別怪姊姊囉嗦，妳與我說便罷了，我不拘著妳，但不許在旁人面前說，妳這一字一句都在給人遞把柄，可曉得了？」清懿照例叮囑，得了清殊乖乖的笑臉回應，她語氣也不自覺軟和了下來，問道：「妳今兒說要去學堂，可是真心想去？」

清殊沒有立刻答話，垂頭思索片刻才道：「起初只是與三丫頭鬥氣，去個學堂還分嫡庶，叫人聽著刺耳；後來，又聽姊姊方才那番話，便覺得這學堂倒也去得，只是不知裡頭都學些什麼、好不好玩？」

彩袖追過來把鞋給清殊套上，聞言揶揄道：「姑娘哪是關心學什麼，您只問玩什麼就是了。」

清殊挑眉。「哼，妳可別笑話我，和誰玩，玩什麼，都頂頂要緊。倘若學堂裡都是三丫頭這般的人物，那我便早早告辭，躲家裡繡花才是正經。結識她這樣的同窗，與沒有是一樣的。」

「繡花？四姑娘那方魚戲蓮葉帕子繡了半載還未完工呢。」綠嬈一向是個老實的，這會兒剛進屋，才聽得隻言片語便接著道：「我特意帶來京裡了，若是要繼續繡，我便去箱子裡找找。」

一旁的茉白笑得喘不上氣。「好姊姊，妳可別為難姑娘了，魚戲蓮葉都繡成了肥魚賽臉盆，妳還找出來，平白討打不成？」

想到清殊「出色」的繡工，眾人笑作一團。

清殊惱羞成怒。「全天下的魚都要一個模樣不成？我的偏就過好日子，吃得多，長得壯，有福氣！」

「是是是，也不知以後是哪個有福氣的做咱們姑爺，收的定情帕子都是獨一無二的，保管不會丟，丟了也一眼就能找得出。」彩袖笑得肚子疼，嘴上卻不肯饒人。

「不必見署名，只看那條魚便是，哈哈哈哈！」茉白也起鬨。

幾個慣會打趣的丫鬟妳一言、我一語，只把清殊逗得又急又樂。

「好啊，妳們這些利嘴，我可吵不過！不過……」清殊在手上哈了一口氣，一臉狡黠道：「女子動手不動口，我撓妳們！」

說罷猛地撲到彩袖身上撓她癢癢，彩袖大笑著躲閃，把一旁的翠煙拉來擋，翠煙躲不過，笑得捂肚子；茉白這個小機靈只躲在綠嬈背後偷襲清殊，又被逮到，遭受一頓好撓，幾個人鬧得屋頂都要掀了；早早躲在一旁微笑著看戲的清懿也沒能躲過，被清殊拉過來做擋箭牌。

第五章

六個人一直笑鬧到午時才作罷。

悠悠閒閒地過了一下午，直到夜間將要睡下，清懿才又提起正事，又問道：「那學堂妳想不想去？若是想，我自然有法子送妳去。」

見清懿神情認真，清殊在姊姊面前也沒什麼扭捏的，索性直接道：「我想，也不想。誠然女子上學不易，然則妳妹妹我天降文曲星一個，若單為了讀書識字，要費妳許多功夫送我去，那不值當；再者，我是個愛玩的，便是去了學堂也不能將心思全然放在書裡，妳不費功夫便罷，若妳使了十二萬分的氣力供我，我哪裡待得安心，少不得時時刻刻想著對不起妳。」

「傻姑娘，妳對不起我什麼？」清懿輕笑道：「叫妳讀書，原也不強求妳讀出什麼名堂來，只叫妳去見見世面，結交與妳同齡的姑娘。這結交也並非叫妳趨炎附勢，妳只瞧著哪個順眼便和哪個認識。」

清殊不說話，只睜大眼看她。

眼看哄不過去，清懿無奈，輕捏了一下她的臉蛋，嘆道：「怎麼娘生了妳這麼聰明的小東西，小孩子家只管玩就是了，妳卻總跟著操心旁的。」

清殊噘嘴。「只管玩，那我和三丫頭那蠢蛋有什麼兩樣？」

「不許亂說。」清懿輕斥一句，又思量片刻，才道：「我也沒唬妳，那並不費什麼功夫，頂多花些銀子。在這京裡，能花銀錢打發的事原本就不值當說什麼，妳不必為此懸心。」

清殊疑惑。「那太太怎麼說的好似去天宮一般難？」

燭火燃燒發出細微聲響，清懿回過頭，抬手細細挑著燈芯，昏黃光影將她的臉龐籠罩在朦朧裡，叫人看不清神情。

「她是在求人，自然困難重重。」清懿垂著眸，淡淡地道：「過兩日，她求的人卻要來求我們。」

「她求的人？嫁到什麼公府的姑姑？」清殊雲裡霧裡。「可我們手裡有什麼讓她來求？」

清懿笑道：「我們手裡沒有，但我們背後的阮家有。」

順著這個思路想，清殊一點就通，可是她琢磨許久，還是難以置信。「外祖家旁的沒有，就是有錢，難不成堂堂公府還缺錢？」

清懿見她猜中，忍不住笑道：「正是。」

若不是前世親眼見證平國公府的沒落，她也是不信的，但如今他家烈火烹油般的繁盛景象，卻是這偌大家族最後的哀榮。

果不其然，次日一早，曲府便迎來一個遞帖子的婦人。婦人自報家門，才知是平國公府上二奶奶的管事，趙嬤嬤。她口中的二奶奶正是曲家那位嫁與平國公嫡次子、在曲家被稱作姑太太的曲雁華。

一聽是姑太太派來的人，門房李貴趕忙收起憊懶，一溜煙地跑去報信。

這趙嬤嬤雖是下人，穿著打扮卻頗為體面，舉手投足間帶著公侯府邸的氣度。張嬤嬤親去迎人，一路舌粲蓮花，連吹帶捧地將人帶到祿安堂。陳氏慣會攀交情，又是妳來我往熱絡地聊了片刻，方才問明來意。

「二月十三是我家老太太的壽辰，二奶奶心裡掛記著娘家，想邀您一家子到府上做客。許久未見夫人，我家二奶奶也是想念得緊，有好些體己話要和您說。」趙嬤嬤遞上帖子，又道：「二奶奶還說，叫夫人將姑娘們也帶去，屆時府裡貴客都會帶著同齡的哥兒、姐兒，好叫咱們家的也結識些良伴。」

陳氏喜不自勝，這可是國公夫人壽宴，多少高門顯貴要去祝賀，若不是有這個小姑子在，憑著曲家區區四品清流官的根基，怕是連門都摸不著；況且，曲雁華又給她正經下了帖子，體體面面地邀她登門，面子和裡子都給足了，她哪有不依的，便滿口答應道：「嬤嬤放心，只管回妳家二奶奶，我便是推了王母娘娘的蟠桃大會，也必得帶著孩子們去賀壽。我家芷兒許久不曾見她姑姑，成日和我鬧著要去公府找她的鈺哥哥玩呢。」

「鈺哥兒現下在學堂裡唸書呢，一年到頭也難得有閒工夫玩，倒叫姐兒白惦記了。」

趙嬤嬤仍然掛著得體的笑，語氣卻淡漠疏離，倒叫陳氏一腔熱情沒處擱置，只能訕訕地道：「是是，我須得教訓芷兒這丫頭，像她鈺哥哥一般好學才是。」

又閒話了半晌，趙嬤嬤早已不耐煩，掐著時辰預備告辭，陳氏殷勤地將人送至垂花門外，還備了軟轎候著。趙嬤嬤倒也吃她的奉承，添了一句提點。「二奶奶聽說養在潯陽老家的大姑娘與四姑娘也上京來了，夫人也帶兩個姐兒來府裡見見吧。」

陳氏臉一僵，猶豫一瞬，又擺出憂慮的神色道：「兩個姐兒連日奔波，身子不適，怕帶病氣去府裡，衝撞了老太太，想必不美。」

趙嬤嬤卻淡淡地道：「二奶奶想見二位姑娘，既然身子不爽利，便請郎中來看，再不成，正好去府裡，讓二奶奶親自請人治便是。」

這話意思直接，總之那兩位是撇不下，定要帶去的。

一送走趙嬤嬤，陳氏的臉立刻拉了下來，面色鐵青暗暗罵道：「這狗仗人勢的老貨。」

張嬤嬤適時奉上茶水，見她消了氣才勸慰道：「想來也是那婆子有意要擺譜，賣弄體面，這才添油加醋地假傳幾句話。原先也不曾見姑太太多掛記那兩個姐兒，難不成這會兒專程相邀？」

順著這話頭，陳氏仔細琢磨片刻，目光沈沈，良久才道：「是真的也未可知啊。」

消息傳至流風院已是晌午，一同到的還有一堆衣料。

平日不見人影的劉嬤嬤這會兒倒殷勤傳話。「國公爺府上二月十三做壽宴，太太得了帖子，滿心想著帶姑娘們去見見世面呢。這是前些日子太太娘家舅老爺送來的雲錦，拿來與姑娘做幾身好衣裳。」

「難為太太想著姐兒，也多謝嬤嬤跑一趟，姐兒們還在睡午覺，這會兒想來也無事，嬤嬤去吃杯酒，鬆快鬆快。」

翠煙禮數周到地接過料子，中途袖間手指略鬆，漏了幾塊銀錠子塞給了劉嬤嬤。劉嬤嬤登時笑得合不攏嘴，連聲道多謝。

屋內，清殊掃了眼翠煙捧進來的一疊衣料，納罕道：「喲，這回出手倒闊綽，時新的素雲錦，顏色也俏，做春裙倒是極好。」

翠煙笑道：「雲錦不比咱們從潯陽帶來的浮光錦，但到底算得上珍品了。」

清懿搖頭輕笑。「這回是出門，自然要將表面功夫做好看了，倘若咱們灰頭土臉、小家子氣，她與三丫頭穿紅著綠的，豈不是叫人閒話？」

「一言以蔽之，她也想光鮮亮麗體面些，便順帶著把咱們也收拾妥當。」清殊耳朵上夾著畫畫的毛筆，手撐著腦袋悠哉悠哉地道：「還是我姊姊神機妙算，一早便猜中姑姑要來請咱們呢。」

清懿但笑不語。她自然不是神機妙算，只是有前世的遭遇，她隱約能猜到幾分姑姑的心思。若要給京城的聰明女人列個榜，她這個姑姑曲雁華定要榮登三甲。

母親阮氏剛過門時，曲雁華尚在閨中，彼時曲元德還是六品小官，雖素有才名，得聖人重用，但到底仕途尚淺，在勛貴遍地的京城裡，曲家實為小門小戶，即便曲雁華生得花容月貌，富有才情，也入不了高門的眼。

可她卻是個有主意的，那些門當戶對的小官之子來求親，通通被她拒之門外。後又待字閨中許久，直到曲思行剛出生，平國公嫡次子央人來說媒，家裡這才知曉曲雁華攀上了高枝。

六品官的妹妹嫁入國公府做嫡子正妻，便是祖墳冒煙了也難有的罕事，卻叫曲雁華做到了。此後曲府上下都以姑太太為榮，有這高門親戚，便是下人都要體面幾分。

原先清懿也以為是姑姑手段高明，又或是與那國公次子真心相戀，這才嫁得如意夫君；後來她進過真正的高門後宅，蹉跎了半生，這才知道世上沒有從天而降的好事。

曲雁華嫁入平國公府時，曲府陪嫁了十里紅妝，豪奢到見慣富貴的高門也挑不出錯來。

清懿懂事後才覺出不對，曲元德寒門出身，即便仕途再如何順暢，也攢不下這家底；即便真拿得出，也斷沒有將全副身家給妹妹陪嫁的道理。

能有這手筆，又捨得拿出來的，只有自己的母親，阮妗秋。

當年母親不惜忤逆父母尊長，也要嫁與尚為寒門書生的父親曲元德。外祖父雖放話說不認她這個女兒，但到底拗不過外祖母的哭求，仍陪嫁了足以叫女兒富足過一生的財產。想來那十里紅妝，有九里都是母親的嫁妝。

清懿不曾聽過母親吐露半句，一切都是她長大後慢慢發覺的。

女子的嫁妝是後半輩子的倚靠，原先她也不解，即便母親與小姑子感情再好，也沒有搭上後半輩子的理。可後來她在乳母林嬤嬤那兒才知道，母親生來便有不足之症，每次生產於她而言都是鬼門關走一遭，焉知孩兒出世時，她這做母親的又是否還在人世？

須知父親管不了後宅，後母又有幾個盡心竭力為別人的孩兒操持？適逢小姑子心比天高會謀劃，倒不如賠上全副身家討好她，只叫她攀上高門還能念著嫂嫂的恩情，看顧她留下的孩兒罷了。

「姊姊想什麼，臉色這樣難看？」清殊在姊姊眼前揮一揮手，叫她醒醒神。

翠煙與彩袖已經拿了雲錦去裁衣服，阮家原本就是紡織起家，府裡更是有頂尖繡娘無數，她二人只偷學了幾招，便能將衣服做得像模像樣。

清懿剛回神，便叫茉白攔腰摟住，用軟尺量了周身，綠嬈在一旁拿筆記下。

「這料子有淡粉與煙紫二色，淡粉鮮嫩可愛，四姑娘穿；煙紫柔中帶俏，大姑娘穿！」彩袖摸著下巴琢磨片刻，便敲定了章程。

姊妹二人都不在狀態，丫鬟們卻都各司其職忙活起來。

茉白寫了胭脂水粉單子，打發外頭的僕婦去買，連香粉裡頭加幾兩珍珠都囑託得仔仔細細。

翠煙將妝奩裡的簪子、髮釵一併拿出來細細挑選，一面喃喃道：「兩個姑娘都生得極好，穿金戴銀未免落了俗套，珍珠又太素，還是老太太送的那兩支海棠琉璃繞珠簪適宜，既貴重，又不顯得咱們多費勁打扮，最恰當不過了。」

翠煙一面說著，一面拿了簪子插在清殊頭上，又捧著她的頭左右瞧了瞧，皺眉道：「怎的像個小公子？」

清殊為了舒適，只在要出門時才盤兩個小包包，時稱雙鬟髻，其餘時段都散著頭髮放鬆頭皮，要麼叫茉白幫她編麻花辮，要麼就順手紮個丸子頭。現下她就是丸子頭，中間橫插了一支簪子，只覺頭皮沈重不已。

清殊托腮，懶懶道：「二月十三才赴宴，還有大半月呢，妳們怎的就擺出這陣仗？」

翠煙又去盒子裡挑揀，彩袖拿來半成品料子在她身上比劃，精神奕奕地道：「自然要早早備好，從前在潯陽不能施展身手，人家一聽是阮家姑娘來了，都歇了比美的心思，我們也不好大費周章給妳們打扮，如今來了京裡，各家貴女都是見過世面的，咱們又是頭一遭出門，怎麼也不能輸了！」

半個月一晃而過，平國公老夫人的七十壽辰也如約而至。

二月十三一大早，曲府眾人前往國公府。

親妹妹下了帖子，原本曲元德合該來拜會，但他極少參與侯爵勛貴的宴請，厭惡官場應酬，於是搬出聖上深惡結黨的旨意來堵住陳氏的嘴，只叫她備了薄禮，帶著女眷上門做客聊表心意。

馬車尚未行駛到近前，便見著前頭門庭若市的景象。

老國公在世時素有雅望，國公夫人又高壽，手底下襲爵的長子廣交好友，次子又長袖善舞，故而不論大小官員都願意賣他家面子捧個人場。出門時，家裡備了三輛馬車走過正陽街，陳氏還頗覺體面，現下見了旁人的排場，才深覺門第懸殊。

早有小廝候在門前張望，甫一瞧見曲家人，便往裡頭報了信。不多時，熟人趙嬤嬤便親自迎了出來，引著眾人入內院。

今兒出門很齊全，四個姑娘都被打扮一番帶過來。果不其然，曲清芷也是一身新衣裳，顏色是更為稀罕的染金藍，她還綰了垂鬟髻，上頭插了各色珠釵，與她親娘陳氏如出一轍的品味，很有一番富貴氣，就是略成熟了些，頭皮看著略痛了些。

清懿姊妹倆雖也被幾個丫鬟按著妝點許久，但到底沒有用力過猛。那支海棠琉璃繞珠釵也並未戴上，只恰到好處的點綴了兩支素色玉簪，配著清懿煙紫的衣裳，天然去雕飾，美不勝收。

清殊便更簡單，還是那件淡粉色裙裝，頭上用同色絲帶紮了兩個丸子，襯得皮膚雪白，可愛得緊。

唯有曲清蘭只穿了件普通料子的青色襖裙，雖也裝扮一新，但在姊妹面前卻失了幾分顏色，好在有頸間佩戴的羊脂玉瓔珞項圈，叫她不失貴女的身分。

今日到場的官眷貴婦眾多，也有不少是帶了家裡的女兒來的，免不得私下暗暗比較出個高低。

原先京裡哪家姑娘如何如何，這些內宅婦人無一不知，每場宴會都是她們不見硝煙的戰場，這圈子裡已許久沒有新面孔，清懿、清殊甫一出現，便有幾道目光落在她們身上，伴隨著低語。

「嫂嫂，有失遠迎了。」

一道令人如沐春風般的聲音落下，清殊循聲望去，只見來人一身穿花百蝶鎏金裙，面容透著成熟風韻，帶笑眉眼宛若天成，細看五官還有些眼熟，想必這就是姑姑曲雁華了。

「妹妹這話可生分了，妳心裡記掛著嫂子，我這心裡熨貼得很，那些虛禮有什麼打緊。」陳氏主動上前，親暱地抓著曲雁華的手，又道：「我家姑娘們都來了，孩子們，過來見過妳們姑姑。」

眾女規規矩矩地行了禮。

「這是懿兒和殊兒？」曲雁華一眼便瞧見最出眾的兩個孩子，忙上前拉過二人的手，她仔細端詳清懿，眼底的愛惜溢於言表。「我的兒，這許久不見，妳竟出落得這般模樣，好孩子，可還記得姑姑？」

清懿擺出羞怯的模樣道：「謝姑姑盛讚。姑姑容顏更勝往昔，自然是記得您的。」

曲雁華又看向清殊，彎下腰輕摸了摸她的小臉，哄孩子似的柔聲道：「殊兒，妳小時候我還抱過妳呢，來姑姑這裡不必怕，想吃什麼、玩什麼，只管來尋我；我家有個和妳一般大的哥兒，這會兒正在園子裡瘋玩呢，等他回來，我便叫他領妳也玩去。」

面對這樣一個溫柔美麗又耐心的長輩，清殊像被初春的日頭曬著似的暖洋洋，心下很熨貼，趕緊乖巧道：「殊兒多謝姑姑。」

第六章

話畢，曲雁華領著眾人前去正廳。

清殊一行到得晚，剛邁進正廳，只見裡頭滿室富貴，各府夫人和小姐個個簪珠點翠、或坐或站，聽著門邊的響動，都一齊看過來。

「這是我娘家嫂嫂和我幾個姪女。」

曲雁華引著陳氏上前拜會，周圍有相熟的夫人，便又是一通寒暄。上首最中央坐著一個滿頭銀絲的慈祥老人家，這便是老國公夫人。

老太太不耐煩和大人說話，只略應了陳氏幾句，目光便轉向後頭的幾個孩子，連聲道：「來來，這是哪家的好孩子，過來給我瞧瞧，原先不曾見過啊。」

老人家腦子有些糊塗，耳朵也聽不大見，曲雁華在她耳邊說了半天她才聽明白。「啊？老二家的，妳別唬我老婆子，妳姪女來過，我認得，那個不就是？」

她指了指曲清芷，手又往旁邊移了移。「我問這兩個是誰家的？今年多大啊？問問她家大人，要不要給我做孫媳婦，一大一小，正好匹配我們奕哥兒和鈺哥兒。」

曲雁華笑道：「這兩個姪女自小養在潯陽，前陣子才回京。」

老太太兀自笑著，只把她的話當耳邊風，大聲道：「回京好啊！明兒就訂親。」

眾夫人都善意地笑出聲。

曲雁華哭笑不得，索性不解釋了，只半開玩笑道：「是，我的好祖宗，我這就央她們給您做孫媳婦。」

「好啊，好啊。」老太太這會兒又聽得清了，頓時喜笑顏開，轉頭向旁邊另一位衣著華貴的女人道：「老大家的，妳也幫妳弟妹操持，這可有兩個姑娘呢。」

那婦人卻懶得應付糊塗的老太太，只傲然地睨了曲雁華一眼，皮笑肉不笑地道：「老太太您可別撿了根草便當塊寶，這些時日您都挑了多少孫媳婦了？原先我曄哥兒成婚也沒見您老這麼惦記。」

這話火藥味十足，在座的夫人都是人精，知道這是妯娌之間的齟齬，借著話頭挑出來呢，自然都裝聽不見。而正主曲雁華也充耳不聞，連笑容都不曾減一分，神態自如地和夫人們話家常，氣得那婦人又狠瞪她一眼。

老太太全然不知兩個兒媳的官司，她像個孩子得了新鮮玩意兒似的，一左一右摟著清殊和清懿，喜歡得緊，一會兒餵糕，一會兒餵餅。

清懿低眉屈膝地任老太太摟著，就是對那些餵到嘴邊的糕點實在招架不住，卻又不好拒絕，怕傷老人家的心。於是只好接在手裡，小口小口吃著，這塊還沒吃完，另一塊又來了，手裡都快拿不下。

一向端莊持重、進退自如的姊姊現下這境遇令清殊很驚奇，忍不住打量許久，憋笑憋得臉都紅了。

清殊一向愛吃零嘴，老太太遞到她嘴邊她還巴不得，正好懶怠動手，便十分舒適地享受投餵，見姊姊的目光夾雜著淡淡的幽怨，清殊不敢再看戲，趕緊接過姊姊手上的糕，替她吃了。

「懿兒，殊兒，快別累著老太太，回來坐吧，咱們也須得懂些規矩。」

陳氏早在曲雁華半開玩笑地說娶媳婦時，心便沈了許久，現下見老太太那樣喜歡清懿、清殊，又瞥見自家女兒鵪鶉似的縮在一旁生悶氣，心底更不爽利。

「是，母親。」清懿順勢起身，又將妹妹也牽了起來，安坐一旁。無論是順誰的意，總歸能不吃糕了。

先前那婦人卻冷眼望著這邊，指桑罵槐道：「要我說，嫁妻娶媳還是應當順應古法，門當戶對才是正理，那些個小門小戶哪裡懂高門的規矩？進了門倒要鬧出不少笑話。嘴上說只要安穩度日，只當沒有明眼人瞧出他們那趨炎附勢的心肝呢。」

這番尖酸的話叫人聽著刺耳，清殊被點起了無名火，腦子一熱就想應她一句，卻被一隻手按住，旋即聽見姊姊的低語。「與咱們無關，不許多事。」

清殊這才清醒，她們還是小孩，大人的官司還輪不著她出頭，於是便作罷，接著喝茶看戲。

果然，陳氏被這話激得面紅耳赤，她哪裡聽不出來這是在罵曲雁華，順帶著將她一家子罵了，可她卻不敢回嘴。

這婦人是曲雁華的大嫂，平國公長子的嫡妻馮氏，也是出身高門的貴女，如今她夫君襲爵，自己也獲封誥命，屬實是有趾高氣揚的本錢；況且，陳氏還懷著想讓女兒嫁入國公府的心思，因此更不敢開罪了馮氏。可這番話著實在打她的臉，總不能挨了打還笑著說打得好？

她進退兩難，想討好馮氏，又拉不下臉，任她平日多巧的一張嘴，現下也躊躇了良久，才乾著嗓子道：「大奶奶說得是，我們家兩個姑娘自小沒在我身邊長大，若有不得體的地方開罪了大奶奶，我這做母親的自然要賠不是。」

她先將錯推了出去，又低聲下氣道：「我原先在家裡便常聽說大奶奶在閨中的美名，遍京城也尋不到第二個如大奶奶這般聰慧知禮的。我們雖小門小戶，留在京裡的姑娘卻也是讀了書長大的，該教的規矩都沒有落下，今兒登門拜會，實乃真心誠意賀壽，沒有攀附的心思。」

那馮氏懶懶地聽完她一通話，挑眉道：「我在閨中時妳竟聽說過我？」

陳氏眼睛一亮，趕緊順著話頭道：「自然聽過，當年順昌伯爵府的馮六姑娘在京裡可是出了名的。」她又說了一籮筐的好話，管它假假真真還是道聽塗說，總之是將馮氏吹捧得心花怒放。

有些知曉內情的夫人心底暗暗發笑，卻也不敢說實話來打馮氏的臉。畢竟長幼有序，任二房的曲雁華多有本事，到底襲爵的還是長房，內宅領頭的自然是馮氏。

陳氏這堆彩虹屁讓清殊都噁心了，只覺丟人萬分，她悄悄地湊到姊姊耳旁道：「太太讀的書不是《女德》，是《如何做好一個合格的馬屁精》。」

清懿莞爾，輕瞪她一眼。「小聲點。」

突然，一旁傳來爽朗的笑聲，清殊嚇了一跳，猛地回頭，只見一位眉目妍麗的中年美婦揶揄地瞧著她。

「我怎麼不曾聽說馮六姑娘還有豔冠女學的美名？難不成我齊落英與妳上的不是一所學塾不成？」那中年美婦聲音洪亮，氣勢也足，絲毫沒有給人留臉面的意思。

眾夫人瞧見是她，紛紛暗中使眼色，心下都知道這趟沒白來，有好戲看了。

那婦人又掃視了一圈，目光停留在陳氏身上，輕哼了一聲，意有所指地道：「小門小戶自然有規矩，可這規矩也不是教人厚此薄彼的，我看妳家養在潯陽的兩個丫頭極好，身上也沒有那打落牙齒和血吞的軟骨頭勁。」

陳氏臉色青一陣、白一陣，吶吶不敢言語。

這婦人是鎮國大將軍盛懷康之妻齊氏，她出身高門齊家，父親曾是太子太師，丈夫又功勛卓著，婆家和娘家實打實的硬氣，又生了副颯爽豪氣的心腸。要家世有家世，要脾氣有脾氣，在場沒有人比她更敢踩人臉面。

果然，馮氏一見是她，胸口起伏片刻，到底是嚥下了這口氣。

齊落英見她不應聲，頗覺沒趣，她究竟不是來砸場子的，於是又望向那個有趣的小姑娘，逗她道：「我可什麼都聽見了，妳須得拿些好的收買收買我。」

清殊聽她這逗小孩的語氣便知這婦人是好的，也不怕，回了個狡黠的笑道：「小的身無分文，夫人若不嫌棄，便把我帶回去，雖不能搬搬扛扛，倒也能解悶逗趣，只消一日三頓飯，也不礙什麼事。」

清懿抿著嘴笑，照舊假意訓她。「不許無禮。」

「不妨事，妳們兩個小丫頭有趣得緊，大的聰明內秀，小的古靈精怪。」齊氏被逗得哈哈大笑，又與二人說了不少話，末了才對清殊道：「我家也有個與妳一般的小女兒，生得混世魔王的品性，妳要是也來學裡讀書，少不得與她碰上，可不要打起來才好。」

「齊夫人說的哪裡話，二姑娘那是活潑好動，尋常姐兒哪有那般好性格？多少人羨慕不來呢。」一曲雁華適時接上話。

齊氏脾氣傲，原先從不踏入她們的圈子，偶爾在宴席上碰見，也是打個招呼的交情，這次卻難得地替曲雁華解了圍，出了口氣。曲雁華知道，這雖不全然是為了自己，但到底要感念這份情，便也順勢投桃報李，賣齊氏的好。況且齊氏身分貴重，從前她費盡心思想要結交卻沒能成事，如今有這樣的契機，她怎能放過？

誰承想，齊氏卻不大領情，只客氣應付幾句，擺明不想回應旁人的套近乎。

曲雁華慣會看人臉色，雖碰了個軟釘子，卻也沒擺臉色。可這一幕卻叫暗暗盯著這處的馮氏瞥見了，心下好不暢快，立時便道：「哎呀，我們這些做管家夫人的，討好賣乖有什麼用，不需要用熱臉貼著人家的冷屁股。公府說到底還是我這大奶奶作主，今兒多少豪門官眷都是看著我們老爺的臉面來的，這才是實打實的好處，那等小門戶出身的，也就靠著兒子過活罷了，只是兒子有個沒用的娘，也成不了什麼氣候。」

這時，門外小廝心急火燎地趕來報信，一進門還未來得及把氣喘勻便大聲道：「稟大奶奶、二奶奶，有天大的貴客到！」

馮氏立刻呵斥。「像什麼樣子？沒見過世面的東西，好好回話。」

「是，是。」小廝風箱似的大口喘氣，卻沒回話，那眼睛卻往曲雁華那兒瞄。

馮氏道：「你眼歪了我便幫你剜了！我是府裡的大奶奶，有什麼你只管與我說！」

小廝欲言又止，為難道：「外頭來了幾位貴客，咱府上並未下帖子，他們只說是家中長輩聽聞咱家的老太太過壽，便包了壽禮來祝賀，因他們與奕少爺交好，便由二老爺親去將人迎到堂中接待了。」

既不是下帖子請來的，那人家說衝著誰來，便是給誰的臉面。

一聽是程奕，馮氏更是不忿，冷道：「既有二弟招待了，還眼巴巴地來這兒報什麼？不是我說，奕哥兒十六、七歲的年紀能結交多大的貴客，何至於二弟親去迎接？平白丟了臉面。」

那小廝臉色立時脹成豬肝色，想說又怕大奶奶發怒，還是曲雁華心思縝密，問道：「他們男人的事自去招待便可，二老爺還說了什麼？可是有用得到女眷的地方？」

「二奶奶說得正是。」小廝急急道：「來了三位貴客，一是端陽長公主與寧遠侯嫡子，袁小侯爺；二是淮安王世子；三是永平王世子！」

此話一出，即便是見慣了大場面的貴婦也不由得豔羨。尋常達官貴族設宴，請到一個便不勝榮幸，這一下子卻有三個不請自來。

饒是曲雁華定力佳，此刻眼角眉梢也不由得洩漏一絲喜色。「快，你與我同去前院，把老爺交代你的好生和我說，一個字也別落。」

曲雁華腳下生風，不一會兒便走遠，妥帖如她，一時間都忘了安頓好剩下的女眷。

馮氏聽到來人竟是這幾個，悔得腸子都青了，生恨自己這張嘴沒給自己留退路，現下眼巴巴地貼過去攀交情，只會叫人笑掉大牙。無法，只能面色沈沈地留在原處安頓女客。

「二奶奶慢些走，不打緊。袁小侯爺應是有要事和老爺談，不須咱們勞神接待，只是永平王世子年歲小，老爺便囑咐了一定要好好看顧，務必叫他玩得盡興……還有另一個頂要緊的淮安王世子，」小廝步履匆匆，喘了口氣才道：「老爺叫我偷偷叮囑二奶奶，切記萬分小心招待這一位，淮安王世子最桀驁，不喜人多，此番也是為了照看他兄弟永平王世子，這才屈尊駕臨府上，二奶奶只管清出個清淨院子好好安置這尊大佛，不許人叨擾，這便妥當。」

曲雁華思量片刻，心裡立時便有了章程。

「劉管事，你把鈺哥兒喚回來，叫他好好換身乾淨衣服，讓他領著那位小世子爺玩，多帶幾個丫鬟、僕婦，看顧得緊一些，千萬別叫他們打鬧。李嬤嬤，妳帶人去把湖心閣收拾出來，好生妝點，再叫人領淮安王世子去那兒休憩，記得叫人守住院子，不可大聲喧譁。」

眾人領命去了。

安排妥當後，曲雁華心裡不可自抑地暢快。一想到馮氏那吃癟的臉色，曲雁華壓抑許久的怨憤頃刻得到消解。

「趙嬤嬤，我兒真是我的福星。」曲雁華許久沒有笑得這麼開心。「她馮氏出身高門又如何？長房長媳又如何？生個兒子草包似的品格，哪裡及得上我奕兒半分？」

趙嬤嬤也笑道：「奕哥兒的人品自然是頂好，不然也結識不到這樣多的貴客。」

曲雁華溫婉的面具似乎裂開了一條縫隙，露出裡頭的野心與慾望，她眼神幽沈地望向遠處，良久才道：「我兒自然是好的，整個國公府，也只有我的奕哥兒和鈺哥兒是好的。我這做母親的給不了他們太多，可我卻能為他們尋一樁好親事，不叫這空有門面的破落公府扯了他們的後腿。」

趙嬤嬤遲疑道：「二奶奶還是中意陳氏那個女兒？」

曲雁華冷笑，語氣嘲弄道：「原先瞧她會做事，娘家又是從商的，娶了她女兒，正好能拿嫁妝來填補府裡的虧空。可是她忒軟骨頭，馮氏嚇唬她幾句，便哈巴狗似的跟著舔，想來女兒品性也不如何。」

趙嬤嬤點頭道：「我瞧著那三丫頭不像個機靈的，咱家鈺哥兒才九歲，可不能草草定了婚事。」

曲雁華道：「我雖不指望鈺哥兒和他哥哥一般撐起門戶，卻也是我身上掉下的肉，我自然要考慮姑娘的人品樣貌。我瞧著，那個四丫頭倒是極為相配。」

「可二奶奶您不是說……」趙嬤嬤遲疑道：「二奶奶不是要嫁妝豐厚的媳婦嗎？」

曲雁華輕笑一聲，淡淡地道：「是，正因為如此，我不僅要那四姑娘，還要那個大姑娘。」

這下趙嬤嬤可真的驚了。要說鈺哥兒的婚事還能草率，可這奕哥兒是曲雁華的心尖肉，即便是打兒媳婦嫁妝的主意，也從未安排在奕哥兒身上。

「那大姑娘樣貌、性格都是拔尖的，與咱們奕哥兒也相配，雖是二奶奶您的娘家姪女，只是……家底差了些吧？」

曲雁華挑眉，不知想到了什麼，緩緩道：「她們若出嫁，嫁妝只會比陳氏那個女兒多得多，斷不會少。」

那廂清殊已然待得渾身不適，悄悄撓了撓清懿的手心，卻見姊姊在出神。好像是夫人們談論那幾個貴客時，姊姊才有異樣的。

「姊姊，妳可識得那幾個小柿子、小猴爺？」清殊問完不等人答，一面又小聲咕噥道：「嗯，這倒提點我了，明兒叫彩袖洗個柿子給我吃。」

清懿瞋了她一眼，懶費口舌責怪，也並未作答。

妹妹問她可否認識，又豈止是認識。

「……端陽長公主與寧遠侯嫡子，袁小侯爺……」

那小廝的聲音猶在耳畔，直叫她心跳都停了片刻。

袁小侯爺，袁兆。才貌冠京城，公子世無雙，多少女子的春閨夢裡人。

恍如隔世，恍如隔世，再聽到那人名號，竟是真的隔了一世。

第七章

知道袁兆來，那些夫人都坐不住了，紛紛打發自家女兒出門走走，連陳氏都動了心思。她倒是想叫曲清芷也去碰碰運氣，少年侯爺看不上黃毛丫頭，若有那小世子瞧上也是好的；只是眾目睽睽下，叫了這個，另外三個也少不得帶上。

清蘭一副木頭樣，清殊渾身孩子氣，都不打緊。只是……陳氏目光掃過清懿那張臉，銀牙暗咬。要是這個去了，還有旁人什麼事？

這時，曲雁華回來了，後頭還帶了一眾僕婦。

「怠慢各位了，今兒咱們的宴席設在園子裡，還請了戲班子來熱鬧熱鬧，添個喜氣。若有哥兒、姐兒坐不住的，只管和我說，自有丫鬟領著貴主兒們玩去。咱們今兒不守什麼規矩，只叫諸位玩得盡興才是。」說罷，她當先扶著老太太出門，後頭僕婦們井然有序地領著眾人浩浩蕩蕩地往園子走去。

陳氏忙著巴結馮氏，早早領了曲清芷跟去，丟下清蘭像個沒主的魂，緊緊追在清懿後頭。

領著清懿、清殊的是趙嬤嬤，不知怎麼，走的路與旁人不同，沒走多遠，就見一個八、九歲的小公子從旁邊小道跑來。

「同姊姊、妹妹問聲好，我是……」小公子話未說完，便被人打斷。

「鈺哥哥！」

曲清芷一直偷偷瞧著這邊，見趙嬤嬤帶她們去別處，暗想是有好的要給她們，便趁著陳氏與人攀談的工夫，偷跑過來跟上，誰知竟會遇上程鈺。

曲清芷鳥雀似的圍著程鈺嘰嘰喳喳，生生攔得他幾次要開口，都沒說成囫圇話。

清殊還沒偷笑出聲，便又有一道聲音插了進來。「鈺哥兒，回來。」

循聲望去，一個十七、八歲的清俊少年站在月亮門邊，那少年遙遙揖手行禮，溫聲道：「唐突諸位表妹了。」

若是個獐頭鼠目的，倒真是唐突，換作少年這品貌，清殊覺得這樣的唐突多些也無妨，畢竟來這大武朝許久，身邊不是丫鬟、婆子就是中年老頭，乍見到年輕男子，只覺賞心悅目。

就連默不作聲裝木頭的清蘭眼睛也亮了，驚喜又不敢大聲，只怯怯地喊：「奕表哥。」

曲清芷嫌棄地瞪她一眼，小聲罵道：「妳不過見過表哥一次，裝什麼熟稔？誰理妳？」說罷又像隻花蝴蝶似的上前和那兄弟二人攀談。

程奕笑容和煦，略應了清芷兩句便走向清蘭道：「是清蘭表妹？許久不曾見妳，長高了些。」

清蘭臉色驀地脹紅，羞怯得低下頭，說話都有點結巴了。「是……是……表哥竟還記得我！我……我……」

她一激動說話就磕磕絆絆，嗓子又細，後半句話還未說出口，程奕就走向清懿。

與方才自如的寒暄不同，這回有些靦覥的反倒成了程奕，他臉色微紅，醞釀了許久才道：「二位妹妹想必不識得我，只同她們一般叫我奕表哥便是。思行表兄去揚州前和我說過二位妹妹要來京，今日既然到我家做客，我自然要好好款待。」

清懿淡淡回了一禮，客套道：「多謝表兄，表兄的好意我們心領了，只是我們女客實在不便與男子同行，還請恕我們做妹妹的先行告辭了。」

好不容易搭上話，又被一通規矩堵在原地。程奕內心掙扎片刻，又笑道：「妹妹不識路，我領妹妹去園子裡可好？」

清懿挑了挑眉，不疾不徐地道：「不煩勞表哥，我自請趙嬤嬤帶路。」

程奕尚不死心。「今日壽宴需操辦一整日，宴席尚未開，和夫人們坐著也是無趣，不如……我帶妹妹們逛一逛，結識些同齡的玩伴如何？我家中有處極好的花園，許多公子和小姐都在那兒賞玩，要不我也帶妳們去湊熱鬧？」

這廝熱情過頭了，眼神直往姊姊那邊瞄，自以為掩飾得很好，實則卻被清殊敏銳察覺。

想來是要應聘姊夫這個位置？一得出這個結論，清殊便生出幾分敵意，眼光挑剔許多。胳膊太細，忒文弱，保護不了姊姊，沒安全感！小白臉，有心計，故意裝偶遇，不好！

沒等她想出旁的缺點，清懿淡淡地回絕道：「多謝表兄，我今日身子不適，去了也要掃諸位的興，還是不湊這個熱鬧了。」

生怕程奕覺得失了面子要惱，曲清芷忍不住嚷道：「奕表哥，大姊姊不去，我卻是要去的，我學堂裡的玩伴都來了嗎？你帶我去玩吧！」

程奕還想說什麼，又被曲清芷纏得脫不開身。

清蘭手指揪著衣角，目光迫切地追著程奕，想說什麼又不敢。

清懿眼神掃過面色暗淡的清蘭，突然喚道：「程奕表兄。」

以為有轉機，程奕急道：「妹妹可是改了主意？」

清懿搖頭笑道：「不是，只是想請表兄幫個忙。我這些妹妹跟著我，左右也是無趣，沒得悶壞了她們，不如請表兄帶她們一同去玩吧。」

清蘭眼神瞬間亮了，視線緊緊追隨著程奕，目光暗含著狂熱。

程奕卻沒發覺，他強笑了一聲，吶吶道：「哦，好，我自然將她們照顧妥當，妹妹也保重身子。」

清殊本不想去，但是瞧見曲清芷那副恨不得吃人的樣子，她就改了主意，今天還非要湊個熱鬧氣氣這丫頭不可！

走了半盞茶的工夫，一行人終於到了一處風景宜人的庭園，園門上書「留芳庭」。這庭園十分寬敞，假山花圃錯落有致，中間還有一片小湖泊，恰好分隔開兩處亭臺，這頭是男客，通過橋梁往對岸走，那裡便是女客。

在家時，清姝便聽姊姊說了這盛會的因果。老平國公當年素有賢才，名聲在外，很有些臉面。他聘請到當世大儒楊柏松為館師，入駐程家私塾；又辦了女學，請來了宮裡的趙女官授課。因此，舉凡京裡數得上號的高門都送了子女入程家學堂讀書。

時至今日，學堂已開辦數十載，現下京裡的權貴子弟泰半師出程家。因感念這份師恩，這次壽宴才辦得這樣體面。否則，單憑這空有虛爵的國公府名號，斷不會有今日盛況。

再者，京裡各家關係複雜，眾人難得齊聚一堂，正好趁著這個機會，男人們攀談交際，夫人們相看適婚男女，公子們賣弄文采，姑娘們精心打扮出一出風頭。大家各司其職，心照不宣。

清姝方踏進園門，便聽著前頭一陣嘈雜，不時有喝彩聲。

她好奇地探頭望，卻被清芷瞧見，正好逮著了嘲笑的機會。「那是國公府門生在舉行詩會，這可是個極文雅的趣事，在詩會上奪魁的才子，日後定是名揚京城，前途無限。怎麼著？妳沒見過吧？」

清殊翻了個白眼。「妳不會真覺得他們作詩，就只為了名揚京城吧？依我看，他們詩好不好還在其次，頭個要緊的是提筆作詩的樣子風流不風流，讀書時的派頭倜儻不倜儻？是否叫對岸的女郎們看中？」

「妳說什麼胡話?!」曲清芷雙眼瞪圓，氣鼓鼓地跑了。「我不與妳這俗人攪和，我自去找我好友。」

說罷她便過了橋去，一番尋覓，最終站定在一個十歲左右的女孩身旁，窸窸窣窣地說了什麼。那女孩身邊圍了好些同齡姑娘，均是各府閨秀，隱隱透露著以她為首的架勢。

隔著一片小湖泊，清殊看不清那女孩的臉，但那股驕矜傲慢的氣息倒是不受阻隔地撲面而來。在曲清芷湊到女孩耳邊說了什麼後，那女孩挑釁又不屑的神情更明顯了。

出門在外，清殊並不想惹是生非，只面無表情地回瞪那女孩一眼便不再看她。適逢程鈺熱切地邀她去玩，她便順勢跟著。原想問問清蘭要不要一起，卻見她一心跟在程奕身後，片刻不離。

程奕作為主人家，一出現便被拉入男客亭子裡作詩飲酒，顧不上妹妹們了。他倒也妥帖，安排了幾個丫鬟帶她們逛逛。

可清蘭卻不肯走，執意留在那男人堆裡。

時下男女之防雖沒有前朝那般嚴苛，但女子的名聲到底貴重，一不留神就要落下話柄。清姝這年紀的小孩還不打緊，也有哥哥帶著妹妹在園裡玩的。清蘭再過幾年便要及笄，處在風口浪尖的年紀，對岸可有不少利眼瞧著這處呢，她若留在男客這邊，不知道會傳出多難聽的話來。

清姝蹙了蹙眉，出聲道：「二姊姊，妳過來陪我吧。」

清蘭愣了愣，目光游移片刻，面色有些為難，到底還是一步三回頭地過來了。

清姝自然不是真要她陪，而是察覺她行事不妥，提點兩句罷了。

「姊姊妳要麼和我逛逛，要麼就去對面找妳相熟的女伴，切莫再跟著表哥了，否則落人話柄事小，太太若知道了，怕要找妳不痛快。」

「……我曉得了。」清蘭嘴唇動了動，沒辯駁，又小心翼翼地偷看程奕一眼，才過橋去。

這廂，程鈺等候多時，早在那兒擠眉弄眼，招手叫清姝跟上。

「好妹妹，妳也不認識旁的人，不如和我一起去陪世子爺玩。我娘親只說他同我一般大，也是九歲，卻不知性情如何。」程鈺原先也是個成群結夥玩得風生水起的，但是這回他娘親耳提面命地叫他不許開罪人家，他好歹是個公府嫡子，平日只有旁人讓他，這會兒叫他照顧人，他哪裡知道分寸，只好央著清姝一塊兒去。「我平日最疼妹妹們，我想著這世子爺也差不多，咱們若得罪了他，興許他看在妳的分上，就不與咱們計較呢？」

清殊緩緩皺眉，神色不善。「合著小表兄你是拿我當擋箭牌呢？」

「哎！此話怎講？」程鈺煞有介事地擺手，正氣凜然道：「妳我兄妹二人一見如故，一家人莫要說兩家話，這叫……嗯……共禦外敵！」

清殊面無表情地盯著他，直把他盯得無地自容，連連討饒。「好好好，妹妹，算為兄求妳，妳生得這樣可愛，任他是個閻王也不忍心生妳的氣，但我不同，我脾氣本就衝，時常惹禍，若這回惹惱世子，我母親第一個要揍我。」他委屈極了。「況且，人家世子還帶了哥哥來呢，他哥哥淮安王世子更不得了，連皇太孫都打過，更別提我了。」

九歲小孩哭喪著臉、裝小大人講道理的模樣有趣極了。清殊忍不住彎了彎嘴角，又板著臉逗他，等程鈺好妹妹長、好妹妹短地叫得嘴皮子都乾了，這才答應。

程鈺記得，母親說怕人多衝撞了這小祖宗，打發了十數個丫鬟伺候，還清出一個看臺還是園子給他。前頭最為僻靜的地方就屬湖心亭，見周邊守著好些人，程鈺料定便是這處了。

程鈺道：「喏，我們到了。想來小世子是喜靜的，這處是我家頂頂好的住處呢。」

清殊打量片刻，狐疑道：「九歲小孩會喜歡這樣的地方嗎？」

清殊二人沒走近便被一個鷹勾鼻太監攔住。

「哪裡來的孩子？家裡沒人教過不可亂跑？」那鷹勾鼻挑剔地上下打量二人，語氣傲慢。

清殊規矩地行禮，自報家門，又仰著臉笑道：「煩勞公公通稟，是家中長輩遣我二人來陪世子解悶的。想著他一個人太過孤單，有我們說說話也是好的。」

「不必了，我家主子身分貴重，不是尋常人能見的。」鷹勾鼻面帶不屑，輕慢地掃了清殊一眼。「姑娘回去吧，叫你們家裡人也收收心思，莫要打什麼歪主意。」

歪主意？清殊皺眉，拳頭緊了緊，還是忍了下來。

院裡的小廝認出了程鈺，趕忙上前與鷹勾鼻陪笑臉，又是一通解釋。即便聽見後頭是主人家的公子來了，這太監也不鬆口。

程鈺出身不低，又在自己家中，被一個奴才這樣擺臉色，心裡萬般受氣，腦子一熱，便把先前自己說的都忘了，氣得「呸」了一聲，不管不顧地道：「好你個狗奴才，伺候你主子幾天就擺譜，你算老幾？你敢攔我，你看我不揍你！」

他雖才九歲，卻生得小牛犢子似的壯實，趁那鷹勾鼻被罵懵了沒防備，一個用力把人推倒在地。

這下可炸開了鍋，甭管哪邊的侍從，一個個慌腳雞似的衝過來拉人。

「好哥兒，快住手，別傷了自己！」

鷹勾鼻地位不低，平日裡養尊處優，未曾受過這種委屈，氣得五官扭曲，嗓音更尖了。

「天爺啊，國公府打殺人了！」

「你還敢胡咧咧！狗眼看人低的東西，我替你主子教訓你！」

程鈺氣性上來，索性鬧個徹底，上去又是兩拳，直打得那鷹勾鼻面白無鬚的臉上多了兩團烏青，場面越發亂了。

「外頭吵什麼？」一道清冽中夾雜著不耐煩的少年聲音自屋內傳來。

王府的家僕紛紛噤口，連哀哀叫痛的鷹勾鼻也不敢再嚎，個個斂聲屏氣，跪在地上。

程鈺被小廝扶了起來，他衣服上沾滿了土，頭冠也歪了，好不狼狽。這會兒他總算清醒了些，不敢再放肆，慫成一團往清殊後頭躲。

清殊小小一個根本擋不住這大塊頭，很是無語，但她沒辦法，她到底算被拖下水的共犯。

清了清嗓子，清殊深吸一口氣，軟聲道：「世子，我們是主母派來見您的，可否讓我們進去一敘？」

第八章

裡頭安靜了一會兒，片刻後，出來了一個白白胖胖的老邁太監。

「殿下請兩位小貴人進去呢。」那老太監笑容可掬，親切地牽過清殊。他餘光瞥見程鈺邋遢的樣子，立時變了臉色，心疼道：「哎喲！我的祖宗！怎麼衣裳都髒了，可有受傷？那賤胚子竟敢對您動手?!」

程鈺這會兒心虛得厲害，忙搖頭擺手。他到底是個主子，那鷹勾鼻即便吃了豹子膽也不敢真動手，再氣也只能挨打。

可老太監卻不依，他白胖的臉沈了下來。方才還跋扈的鷹勾鼻嚇得打了個哆嗦，頭低得埋進土裡。

「莫叫人多費口舌，省得主子心煩了，要你吃更大的苦頭。」白胖太監淡淡地道：「回了府裡，自去領罰吧。」

鷹勾鼻連連磕頭謝罪。

白胖太監又換上笑臉牽著清殊二人，仔仔細細地將他們護送進院。

「主子，兩個小貴人到了。」

朱紅色的雕花木門朝兩邊打開，只見裡間一張寬大的軟椅上歪坐著一個人，地上鋪了一地的木屑，此刻還有零星碎屑不斷地從那人手邊掉落，顯然是在雕刻什麼東西。

房間裡餘留刀削木頭的「唰唰」聲。持續片刻，不耐煩的聲音又出現。「說話！」

清殊冷不防嚇得一哆嗦，才反應過來是叫自己說話。

「哦，回殿下，方才我兄長與您府上的人有齟齬，原是我們的錯，還望殿下寬宏大量，莫要跟我們小孩子計較。」清殊說話乾脆，沒了方才的拘謹。「再者，您府上的人許是會錯了您的意，頗有些不得體。我們怕殿下煩悶，來和您說話，帶您一塊兒玩，本是好意，這人話也不傳半句，就替您推三阻四，安的什麼心？」

這是把鍋甩給鷹勾鼻了。

程鈺這個當事人聽得一愣一愣，心也不虛了。

白胖太監不知為何捂著嘴憋笑，臉都脹紅了。

裡頭終於又有動靜，是一聲意味不明的輕笑，旋即一隻骨節分明的手掀開帷幔。

「來和我說話？帶我玩？」

「嗯。」清殊不經意抬眸，然後就愣住了。

映入眼簾的臉實在稱得上驚豔，雖是十三、四歲的少年人模樣，五官卻已然立體精緻。他眼窩很深，睫毛濃密，形狀漂亮的嘴唇若是彎起便是美不勝收，可他卻偏愛不苟言笑，於是美中帶煞、戾氣橫生，是副十分霸道蠻橫的皮相。

清殊短暫的失神，片刻後，意識回籠，才發覺不對勁……

這人那樣高，明擺著是個少年啊！

清殊輕咳兩聲掩飾尷尬，然後捂著嘴快速湊到程鈺耳邊。「小世子多大了？」

程鈺腦子空白，乾巴巴地道：「啊……和我一般歲數吧。」

很好，找錯人了。看年紀，這位不是永平王小世子，而是傳說中的凶殘哥哥淮安王世子。

清殊皺眉，沈痛道：「你準備些上好的金瘡藥吧。」

程鈺抖著嗓子，眼淚汪汪。「……妹妹。」

「你娘的那頓好打，你是躲不過了。」嘴上雖是這麼嚇他，清殊內心卻不怎麼怕，腦中飛快想好了對策。

只見她自然地提著裙襬走近了些，行了一個十分規矩的禮，道：「回殿下的話，我與表兄十分仰慕殿下，想結識殿下許久，便借著大人的名義過來了。」

她又擺出個苦惱的神色，暗暗瞥了少年一眼，委屈道：「我們小孩家家的，沒個由頭，便如方才這般，門也進不來。好在上天知曉我二人的誠意，叫殿下發了善心，這才見著您的尊容，我表兄定要高興得多吃一碗飯！」

程鈺苦著臉應和。「是是，我今晚多吃一碗，不，兩碗！」

少年似笑非笑，把玩著手上的木雕，一面道：「哦？仰慕我？」

清殊睜大眼睛，連連點頭。「自然仰慕您。」

少年饒有興趣地問道：「仰慕什麼？」

清殊臉不紅、心不跳，閉著眼睛現編，還一臉痛心疾首。「殿下，恕我直言，您太自謙，自謙到看不見自身的好處！您怎麼能問這樣的蠢問題？您人品耿介，性情純良；身形高大魁梧，一拳能打哭三個小孩；還有您的美……每一根頭髮都散發著動人的光輝！您看看！您怎麼能妄自菲薄反問我仰慕您什麼呢？這不應該！」

說到最後，清殊簡直抑揚頓挫，神情激昂，已經把另一個當事人程鈺說迷糊了，後者開始反思自己一開始是不是真想來找淮安王世子？

白胖老太監終於憋不住，噴笑出聲，樂得臉上皺紋都擠出來了。

「哎喲哎喲，咱家真是許久沒這樣笑過了，這個小貴人真是惹人愛。」白胖太監直不起腰，擦了擦笑出的眼淚，對少年道：「您瞧她像不像咱們郡主小時候？那機靈樣，嘴巴抹了蜜似的。」

少年沒答話，冷哼了一聲，復又躺回去，木屑又開始紛飛。

清殊不解其意，老太監卻笑咪咪地扶她坐到一旁的軟榻上，小聲道：「孩子，沒事了，只管玩吧。」

清殊小心地瞥了裡頭一眼，也壓低了聲音道：「爺爺，殿下他這是什麼意思？」

老太監被這聲「爺爺」叫得心一抖。「使不得，使不得，咱家這賤命可沒有這福分當姑娘您的爺爺啊，可不許再說，被人聽著了姑娘可落不著好啊。」

清殊一愣，她倒是沒想那麼多，只是見到年長又親切的，習慣使然脫口而出一句爺爺；可沒承想，時人有忌諱，沒得亂認親戚的道理，更何況是個太監。

但清殊沒什麼顧忌，左右就是把她便宜爹賣了唄，那又怎的？真由著性子來，她也敢滿京城認爺爺，幫她便宜爹認爹。

思及此，清殊仰著頭道：「您說得有理，我不叫了。」

「好孩子。」老太監呵呵笑，摸了摸她的頭。

「我偷偷地叫，不讓人聽見唄。」

老太監啞然，片刻後，搖頭笑罵道：「不聽話！」

老太監在做奴才這條道上也算走到頭了，伺候過皇帝、又伺候淮安王、再是世子爺，手下小的都得叫聲老祖宗。可那成百上千句的老祖宗，都抵不過今日這小姑娘的一聲爺爺。

見清殊還憂慮著，老太監安慰道：「姑娘且安心，我們家那個看著不好親近，實則是個好哄的，您方才就已然逗樂他了，現下只管在這處玩，外頭人那樣多，日頭也曬，沒必要去跟他們擠。就在這兒玩，午膳也在這兒用，我打發人幫您二人傳信回去，如何？」

逗樂？他那副冰塊樣就是被逗樂後的樣子嗎？

清殊有些不信，但是老太監親切慈祥，語氣又溫和，她已經被說動了一大半，程鈺更是個記吃不記打的，這會兒聽說能在這兒玩，早把永平王世子忘在腦後，還勸她也留在這裡。

清殊不理他，又問道：「那永平王世子現下在什麼地方？我們也想去瞧瞧他。」

老太監還未說話，裡頭卻傳來世子的聲音。

「怎麼？不是來尋我說話的？現在又仰慕旁人了？」

清殊難得語塞，無話可說。

老太監捂著嘴偷笑，小聲道：「放心吧，小世子用過午膳就來了，您只管在這兒邊玩邊等著。」

清殊這才長舒一口氣，放下心來。

時間一晃而過，程鈺玩得樂不思蜀。

原本他還拘謹著，怕吵到世子，結果發現裡頭的人根本不管他，這下便撒了歡，打發人拿竿子去釣魚。原先他母親不許他靠近水邊，因此他雖是個小主人，卻也有頗多不自由，現下倒叫他快活得很。

老太監事事有求必應，吃的喝的擺了滿滿一桌子，裡頭有些品項還是從王府帶來的，叫清殊受用得很。她還想問問那點心方子，回頭叫彩袖學著做，又怕這是府中的獨門配方不外傳。

老太監卻呵呵笑道：「這有什麼難？一會兒便叫人抄一份送與您帶回去。我家這個不愛吃點心，花樣略繁瑣些就要發脾氣，粗茶淡飯倒吃得習慣，您若愛吃，那可求之不得。」

清殊驚訝。「嘖嘖，怎麼有這種身在福中不知福的人？」

老太監又笑得停不下來。「可不，府上的師傅都不敢把菜做得太精細，父子倆都是一樣的脾性。但這些師傅們又都是百裡挑一的好手，一身本事施展不開，每每外出，便會做一籃子好的帶上，若有人識貨，也不枉費他們的手藝了。」

清殊也樂得不行。「還有呢、還有呢？」

老太監又說了不少趣事，一時間，清殊心裡頭對這個凶名在外的殿下也沒什麼害怕了。

白胖太監雖百般挽留，清殊到底有些分寸，知道此地不宜久留，用過午膳便拉著程鈺告辭了。

裡面那世子爺也不知什麼來頭，看那面相也不是好惹的，稱了他心還好說，若不小心得罪了，怕是要帶累全家。因此，清殊也懶得管程鈺那檔事了，那永平王世子愛來不來吧，沒陪那小世子玩，好歹陰差陽錯地陪了大世子，說到底，真怪罪下來，左右要挨打的也不是她。

渾然忘記了自己要挨打的程鈺還哭喪著臉，頗為不捨，一步三嘆，回味著方才的美好時光。

「唉，妹妹，我也見過世面，如今看來我就是那個……水底下什麼癩蝦蟆？」

清殊翻了個白眼。「那叫井底之蛙。」

「啊正是！我就是那井底之蛙！」程鈺一拍腦袋，頗有些忿忿。「妳說世子爺出個門，怎麼帶這麼多好玩意兒？又是琉璃萬花筒，又是尚大師鑄的劍！最稀奇的是他削木頭的那把刀，我記得是聖上親賜的挽月刀，削鐵如泥！」

清殊挑眉。「難怪你方才在裡面探頭探腦的，怎麼？你一個國公府嫡子，還眼熱人家的刀不成？」

程鈺臉一紅，頗為害臊地抓了抓頭，嘿嘿一笑道：「這話我也只在妳面前說說，哪有大丈夫不愛刀啊劍的？更何況是那等極品利器。

「再者，國公府嫡子怎麼啦？妳是不知我的苦處！」程鈺說到這裡又皺起眉，喪氣道：「旁人以為我家多風光呢，實則我就是個揀破爛的，凡是有什麼好東西，必然是我哥哥們先挑，挑完才輪得到我，那些寶弓、寶劍都是他們挑剩下的，我可曾像世子爺那般獨有一把？」

他是個沒心眼的，一不留神就抱怨起了家事，身後跟著的丫鬟、僕婦臉色都變了，想攔著又不敢插嘴。

清殊不動聲色地掃了一眼，她們這是怕她將國公府秘辛聽去，到時候亂傳兄弟不睦之類的謠言，心下有了數，她便故作嘲諷道：「你？大丈夫？哪有遇事躲在我身後的大丈夫？」

果然，程鈺被她三言兩語引開了話題，二人一路吵吵鬧鬧，後頭的隨從也安了心。

想著回去尋姊姊，清殊一路走得快了些，半盞茶的工夫便回到留芳庭，這回程鈺帶她走的橋對面，抬頭就能瞧見女客的亭子。

還未走到近前，清殊就覺出不對。

前頭三三兩兩地聚了一圈人，在背對隱蔽處，有個穿鵝黃衫的小姑娘甚是眼熟，清殊仔細瞧了瞧，認出她是曲清芷一心巴結的那個跋扈姑娘。鵝黃衫姑娘一副盛氣凌人的模樣，正指著她面前的姑娘說得口沫橫飛。

清殊隔得遠，卻也能聽見一些。

「……妳若要點臉，就把我的玉還我！我午膳前去更衣，正是和妳一間屋子，不是妳又是哪個？」

「項二姑娘，我真的沒偷妳的玉，我更完衣便走了，不曾看見屋裡有玉。」被人群擋著的、背對著這邊的女孩柔弱地爭辯道。

「不是妳還有哪個？在場的姑娘哪家缺了玉了？也就妳鬼鬼祟祟、沒見過世面的模樣，最為可疑！我家多的是妳這種丟人現眼的庶女，妳們這等人的脾性我最清楚不過，嘴裡說著嫡女的好，心裡說不定多嫉妒，看上什麼不直說，偏生做些噁心人的勾當！」

她小小年紀，嘴裡說出的話卻十分刻薄，令那姑娘氣得發抖，眼淚直流。「妳……妳無憑無據地怎能這樣污人清白？」

「我污妳清白？」鵝黃衫女孩一把扯過那姑娘的衣領，冷笑道：「我親眼瞧見妳藏了一塊玉放進衣領裡！妳還敢嘴硬是吧？我便拿證據出來！」

她說著便要上前撕那姑娘的衣領，眾女孩炸開了鍋，勸的勸，叫的叫，忙打發僕婦們去叫大人，場面是一團亂麻。

「別打了！連青姊姊，那塊玉真是她的，是我家大姊姊送與她的！」

清姝還在看熱鬧，冷不防一個熟悉的亮藍色身影出現，不是曲清芷又是誰？不待她驚訝這丫頭難得說人話，一直背對著這頭的苦主也露了臉，哀哀哭泣的正是清蘭！

瞧了半天熱鬧，合著都是自家人，連程鈺也驚了，他苦著臉低聲道：「清蘭表姊這回要受罪了，她對面那個穿黃衫的，是項丞相府的嫡次女，項連青，那性子……」他欲言又止。

清姝蹙眉，拍了他一巴掌。「你倒是說啊！」

程鈺像是回憶起不堪回首的往事，打了個寒噤。「唉，妳不知道，她原先就頂有名的驕縱，家裡又正當紅。我們小孩玩鬧賭氣也是常有的，偏她是個告狀精，一有事便和大人說，光她娘和老子出面為她撐腰都好幾回了，家裡都囑咐我們不許惹她。我之前弄哭過她一回，我母親將我一通好打呢！」

程鈺尚在齜牙咧嘴地回憶，清姝已然面色凝重，心裡壓著一團火。

那頭還在吵鬧，這會兒那項連青也不管親疏遠近，指著清芷、清蘭一塊兒罵。

「妳平日裡還說不把庶女當正經姊妹，這會兒出來幫襯是吧？好得很，以後別來和我套近乎了！」

清芷又急又委屈，也壓不住氣。「我怎麼了？我實話實說，那就是我大姊姊的東西，妳總不能冤了她，帶累我也蒙羞吧！」

眼看又要鬧起來，腳程快的僕婦終於把大人們帶來了。

畢竟是小打小鬧，又事關主人家的親戚，僕婦有分寸，只知會了曲雁華與陳氏。

陳氏匆匆趕來，也不管三七二十一，把清芷往後一拽，冷著臉低聲叱了一句。「站遠點，不許多嘴！」

說罷便賠了個笑臉，上前道：「得罪項二姑娘了，我們家清蘭沒出過幾次門，鬧了笑話也是難免的，姑娘莫要和她計較才是，回頭我派人送幾塊上等的好玉到府上去。」

她這話和稀泥、打圓場，明擺著就是囫圇認下了。

清蘭瞪圓了眼，不敢相信地望著陳氏，幾次張口要辯解，卻都叫她漠視了。眼看一口黑鍋就要落到她頭上，一道清冷的女聲傳來。

「母親莫急，且叫二妹妹分說分說，好歹把前因後果交代了才是。」

第九章

清殊一聽到熟悉的聲音，便知是姊姊來了，她立刻小跑上前，程鈺慢了一拍，跟在她後面追。

項連青怒意更甚，絲毫不懼面前的長輩，揚著下巴道：「好啊！便叫她把偷玉的過程說給大家聽！哼，我親眼瞧見她藏了一塊玉在領子裡，然後更了衣後就鬼鬼祟祟地往小路走，不是去藏贓物是做什麼？」

清蘭臉色脹紅，也不管旁的了，一把扯開領子拿出一塊玉，抖著嗓子道：「這便是我的玉！我大姊姊送的玉！我怕丟了這貴重什物，這才好生收著！妳只管拿去瞧，看是不是妳的？」

項連青怒道：「這玉是妳的便能說我的玉不是妳偷的？那妳鬼鬼祟祟去做什麼？妳說啊！」

眾人目光都聚焦在清蘭身上，她臉色紅得滴血，眼睛腫得核桃大，身子不停發抖。面對著項連青的質問，她顫著嘴唇，指甲死死掐進肉裡，卻沒吐出一個字。她像是被剖開外殼的蚌，無助地攤開身軀承受眾人的利眼刀割，她的目光不敢和旁人對視，最後，落在那道纖細的身影上。她望著清懿，神色充滿哀求。

「說不出話？圓不了謊了吧！妳今天說不出去哪兒了，那這個賊就是妳！」

那頭還在咄咄逼人，清懿卻只是直直地回望清蘭，沒有任何動作，彷彿在讓她說實話。她琥珀色的眼眸裡，還夾雜著一絲旁人看不透的，冷漠的探究。知道沒人會幫自己了，清蘭眼底微弱的光漸漸黯淡，繼而閃過一抹決絕，她深吸一口氣，預備把話說個明白。

不料，有人如天降神兵出現了。

「賊什麼賊？閉上妳的嘴！誰教妳無憑無據冤人清白！」有一個小小的人站了出來，說話卻十分硬氣。「妳的證據便是妄斷旁人鬼祟，那我瞧妳紅口白牙欺凌他人，是否能指認妳是賊喊捉賊演戲呢？」

項連青沒想到會有人來幫腔，甚至這般囂張，一時間沒來得及反駁。

清殊開口便鎮住她，更是乘勝追擊，口齒清晰道：「第一，妳今日到了那麼多的地方，並不能斷定是在更衣室掉的玉，即便是，那同一間更衣室出入那麼多丫鬟、僕婦，妳憑什麼肯定是我二姊姊？

「第二，妳回到更衣室找過了，且看到我二姊姊藏了玉，往別的地方去。可妳如今也看到了，她的玉是我姊姊送的，妳卻還抓著不放，就因嫡庶之分，妳便偏要將她打成賊？虧妳還是名門貴女，真不知是心思狠毒還是頭腦蠢笨！」

先前被話題引到了別處，都在關心清蘭去了哪兒，如今，明白事理的聽了這番話，心下都有了章程。這事原本就是沒憑沒據的吵鬧，想也知道，沒有哪家貴女會自降身分做這種事。

見周圍人神色變了，項連青知道失了勢頭，長這麼大，她還是第一次被人這樣羞辱，一時間氣得手指發顫，話都說不索利了。「好啊！好啊！」她環顧一圈，尖著嗓子道：「妳們一家子到齊了，姊妹幾個一同欺負我是吧！」

清殊還想還嘴，卻被一隻手按住。

「不許出頭。」清懿神情冷淡，低聲道。

那廂項連青已然歇斯底里，氣得一邊跺腳、一邊哭，指著清殊罵。「玉是妳們姊妹合夥偷的！我要報官抓妳們！」

清殊氣笑了，顧不得姊姊的阻攔，順手指著項家一個丫鬟道：「妳家姑娘丟的什麼玉？」

丫鬟愣了一下，吶吶道：「青玉墜子。」

清殊嗤笑一聲。「妳睜大眼看看我二姊姊這又是什麼玉？哪個腦袋被門夾的蠢貨戴著好好的羊脂玉，還要惦記人家的青玉？我們小門小戶，卻也清清白白，沒有叫妳這樣誣衊的道理。」

「我不聽妳說！」項連青亂了方寸，怒氣攻心，嚷嚷道：「妳們一家通同一氣是吧，我也去叫我娘來。來人！去把我娘找來，我要告到衙門去，我要你們一家子都丟臉！」

眾人俱是一驚，面面相覷，心底都明白，這事要鬧大了。

曲雁華原本作壁上觀，不想得罪相府的貴女，也不願在曲家這頭落埋怨，誰知小孩子家的吵鬧卻要引到大人頭上，她不得不出面調停。

可項連青卻不買她的帳，她爹是朝中權臣，內閣首輔，她一向只知道那些空有虛爵的人家還得看她家臉色行事，因此，還是一徑要鬧。

這頭動靜忒大，對面的男客也朝這頭張望。

女孩們還是要名聲，都不願在這兒現眼，項連青卻不顧這些，打發小廝去叫她娘，只是小廝沒跑幾步就被攔了下來。

「打擾貴人們雅興。」

眾人只見一個白胖太監和和氣氣地走過來，他身穿絳紫色蟒袍服，身後還跟著幾個面相凶惡的侍衛，聯想到府裡的貴客，還有什麼不明白的。

「殿下聽得這頭吵鬧，心下煩悶，特意打發咱家來問問清楚。」白胖太監不看旁人，只和曲雁華說話。

曲雁華忙道：「不敢擾了殿下尊駕，只是孩子們一時拌嘴，動靜大了些。」

白胖太監略掃了眼四周，被他看到的人都忍不住縮了縮脖子，就連項連青也不敢鬧了。

「那便好，我家主子的脾性諸位也是知道的，眼裡容不得沙子，既是小打小鬧便早早了結，莫要鬧大驚動了他；若有不能公斷的，只消去他跟前分辯，不可在此地爭執了。」

一番連敲帶打，眾位人精哪裡聽不出言外之意。總之，這事得翻篇，再鬧就去那位爺跟前鬧，至於後果嘛，自負！

白胖太監見場面消停了，神色才緩和些，他又從下人手裡接過一件小披風，逕自走到清殊面前，慈祥道：「姑娘走得太急，點心方子和衣服都忘了拿。」他又招手，遞來一個食盒。「主子不愛吃這個，他見您喜歡，便吩咐了帶些給您，不是什麼好的，拿回去給您姊妹們甜個嘴。」

「那替我謝謝世子殿下了。」在眾人詫異的目光中，清殊笑得眉眼彎彎，大大方方地接過食盒，又獻寶似的小聲道：「爺爺，這是我親姊姊！」

白胖太監瞋她一眼，又慈愛道：「好，妳們姊妹二人都是好孩子。」

清懿眉頭微皺，神色有片刻冷冽，很快又平靜道：「謝過公公。」

待白胖太監離開後，眾人目光才開始轉動，紛紛聚焦在曲家姊妹身上，詫異有之，好奇有之，連對面的男客也在看熱鬧。

喧鬧平息，眾人倏然發覺，曲家竟有這樣標致的姑娘。大的那個貌比西子，小的那個伶牙俐齒，還得了世子青眼，也不知這曲家姊妹是什麼來頭？

雖有好奇，但貴女們大多矜持，鬧劇落幕也就各自散了，只餘對岸男客裡頭有幾個風流好事的私語了幾句。

「哎，咱們排的那個美人榜，得換換榜首了。」

「喲？項大姑娘項連伊有才有貌，一向是你心頭首座，就因她今日稱病未到，你就變心不成？人家妹妹項二姑娘方才還在對面打擂臺唱大戲呢，小心我去告訴她。」

「我怕你？今兒便是項大姑娘來了，也得退位讓賢！你一個長了眼睛的人，竟沒瞧見方才對岸那位佳人？我定要打探到她的名姓！」

好友嗤笑道：「耿三郎，我看你是瘋魔了。」

這場壽宴可謂一波三折，所幸後半場眾人都相安無事，平安度過了。

曲家人是最後一批告辭的，曲雁華攜兩個兒子親自將她們送至門外，還打發了十幾個僕婦一路護送，給足了體面。

臨走時，程鈺還頗為不捨，鬧著清殊一定要答應下次來玩。好不容易打發了這狗皮膏藥，清殊興沖沖上車，嘴裡還哼著歌，片刻後，卻發覺不對勁。

這輛馬車只載姊妹二人，裡頭的鎏金香爐溢出絲絲縷縷的輕煙，耳邊唯餘車輪轆轆聲響，沈默在這小小空間裡蔓延開來。

清懿平日裡雖不多話，卻也不會如現下這般神色冷淡。明明一下午都不見異樣，甚至方才在外頭和旁人說話時，姊姊也是面帶笑容，妥帖得很，怎的一上車就拉下臉了？

清殊小心揣測著姊姊的心思，輕手輕腳地挨著她坐下，試探地開口。「姊姊？」

惴惴不安等了許久，也沒聽著回應，再抬頭，只見清懿閉目假寐，唇角緊抿。

完蛋，這是真惱了！

清殊皺著眉，又蹭了過去，拽著清懿的袖子搖，拉長聲音道：「姊——姊——」

等了一會兒，仍沒動靜，她故技重施。「姊——姊——我的好姊姊——妳不疼妳的心肝了嗎？我還是妳的寶貝嗎？」

這回清懿眼睛睜開了，瞥了她一眼，卻不開口。

清殊見有戲，立刻纏了上去，扭股兒糖似的環住清懿的腰，頭也往她懷裡蹭，嚷嚷道：「妳生我氣，打我罵我都好，怎的還不理人呢？我一貫是個愚鈍的，我又不如姊姊聰明，有什麼不妥當的也不能及時發覺，少不得要姊姊提點。姊姊這是不耐煩了嗎？姊姊這是不愛我了嗎？」

清殊抽噎著。「我就知道！妳原先跟前就我一個妹妹，現下多了這許多，妳便嫌我不好了！嗚嗚嗚我真可憐，我這就改了姓去，不給妳做妹妹，以後就當妳的丫鬟，還望姑娘發發善心，不趕我出門去才好，嗚嗚嗚……」

懷裡小孩一陣嚎啕，雖知她是滿嘴胡咧咧在裝哭，清懿到底狠不下心，還是著了她的道。

「好了，妳打住。這一套都演了八百回了，比外祖母點的陽春班四郎探母那齣戲還多！」她似嗔似怒地瞪了妹妹一眼，丟了張帕子讓她擦臉。

一聽這話，清殊猛地抬頭，揚著一張笑臉，臉上哪有半點淚痕。「姊姊不氣了？那我可比陽春班小杜鵑唱得好，才嚎兩句就把妳哄好了！」

清懿即便再想繃著臉，這下也難正色起來。清殊又慣會見風使舵，連吹帶哄地說了不少趣事，又把清懿逗得笑也不是，氣也不是。

見氣氛好了，清殊也不再插科打諢，轉而認真道：「姊姊不會無緣無故惱我，妳只管和我說便是，我又不是個說不通道理的小孩子。」

原本已經打消了念頭的清懿倒是一愣，定定看了清殊片刻，瞧她眼神平靜，是一副要認真溝通的模樣，她也就擺出了同等的態度。

聽著外頭有規律的馬蹄聲，清懿沈默許久，閉上雙眼又睜開，眼底流露出複雜的情緒。良久，她才抬頭定定看著清殊，嘆了一口氣道：「我並非全然是惱妳，我也惱我自己。

「原先我總當妳是孩子，不願和妳說烏七八糟的事，可如今妳越發懂事，又要在這遍地心眼的京裡過活……」清懿垂眸，輕聲道：「若一味按我私心，我寧可叫妳這輩子都不學這些彎彎繞繞；可我總得為妳將來打算，我在一日，便能看顧妳一日，倘若我不在……」

清殊立刻叱道：「姊姊不許胡說！快呸三聲，壞話就不靈了！」說罷她率先呸了三聲，要將這不吉利驅趕走。

清懿神情柔和，輕笑道：「傻姑娘，我是說，倘若我能力有限，看顧不到妳，妳總要有幾分心眼應對旁人。」

清殊噘著嘴，不服氣。「我機靈著呢，姊姊又不是不知？」

「哦？是嗎？」提到這個，清懿的笑容少了幾分，頗為認真地道：「那我便點出妳的錯來，讓妳知曉今日之事的凶險。」

清殊一愣。「凶險？是說我為二姊姊出頭之事？」

清懿點頭。「還算聰明。不過，妳卻又將我的話當耳邊風。」清懿話鋒一轉，皺眉道：「我不許妳出頭，自有我的道理，我便將這道理掰碎了說與妳聽。妳乍一聽竊玉之罪只覺屈辱，一是妳見不得清蘭這柔弱女子受罪，二是妳怕帶累全家女孩的名聲，因此恨不得立刻助清蘭洗刷冤屈。況且項家女那漏洞百出的說辭，明擺著栽贓，以妳的伶牙俐齒，還不是三言兩語就反駁回去？妳是這樣想的是否？」

清殊眼睛發直。「字字句句戳中我的心。」

清懿點了點頭，接著道：「妳一向聰明，既有違背我的意思替人出頭的打算，便有全身而退的把握。妳想過，妳們都是小孩子爭吵，真鬧到了大人跟前，大人也拉不下臉和妳們計較，便是暗暗叫項家女吃點虧，她那丞相爹也不會自降身分找上門來，是這樣想的吧？」

「是。」清殊這下佩服得五體投地。

與真小孩們處久了，清殊耍小聰明的本事自然超群，略蠢笨些的大人也瞧不出來，此刻卻覺得自己在姊姊面前就是一張白紙。

「所以，我這樣做何錯之有？事情確實如我想的這般結果呀。」清殊抓抓頭上兩個小髻，不解道：「我既讓蘭姊姊洗刷冤屈，又叫那小蹄子吃了悶虧。她即便回家告狀，難不成她爹娘那麼大年紀還不懂道理，甘願顛倒黑白也要幫女兒出頭？」

清懿搖頭，淡淡道：「妳這是把自己的勝算安在旁人身上，那我坦白告訴妳，她爹娘就是顛倒黑白也要幫親女兒的人。」

清殊難以置信地抬頭。「此話當真?!他們一家這麼不要臉?!」

音量一時沒控制好，清懿暗瞪她一眼，示意她小聲點。

「若我未推算錯，少則兩、三日，多則四、五天，項家便要找咱們麻煩了。」她語氣淡然平靜，眼神卻難得沈重，琥珀色的瞳孔裡沈澱著往事的痕跡。

項家，權勢滔天，蠻橫霸道。這一家的手段，她是再清楚不過的。

前世，他家大女兒項連伊，便是袁兆的正妻。清懿為妾，卻先她兩年進門，遭她暗恨許久。平日裡姊妹相稱，和睦十數載，實則笑裡藏刀，清懿有好幾次都險些死在她手裡。

原想這輩子不招惹袁兆，也就能遠離那女人，卻沒想到會在這裡對上。

「先不提將來的麻煩，我索性將擺在咱們面前的與妳說個明白，妳只瞧著面上沒吃虧，可妳想過沒有，今日若不是世子讓許公公出面，事情真有這麼輕易了結？」見清殊垂頭深思，清懿又諄諄教導。「妳再細想，堂堂丞相之女會因為丟了一個青玉墜子便揪著人發作？連咱們都瞧不上的東西，何至於令她動干戈？無非是找個由頭尋清蘭的錯處罷了。」

來不及詫異姊姊為何識得那個白胖太監，清殊被後頭的話難住了，一心急問道：「蘭姊姊一向謹言慎行，不是個沒有眼力見兒的人，哪裡會惹到她頭上去？況且，退一萬步講，真是因為雞毛蒜皮的事惹了項連青，咱們還真不管了不成？」

第十章

清懿意味不明地笑了一聲，淡淡地道：「是，妳說對了，就是不管。」

此話一出，清殊愣住，不可相信地抬頭望著姊姊，簡直懷疑自己的耳朵。

「姊姊妳說什麼胡話？妳平日教我仁義善良，今日我路見不平，出口相助還成不是了？」

她語氣裡的失望撲面而來，清懿垂眸恍若未聞。香爐裡的青煙裊裊，一隻纖白的手輕輕撥動香匙，細細撥動了香氣。

良久，才聽見她說話，語氣平淡得近乎冷漠。

「我教妳仁義善良，是想妳自己過得好。若有一日，要我精心養著的妹妹去為了這所謂的善良為別人犯險，我絕不願意。」

清懿低頭看她。「哪怕是為我，也不行。」

清殊呆在原地，心下方才燃起的不解與怒氣瞬間被撲滅，此刻餘留濃濃的茫然感。

清懿眸光閃過一絲黯然，頓了頓，繼續道：「不怕讓妳知道，我這個做姊姊的是個虛偽的假賢德。清蘭第一個向我求救，可我衡量得失，最終沒有開口。」

清懿說這話時，偏著頭不看清殊，一字一句都似沒有感情的冰塊。良久，卻沒聽見後頭的人回應。她心下沈了沈，苦笑了一聲，也沈默了。

倏爾，一雙小手環住她的腰，從背後抱住她。

旋即，一個小腦袋軟軟地靠過來，伴隨著悶悶的聲音。

「哼，不許說自己的壞話。」清殊額頭抵著姊姊的肩，心疼地道：「妳哪有妳自己說得那麼壞，我方才也是衝動了，沒過腦子。現下好生想想，才發現有蹊蹺。項連青為何追問蘭姊姊去了哪裡？姊姊可是知道？」

話趕話說到這裡，清懿也不賣關子。「若我沒猜錯，清蘭應當是去找程奕表兄了，恰好被項連青撞見，她有個要好的表姊正想與程家結親，哪肯讓咱家截胡？這下正好找個由頭發難，她也是料定清蘭不敢當眾說出私會外男的事。」

聯想此前種種跡象，清殊很快便反應過來，一拍大腿道：「蘭姊姊糊塗啊！她要傳情，自有多種法子，何苦在那麼多眼皮子底下，這不是上趕著送把柄！」

清懿嘆了口氣，搖搖頭道：「不，她只能這樣，除此之外沒有法子。

「她是庶女，婚事全攥在太太手裡，太太自己想把女兒嫁進程家都得多多附上嫁妝，哪裡肯為她鋪路？」清懿淡淡地道：「再者，她出門的機會不多，去程家的機會更是少，若不趁著今日表明心跡，誰知有沒有下回？女子一旦及笄，便離出閣不遠，她也想為自己拚一把。因此，我不願幫她，皆因這是她自己選的路，她想嫁程奕，便要做好吃苦的打算。今日的小打小鬧算什麼？若連這樣的屈辱都受不得，真要進了那高門，豈不是白白送命？」

上輩子，清蘭也傾心程奕，卻不敢鬧這一齣，最後叫太太嫁與一個地方官做正妻。那地方官年紀頗大，原配妻子沒留下子嗣就過世了，但他勝在人品忠厚，又在大哥曲思行手下做事，雖算低嫁，卻也能和樂過日子。

清懿不想插手旁人的人生，這一世如何，也端看清蘭自己的造化。

眾人回到曲府時，天已擦黑。

剛踏進流風院，幾個大丫鬟便團團圍了上來。

「姑娘可算回來了，旁的休提，先泡熱水解解乏。」翠煙早早打發人備了沐浴用具，姊妹二人各自泡在花瓣裡，足足泡了兩刻鐘才起身。

彩袖適時送上溫著的綠豆湯，少少地加了些蜜。「外頭席面吃不飽，您又挑嘴，夜深了怕不好消化，用些湯水便罷了。」

「嗯，我不想動，妳餵我。」清殊被熱水泡得渾身泛粉，現下正歪躺在床上，舒服得瞇眼，張著嘴等。

「我哪日沒餵您？」彩袖沒好氣，手上的湯勺卻照舊送到她嘴邊。

清姝笑了。「妳最好了。」

「就您一張嘴厲害！」

又是一番主僕鬥嘴，翠煙笑著看熱鬧，一面給清懿用熱毛巾擦頭髮。

流風院燭火燃到子時才熄滅，次日，清姝睡到快用午膳時才起。

今兒不準備出門，清姝只叫彩袖草草收拾了一番，頂著小丸子頭，趿拉著軟底拖鞋就往清懿房中去。

才走到廊下，便撞見剛從屋內出來的清蘭，只見她面容憔悴，眼下烏青，細看眼角還泛紅，神情恍惚地差點撞到清姝。

「二姊姊怎麼了？到午時了，怎的不在我們這兒用飯？」

「哦，是四妹妹啊。」清蘭猛然回神，強扯出一個笑。「太太早就叫我呢，不好推辭，我先走了。」說罷，身旁的奶嬤嬤便攙著她走了。

清姝回頭望了一眼她腳步虛浮的背影，思索片刻，便小跑著衝進姊姊屋子，還未見到人便嚷起來。

「姊姊！姊姊！我餓了，今兒吃什麼好的？」

桌上擺了兩副碗筷，剩下的還在路上，彩袖率先端了碟子進來，蹙眉道：「祖宗小聲點，叫外頭那群長舌婦聽見了，又要說您不懂規矩，鄉下人沒見過世面。別給人遞話柄了，咱們這院子可不是鐵桶，四處漏風著呢！」
翠煙端了食盒跟在後頭，朝外努了努嘴，使了個眼色，低聲道：「可不是嘛，二姑娘才從這兒出去一會兒，我便瞧見劉嬤嬤往外走了，想來是去太太那兒報信呢。」
清殊敷衍地嗯兩聲，菜還在食盒裡，她就已經拿了筷子開始吃。
彩袖輕嘖一聲，笑罵。「您這饞嘴貓！我管不了您，我叫大姑娘來說您！」
清懿在裡頭更完衣才出來，見清殊這餓死鬼模樣，只搖頭笑了笑。「由她去吧，左右是在我這兒，無妨。」
清殊埋頭吃得噴香，含糊道：「我在外頭裝得可好了，不必擔心。」待填飽了肚子，再將一杯滾燙的熱茶喝完，清殊舒坦地瞇著眼，不經意問道：「方才二姊姊來做甚？」
清懿還在小口小口抿著茶，聞言淡淡地道：「送東西來的，又與我坦白了她的心事，和我昨日猜想得差不多，她確實是破釜沈舟。」
清殊皺眉，不解道：「她若真豁出去，該找太太、或是爹，怎的求到妳面前？」
清懿挑眉不語，只笑看著她。
對視片刻，清殊才恍然，指了指自己，遲疑道：「難不成，二姊姊是見我為她出了頭，覺得我能出一分力？」說罷又撓了撓頭，無奈道：「我一個小孩，出頭吵個架便被妳訓一頓，如今竟指望我為她謀一樁婚事不成？」

「倒不必這般高看妳自己。」清懿又抿了口茶，目光凝在漂浮的茶葉上。「清蘭絕不是蠢笨之人，她自然看得出太太想與姑姑家結親的殷切，也看得出妳得了世子的青眼。甭管人家為了什麼替妳出頭，總歸妳比她更有助力；再者，妳又有副熱心腸，肯幫她，哪怕一星半點兒也是好的。

「她知道暴露了這樁心事，成不成暫且不論，後續的刁難定會有。京中權貴看上程奕的並不少，不是項家女，也會是李家女、趙家女……昨兒又叫項連青吃了悶虧，這位可不是省油的燈，僅僅竊玉之事都叫人這般難堪，誰知後頭還有什麼坎兒等著她。所以，她想來尋個庇佑。」

清殊訕訕地笑了兩聲，被那句「熱心腸」說得不敢抬頭。「哎呀，姊姊！」

「妳若不出頭，這事也就捂下去了，項連青只當是她一人異想天開，除卻錯付她一腔柔情，旁的搓揉也自然不會有。」清懿瞋她一眼，繼續道：「但因為妳出頭幫她，無論如何，在外人看來這就是咱家的意願，我們姊妹都是一體的了。如今妳是擋也得擋，不擋也得擋。」

清殊心下一凜，有種不好的預感，追問道：「有麻煩上門了？」

清懿頷首，抬了抬下巴，示意她看桌上壓著的一封請柬。那封面描金彩繪，還帶著馥郁的香味，上頭用簪花小楷書寫：項府，敬邀。

清姝低頭喪氣道：「都怪我，惹麻煩了。」她撐著腦袋預備聽姊姊的教訓，等了半天，卻等來了餵到嘴邊的一塊糕。

「不怪妳。」清懿掰碎了糖糕，小塊小塊地遞到她嘴邊，一面道：「我妹妹生得這樣善良熱心，有什麼錯？」

清姝驚訝抬頭。「姊姊不覺得我衝動？」

「我樂於見妳有這般的衝動，又怕妳衝動。」清懿眼中神情複雜。「我昨晚想了許久，覺得自己說的話也不對。我雖擔心妳強出頭，闖禍傷及自身，可我並不能逼妳做個謹小慎微的人。我呵護妳長大，就是要妳自由自在，如今為了這麼點事，卻要妳忍氣吞聲，豈不是捨本逐末了？」

這番話如同暖流淌過全身，清姝含著嘴裡的糕，只覺得甜蜜無比。

她環抱著姊姊的腰，依賴地靠著，嘴裡咕噥道：「姊姊疼我，我曉得；妳的擔憂，我也曉得。我答應妳，以後遇事三思而後行，只管把〈莫生氣歌〉在心裡唸幾遍，絕不衝動。」

清懿嘆了口氣，摸了摸妹妹的頭，低聲道：「妳不必這般懂事……我話說得重，也是叫妳懂得怕，須得時時長個心眼。小孩子家不經事，也別真就嚇到了。只是去赴個項府的雅集，除了些言語刁難，左右吃不了大虧，咱們兵來將擋，水來土掩，沒什麼可怕的。」

清懿柔聲安慰，心下卻是沉重的。

說到底，還是她勢單力薄，無法護著妹妹隨心所欲。

昨晚她翻來覆去睡不著，作了好幾個噩夢。清殊沒有見過真正的權勢威壓，她卻見過。幸好這次只是孩子間的齟齬，不會鬧出大事，雖無關痛癢，卻叫她警醒許多。

她如今的籌碼還不足以有與權貴談判的資格，阮家在京裡的生意還未完全掌握在她手中，還要再等幾年，只要忍過這幾年，一切都會變好。

清懿思緒逐漸飄遠，目光卻越發沈著。

這廂，清蘭一頓飯用得食不知味，被陳氏盤問了一番，便匆匆告退。

目送她離去，陳氏遣退了下人，只留張嬤嬤隨侍。

「我倒未曾想過，二丫頭平日裡任人搓圓捏扁，這會兒竟有這膽子。」陳氏一貫的笑容褪去，面色陰沈。「在我面前還遮遮掩掩不說實話，真以為我老糊塗呢！若是那兩個嫡出的也就罷了，她一個外頭帶回來的野種算什麼東西？我為芷兒謀劃尚且費力，她倒想暗中勾搭上爺兒們，自己成事？」

張嬤嬤神色一凜，忙道：「太太慎言！二姑娘已記在三姨娘名下，老爺也吩咐全府上下不准再提她親娘的事了。上一個嚼舌根的已經打殺發賣了，咱們也怕隔牆有耳，徒惹一身腥。」

陳氏自知失言，訕訕住嘴。

張嬤嬤適時送上茶水。「依老奴所見，太太不必為此事掛心。二姑娘一無錢財傍身，二無父母之命、媒妁之言，名不正、言不順，咱們那個掉錢眼兒裡的姑太太怎會願意？」

半盞茶下肚，好歹降了火，陳氏順著話頭想了想，點頭道：「是這個理，蘭丫頭不足為慮，反倒是那兩個……我瞧著小姑子對她二人那股親熱勁，覺得不大對。」

張嬤嬤納罕道：「可姑太太不是把鈺哥兒定給咱們三姑娘了嗎？就差嘴上說透的事，還能悔約不成？」

陳氏冷哼一聲，抿一口茶道：「曲雁華是千年的狐狸成了精，最是滴水不漏的，她可不曾說透過。再者，鈺哥兒和芷兒如今還小，以後的事誰也說不準，咱們沒有板上釘釘的聘書，她還不是想悔便悔。咱們這個姑太太原先可見識過阮家的富貴，嚐過甜頭，那兩個丫頭來時動靜那般大，滿滿一長排的行李，她豈有不動心的道理？」

張嬤嬤揣度著問：「太太的意思是？」

陳氏不疾不徐地吹了吹茶，垂眸掩住眼底的算計，緩緩道：「我是她們的嫡母，理當幫她們保管嫁妝，待那些財物落到我手裡，妳說曲雁華還打不打那兩個丫頭的主意？」

「太太說得是。」

張嬤嬤又事無鉅細地報備了流風院的消息，她們安插的眼線連院門都進不去，只能在外頭幹粗活，裡頭貼身伺候的事情都叫那四個從潯陽來的包攬了。

陳氏不耐煩聽瑣事。「行了，叫劉福家的盯緊些，若有機會能拿到那帳簿是再好不過，旁的雞零狗碎不必說與我聽。咱們須得在行哥兒回京前，把這事料理了，免得夜長夢多。」

張嬤嬤垂首。「是，太太。還有一樁事，老奴拿不定主意。今兒項府送了拜帖來，邀咱們家的姑娘赴雅集，一式四份，正好四個姐兒都有，早些時候我便派人送到各自院裡了。只是，我想著咱家老爺素日與項府並無交集，三姐兒在學堂裡雖與項家二姑娘交好，卻也不曾收到過這等貴重請柬，也不知這雅集當不當去？」

張嬤嬤沒跟著去程家，自然不知道裡頭的官司。

陳氏也沒多說，只勾起一個笑，淡淡地道：「妳以為這是什麼好事？不去便是不給項家面子，去了又是上趕著吃掛落兒。妳這幾日看好芷兒的院子，對外只說她病了，不宜外出；再送幾疋料子去流風院，只說給兩個姐兒做身新衣裳，好去赴雅集。至於二丫頭，一個庶女罷了，沒得去那兒現眼，只把她帖子收了便是。」

張嬤嬤轉瞬便明白了意思，領命去了。

第十一章

項府雅集定在四月初，正是草長鶯飛的好時節。

清殊難得起個大早，正苦著臉任彩袖裝扮。瞧了眼外頭，只見晴空萬里，豔陽高照，是個極好的天氣，可惜卻要赴那勞什子雅集，真是壞了好心情。

這回的宴會，不宜太出挑。彩袖她們也知道輕重，只挑了兩套素色的衣裙，配著簡單的飾品。

馬車晃晃悠悠行了半個時辰，方才看到一處雅致清幽的莊園。此番集會並非在項府舉辦，而是選在京郊的皇家別莊。項家做慣了東家，各項活動安排得井井有條。

因赴會的都是各府年輕男女，脾氣秉性各不同，須得叫人人盡興而歸才好。故此，項家長女項連伊便頗有巧思的選了兩處地，一處是風景宜人的園林，喜靜的便在此處參與作詩撫琴、下棋作畫；另一處是極為寬闊的獵場，好動的可去那兒跑馬投壺打獵，自有護衛隨侍。

清殊聽著項府侍女的描述，不著邊際地想，這不就是古代版名媛、公子的派對嘛。她倒想去見識獵場，熱鬧熱鬧，可清懿早先就囑咐，這回須低調行事，萬事不出頭，於是只好選了那處靜地。

選定後，侍女便領著二人前去。

引路人彬彬有禮，語氣卻是冷漠。「我們府上的雅集年年都辦，兩位姑娘第一次來，怕是不曉得規矩，我便囉嗦幾句。」

清懿頷首。「有勞了。」

「項府雅集沒有男女不同席的俗禮，來赴會的哥兒、姐兒大多在學堂裡讀過書，不是那輕浮孟浪之輩，只講究個意趣相投。」侍女傲然抬起下巴，揚著眉毛道：「我們家大姑娘說，男女之間只講情愛是最末流的，我家的雅集之雅便在於以文武會友，以意趣擇知己，不論男女。」

這話一氣呵成，既文又雅，不是丫鬟能說出的話，想必背了很久。

清殊偷瞧見這侍女低頭看小抄，差點沒忍住笑出聲。

清懿捏了捏妹妹掌心，面上卻古井無波道：「多謝姑娘提點。」

侍女自知露餡，面上一紅，氣得背過身不再理人，只往前帶路。

不論內裡如何，只說項家這雅集的立意，著實不凡。

時下男女雖有書讀，卻也在少數。難有思想豁達者，願意接受女子與男子擁有同等讀書的權利，更遑論讓閨閣女兒與青年男子同遊同樂，就衝這一點，清殊倒頗為欣賞這位項家大姑娘，至少，要比她那個滿腦子豆腐渣的妹妹項連青好上許多。

一盞茶的工夫，侍女將二人帶到「悅庭柳舍」，安排了坐席便退下了。

清姝一路走馬觀花，賞了不少好景，現下踏進這院子，還是忍不住讚嘆一番。

「悅庭柳舍」仿的是古人曲水流觴，最中間開鑿一條首尾相連的清水渠，男左側，女右側，有酒杯和菜餚自上游緩緩順流而下。圍渠落坐，四野綠蔭環繞，間或鳥啼蟬鳴，花香陣陣，端的別具風雅。

清姝到底是畫畫出身，上輩子的職業病延續到現在，一見到美的事物便忍不住琢磨，靈感偶有迸發。她正出神，卻聽見不遠處有窸窸窣窣的動靜，和幾聲嘲諷的笑。

因尚未開宴，來的人並不多，都稀稀疏疏地坐著。故而笑聲來源很明顯，是女客區坐著的幾個姑娘，年紀都不大，十二、三歲的模樣，有兩個看著眼熟，像是項連青的跟班。

其中一個瘦得像麻稈似的姑娘，一面拿眼斜看著清姝，一面和其他女孩說小話，不時發出刺耳的笑聲。想來，也不是什麼好話。

清姝把姊姊的囑咐放在心裡，不打算理那麻稈，卻有一隻手輕拍她的背，像是安撫她。

清姝一樂，湊到那隻手的主人跟前小聲道：「姊姊放心吧，我跟一枝麻稈生什麼氣？只怕風大些都要把她吹折了。」

若是適才有些許擔憂，此刻也都消散了，清懿忍不住笑道：「哪裡學的怪詞？說書的都要拜妳做師父了。」

「說書的也不容易，總不能搶他飯碗吧。來，念在妳是我老主顧，我再與妳說個十文錢的段子，讓妳樂上一樂。」清殊歪躺在姊姊懷裡，小聲逗趣。

姊妹二人雖在角落充當透明人，卻也自得其樂，倒叫對面的麻稈如跳梁小丑般尷尬。

麻稈嘰哩咕嚕說著酸話，有教養些的貴女實在看不得她們這副嘴臉，冷聲道：「君子不避人之美，不言人之惡。我們高低上過幾天學，還不快快住嘴，倘若叫人聽見，豈不落個沒臉！」

眾女都出身高門，平日最講究端莊有禮，現下對面又有兩、三個男賓，更是臊得慌，不免埋怨挑起話頭的麻稈。

不多時，貴女們的話頭便轉到了別處。雖刻意壓低了聲音不叫對面男客聽見，卻仍有隻言片語順著風落進了清懿姊妹倆的耳朵裡，好叫她們也聽得些八卦。

「聽說這回的雅集，袁公子也會來。妳們猜，是不是他與連伊姊姊好事將近？」

另一個姑娘不贊成道：「要成早便成了，如今袁公子十七，連伊姊姊十六，哪有拖到這時節的？況且，想嫁袁公子的人多不勝數，這姻緣也並不一定落在項家。」

麻稈一貫是項家的跟班，此番忍不住嘲道：「我看妳是酸蘿蔔成精了，連伊姊姊美貌冠京城，有第一才女之名，家世又顯赫，除了她，還有誰能配得上袁公子？況且，他二人青梅竹馬，是從小就有的情誼，妳幾時見過袁公子赴別家的雅集，可偏偏就連伊姊姊能請得動！」

這下麻稈總算打了場勝仗，將眾人駁得啞口無言。

有人打圓場道：「好生說會兒話，怎的又吵起來？他二人成不成的與咱們無關，此番最要緊的是好好作幾首詩，畫幾幅畫，若得了袁公子青眼，能有他指點一二，也夠受用終身了。」

麻稈又奚落道：「免了吧，有連伊姊姊在，哪次琴棋書畫叫旁人拔得頭籌？還不都是她的囊中之物。」

說者無心，聽者有意。清懿神色淡淡，眼中卻閃過一絲狐疑。

聽她們的描述，這一世的項連伊，琴棋書畫樣樣精通，且自小與袁兆相識，二人青梅竹馬，兩小無猜，情誼應當是十分深厚了，否則，以袁兆這外表光風霽月、實則冷面冷心的個性，不可能賣她面子，赴這無趣的雅集。

清懿摩挲著面前的茶盞，若有所思。

不對，完全不對。與前世相比，這簡直是天翻地覆的變化。

項連伊前世雖也在學堂上過學，卻並不如何出挑；反倒是清懿，不時拔得頭籌，被隔壁公子哥兒封了個「第一才女」的虛名。

至於琴棋書畫，項連伊雖有擅長，卻並不精於哪一項。

清懿嫁與袁兆做妾十數年，愁苦煩悶的時間居多，只能寄情於書畫上，因此頗有幾分造詣。袁兆因才華出眾，有些目無下塵的臭毛病，而她那幾幅畫卻難得被袁兆挑去書房掛著了。

項連伊入門後，時時擺著當家主母的款，因她的畫得了袁兆的青眼，她還被罰抄一千遍《女訓》，罪名是用邪門歪道爭寵，蠱惑男人的心。這樣刁難、暗害之事不勝枚舉，項連伊是恨極了她的。

清懿手指緩緩放鬆，不知怎的，心中生出幾分荒謬來。

就是這樣一個恨極了她的人，今生，卻活成了她的樣子。所謂琴棋書畫樣樣精通，所謂才貌冠京城，甚至於先遇見袁兆，與他心心相印，當真是可笑。

是了，還有一樁。

若她沒記錯，前世項連伊的生母早逝，她從小養在外祖家，十六歲才來京城。如今的項夫人是續弦，也是她妹妹項連青的生母。

換言之，清懿的現狀，便是項連伊前世的寫照。

自然，她與袁兆也並無青梅竹馬的情誼。

袁兆出身高門，母親是皇后嫡女，端陽長公主；父親是功臣之後，寧遠侯。他若不主動與誰相交，旁人想攀附是極困難的。

前世的清懿，也只是在許久之後的御宴上，遙遙見過他一面。此後坎坷曲折，都自那時開始。

如今看來，一切都亂了。

眾人的目光又聚集到清懿身上，其中以一位姓耿的公子尤為熱切。

「這位姑娘生得冰肌玉骨，定然是個飽讀詩書的才女。」

或好奇，或審視，周圍人的目光若有若無地都彙聚於清懿身上。

清懿仍舊端坐著，淡淡地道：「公子謬讚，我比不得諸位才華橫溢，沒讀過什麼書，詩詞更是不通，就不現眼，招人笑話了。」

此話一出，那些嫉妒猜忌，通通變成了憐憫或嘲弄，卻也在無形中減弱了被眾人針對的感覺。總之，新來的姊妹倆並不是才貌兼備的佳人，也就沒什麼威脅，自然不會打破貴女圈的平衡，她們不能再接受出現第二個項連伊了。

那姓耿的公子卻愣在原地，進退不得。身旁好友憋著笑，小聲道：「美則美矣，卻是俗人，你待如何？」

這些公子大多去程家讀過書，上次國公老夫人壽宴也出席了，自然都注意到了這位驚鴻一瞥的姑娘。原本對她有興趣的不在少數，現下見她不通詩書，便都打消了念頭。

女子貌美固然吸引人，可也要有才華，方能入他們這些天之驕子的眼，譬如項連伊那般。見姊妹二人不參與活動，眾人便自行玩了兩輪，清殊托著腮看了全程，只當欣賞孔雀開屏。

行酒令告一段落，那耿公子還不死心，又提議撫琴作畫，還特意問清懿有何專長，擺明想逼她露一手，好叫狐朋狗友們瞧瞧，他看上的女子並不是空有臉蛋的草包。

萬眾矚目下，清懿做出羞怯的神情道：「謝公子看重，說來慚愧，我琴棋書畫無一擅長。」

耿公子不信。「妳莫要藏拙，這裡坐著的都是坦蕩人；要不……大家一同作畫，不署名交上來，評個優等，便是妳畫不好，也不打緊。」

在他的想法裡，出身官宦之家的女兒總會畫兩筆山啊水的，雖不能拔尖，好歹證明自己有一技之長。只是，萬萬沒想到，一疊精美畫卷裡，有人交了一張白紙。

耿公子作為審閱人，面色一僵，早已猜到白紙主人是誰。他悄悄瞥了眼對方，只見那女子怡然自得，不僅有閒心喝茶，還和她幼妹說笑，臉上哪有半點羞愧。

耿公子終於放棄，接受了佳人是草包的事實。

有個素來心高氣傲的公子瞧見這一幕，頓時氣不打一處來，怒道：「這是何人交了一張白紙，這樣的人怎麼配來雅集？既是俗人便滾去獵場跑馬，何必來曲水流觴敗人興致?!」

有猜到內情的人附和道：「若日後的雅集摻雜了這等庸人，那曲水流觴也不必再辦了，不如和武人一道廝混去。」

雖知道姊姊是故意藏拙，可聽到這麼刺耳的貶低，清殊還是沈不住氣，拳頭捏得死緊，腦袋裡閃過好幾種打臉的方法，還沒來得及付諸行動，就被陡然轉變的形勢驚呆了。

只見一枝凌厲的羽箭裹挾著勁風，破空而來，直直穿過一整條清渠，飛速射向那位滔滔不絕的公子。短短一瞬間，來不及發出驚呼，那人嚇破了膽。他面目猙獰，瞳孔放大，倒映出那支氣勢駭人的羽箭。

「咻」的一聲，羽箭擦過臉龐，有血液飛濺，旋即一縷頭髮飄落，伴隨著羽箭釘入樹幹的沈悶聲響。良久，「悅庭柳舍」針落可聞，只餘驚懼的喘息。旋即，是一道短促的輕笑，任誰都聽得出其中的戾氣。

「你，把方才的話再說一遍。」

來人一襲玄色窄袖勁裝，手上拎著一把足足有三尺的長弓，神情傲然。

那公子早已癱倒在地，冷汗涔涔，還未從死裡逃生的驚懼中緩過神來。此刻一見來人，差點沒嚇得兩眼一翻，昏厥過去。

「世……世子殿下，方才張公子也是情急之下的戲言……並……並不曾有輕視武人之心。」有人壯著膽子求情道。

雖是世家，也分三六九等，那位張公子出身小官門戶，平日裡恃才傲物，口無遮攔慣了，大家都是文人，也就睜一隻眼、閉一隻眼，總不會真動粗。

況且，文人動輒就愛罵武人，也是慣常見的，武將們大多不擅長嘴皮子功夫，懶得計較，也就相安無事。可這回，他卻撞在閻王爺面前了。

淮安王世子晏徽雲，何許人也？別看他十三、四歲的年紀，人家可是從小養在軍營裡的主兒，十歲那年還跟著淮安王出征平叛，是真正上過戰場，見過血腥的。

要是知道這位爺會來，給他們一百個膽子也不敢胡咧咧！

可世上沒有後悔藥，只見這位小爺勾起唇角，俊美的臉上浮現笑容，一字一句道：「不長眼的狗東西，信不信，爺把你舌頭割了。」

「恕我來遲，怠慢了諸位，這才叫張公子心生怨懟，一時嘴上沒了分寸。千錯萬錯都是我這小女子的錯，還望世子殿下莫要放在心上才是。」

一道女聲自不遠處傳來，眾人朝那頭望去，只見是一位身穿蜜合色繡雲紋羅裙的明豔女子。明明是略有風情的五官，卻裝扮清淡，顯得極為素雅。

女子上前笑道：「我這兒有上好的泠香釀，是袁郎自長公主那兒拿的，我向他討了幾壺。殿下您原先想多喝兩口，王妃還不讓呢，今兒來我這雅集，正好拿來招待您，讓您喝個痛快，消消氣，好不好？」

「正是正是，項大姑娘舉辦這雅集本就難得，殿下不如留下，一同喝幾杯清酒，小恩小怨也就散了。也怪項府酒好，那張公子貪杯，多灌了幾壺酒水，嘴上沒個把門的。咱們武朝以武立國，太宗馳騁沙場，馬背上打天下，焉有不敬武人之理？」起先那個對清懿另眼相看的耿公子忍不住打圓場，順著項連伊的話勸道。

話裡話外，是叫晏徽雲賣項連伊一個面子。

耿公子也出身名門，乃承襄伯膝下排行第三的兒子，人稱耿三郎。這耿三郎也是個做慣了領頭的主兒，舉凡有什麼詩會、酒會，大多都由他牽頭，眾人也願意賣他個面子，平日裡走到哪兒便有人奉承到哪兒。可今日得罪這閻王，在場沒一個人敢吱聲，少不得由他這個「領袖」出面調停；再怎麼不情願，也要捏著鼻子做小伏低一番。

耿三郎面上掛著笑，心下卻惴惴，偷覷著少年的臉色。

「哦，雅集啊？」晏徽雲似笑非笑，低著頭恍若未聞，左手還從腰間取出一把匕首把玩，利刃折射出鋒芒，只聽他懶懶地道：「關我屁事。」

他緩緩笑道：「我武朝將士出生入死護衛國門，才保你們一群酒囊飯袋在這裡吟風弄月。倘若外敵入侵，就叫那個姓張的軟骨頭舉著自己的狗屁畫作，跪著求蠻子饒你賤命，如何？」

眾人俱不敢應聲。

角落裡，清殊死死捂著嘴巴，生怕笑出聲。

太爽快了！沒有比這更叫人身心舒暢的打臉現場！

只是，旁人可不這麼覺得。

那女子，也就是雅集主人項連伊臉一僵，笑容凝住，而耿三郎面上也青一陣，白一陣。

果然是年紀小，不通人情世故，都把臺階架在這裡了，尋常人早就順著臺階下了。這位世子爺倒好，沒有半點給人面子的意思，仗著皇親國戚的身分就如此狂妄，不懂得做人留一線的道理，以後遲早栽跟頭。

耿三郎還在心下暗暗詛咒，就見晏徽雲的目光掃過來，頓時背後生出一層細密的汗。

第十二章

眾人害怕極了，救星總算到了。一位白衣公子恍若走錯了院子似的踏進來，不緊不慢地四下打量一圈，好像察覺不到裡頭肅穆的氛圍。

項連伊眼前一亮。「袁郎！」

此話一出，方才還斂首低眉的眾貴女紛紛抬頭，欣喜之情溢於言表。

順著眾人目光望去，那公子氣度著實出塵，鶴骨松姿，如芝蘭玉樹。

怪不得是少女殺手呢，在現代起碼是個校草起步！清殊暗暗讚嘆，一面卻敏銳察覺姊姊的身子僵了一僵，再仔細一看，又像錯覺，明明自家姊姊心如止水得很，眼神都沒覷一下，只端端正正地捧著茶喝。

那頭白衣公子忽略一眾目光，閒庭信步走到晏徽雲面前，語氣不鹹不淡地道：「你拿挽月刀割人舌頭，也不嫌髒？倘若皇外祖曉得了，你又要挨鞭子。」

不知想到什麼，晏徽雲默然片刻，翻了個白眼，到底是把刀收起來了，冷哼道：「我會怕祖父那撓癢似的鞭子？嫌那狗東西的舌頭髒了我的寶刀倒是真的。」

白衣公子「嗯」了一聲，漫不經心地道：「好啊，明兒個我正好進宮，定會好好轉達我們世子爺的意思。」

「嘖！」晏徽雲臉色一變。

項連伊趕緊上前打圓場。「你們兩兄弟從小吵到大，怎麼到了我這兒還要鬥嘴？請你們來一趟可不容易呢！前頭有叫世子不愉快的，都是我不好，打現下起，咱們好好玩上一玩，也不枉袁郎百忙之中賞臉。」

二人都神色淡淡，不置可否。

項連伊已然俐落安排了下去，有侍女扶著張公子退場休息，又有丫鬟、婆子重置了宴席，還在上首增設了兩個座位與貴客。

婆子還待安置一個尊位，項連伊卻揮手道：「不必，我坐袁郎旁邊也是一樣的。」

場面漸漸熱鬧，美酒佳餚不斷續上，順著水渠緩緩漂流。有識相的想炒熱場子，復又提議道：「方才的畫作尚未評出優等，既有袁公子駕臨，我等哪敢班門弄斧，不如就請袁公子品鑒品鑒，點出個頭名來。」

「言之有理！此舉甚好！」眾人附和。

有小廝殷勤遞上那一疊畫卷，送至袁兆手邊。

耿三郎忙道：「不妥，不妥。咱們把項大才女落下了，她尚未作畫，我等便覥著臉請袁公子品鑒，贏了也不光彩，諸位想想是不是這個理？」

「正是，正是，項姑娘畫藝超凡，倒把您給忘了。快快備好筆墨，讓你們姑娘作畫。」

在眾人的催促下，項連伊掛著溫順的笑，並不忙亂。

「那連伊就獻醜了。」

身旁丫鬟把她的寬袖束起，只見她神情專注，纖腕揮毫，落筆每一瞬皆是從容優雅，端的是風華萬千，座下眾人一時看癡了。

清殊自顧自地吃著糕點，漫不經心地環顧四周。

身旁的姊姊自從那姓袁的進來就沒抬過頭，將存在感降到最低。而上首的晏徽雲歪靠著椅背，閉目養神，他身旁的白衣公子袁兆，正在悠然品茶，不時挾一筷子菜。

在場眾人，就他們幾個絲毫不關心人家畫畫得如何。

不知過了多久，項連伊終於停筆，兩個侍女小心將畫舉起，向眾人展示，只見是一幅簡潔俐落的春日踏青圖，其畫工老練成熟，寥寥幾筆就勾勒出神韻，即便落在眾才子眼裡，也是不可多得的佳作。

項連伊笑道：「時間倉卒，還望諸位別笑話我才是。」

耿三郎忙道：「項大才女過謙了，倘若妳這畫都是拙作了，那我們的更是不堪入眼，只能就此罷筆才好！」

眾人你一言、我一語地誇讚，項連伊淡笑著回應，並不見多欣喜，直到小廝將畫傳至袁兆處，她的目光才顯露出幾分期待。

袁兆擱下筷子，略略掃過一眼，點頭道：「嗯，上品。」

世人皆知袁郎書畫一絕，師承大家顏泓禮，七歲就能畫出瓊林夜宴圖，乃不世出奇才。能得他一句「上品」，已然很得體面。眾人紛紛投以豔羨的目光，可獲此殊榮的主角面色卻沒有太多驚喜，反倒添了幾分失落。

項連伊咬著嘴唇，殷殷望著袁兆，期盼著能從他嘴裡再聽他說些別的，卻見袁兆已然翻起旁的畫來。

他看畫極快，半盞茶的工夫便瞧完了，又隨意用朱筆在項連伊那幅春日踏青圖上點了一個圈。「這幅是魁首。」

眾人自然沒有不服的，其中有貴女雖妒羨，但到底認可項連伊的本事，只能酸酸地道：「項姑娘特地舉辦這雅集，自己的畫還得袁公子親點魁首，這般有臉面的事，怎的還悶悶不樂？豈不叫我們這些沒才沒貌的更難堪？」

項連伊僵了僵，暗裡咬著牙忍了，臉上卻盈著笑意道：「謝袁郎讚賞，我自知多有不足，還請袁郎指點一二才好呢。」

耿三郎從前是項連伊的頭號擁護者，聽了這話趕忙道：「我看這畫毫無瑕疵，這樣短的時間能完成這等畫作，還有什麼不足？」

他這話太托大，腦子清楚些的不免替他尷尬。再如何上品的畫，焉有完美無瑕的？

一旁閉目養神的晏徽雲發出一聲嗤笑，完美替眾人表達了內心的腹誹。

項連伊也不惱，更殷切道：「還請袁郎指點。」

雖知畫無完美，但憑在座諸位的水準，卻瞧不出問題所在，都伸著脖子等袁兆發話。

清殊前世是設計出身，不精於古代的山水寫意畫，看不出其中乾坤，於是悄悄道：「姊姊，妳瞧出名堂了嗎？我也看不懂那畫有何瑕疵？」

方才那畫傳閱到她們這邊時，清懿略看了兩眼，那筆觸和畫風很熟悉，是她慣用的寫意法，卻沒有十成十的神韻，雖是佳作，但無法再上一個臺階。

見妹妹好奇，清懿只好啟唇道：「有其皮肉，無其骨相，是個空殼子。」

與此同時，一道清朗男聲也與這句批語重疊，落入眾人耳中。

項連伊臉色一白，強笑道：「沒有骨相？袁郎……袁郎不是還讚我那幅寒梅傲雪圖有風骨嗎？」

袁兆垂著眸專心喝茶，一副超然物外的模樣，聽她提起「寒梅傲雪圖」，他才略抬頭看過去，定定看了對方半晌，似疑問，又似輕聲感慨，他勾著嘴角道：「我也好奇，妳為何只有那幅畫形神兼備？」

寒梅傲雪圖？

清懿眉頭微皺，手指不自覺蜷縮，攥緊了衣袖。這是她前世在冬日裡信手而作的一幅畫，後來不知怎的被袁兆拿去，掛在書房，只說是應個景。

天底下沒有這般巧合的事。技能、才藝，甚至於穿著打扮……項連伊簡直稱得上是將她複刻了。聽見她也作了一幅寒梅傲雪圖，清懿心底更是警惕萬分。

一個令她心生寒意的猜想浮上心頭——項連伊，或許也重生了。按著這個猜想推斷，此番宴請，絕無可能是她妹妹項連青的主意！

時值初夏，悅庭柳舍清風吹拂，空氣裡夾雜著日頭的暖意，卻無端地讓她覺得冷冽。

「椒椒，妳記住，接下來無論發生什麼，都不許出頭。」

沒來由的，清殊察覺到姊姊的異樣，她從未聽過姊姊用如此凝重的語氣說話，難得正色道：「怎麼？姊姊發現什麼不對了？」

清懿沒說話，第一次抬頭，望向上首那個穿著素雅衣裙、笑容溫婉的女子，目光暗沈。良久，她輕笑了一聲，淡淡地道：「還記得我和妳說的，齊魯之戰，魯國避其銳氣，而後伺機反撲的典故嗎？」

清殊腦子轉得極快。「自然記得，以弱勝強，自然先避其鋒芒，再一鼓作氣拿住敵方！」

「嗯，聰明。」清懿莞爾道：「女子讀書能學到的不比男子少，在內宅裡誰說用不到兵法？現下就是這個理，敵明我暗，敵強我弱，自然要權且忍讓，韜光養晦。假以時日，等我們成了氣候，就不必再忍她了。」

雖不完全明白姊姊的話語裡指的是什麼，清殊也不多問，老老實實照做了。於是後半場的宴會裡，二人都不作聲、不出頭，一心當個透明人。

宴至尾聲，眾人都盡興了，再有半個時辰便可散席。

因這雅集沒甚規矩，眾人吃飽喝足後起身賞景，三五好友聚在一起吟詩作對，喝酒聊天。姊妹二人隨大流，綴在貴女後頭走走停停，倒比獨坐在座位上要合群些，不那麼扎眼。她們這一群人年紀都不大，既融不進大姊姊們的圈子，也參與不了公子們的玩樂，只好聚在一起碎碎嘴，聊聊八卦。

原本十分融洽，卻有那老熟人麻稈拿眼覷了覷姊妹倆，挑起刺來。「我說，某些人臉皮也太厚，因為自己不成器，交了白紙，叫張公子遭世子殿下好一通發難，怎的還有臉跟著咱們玩？」

畫畫之事都是一個時辰前的老黃曆了，若不是麻稈提及，眾人都快忘了事情的源頭，有被她帶偏了想法的小姑娘立時露出鄙夷的神情。

清殊挑了挑眉，難得不想生氣。原以為今日會圓滿結束，卻有人半路橫插一腳，存心找不痛快。想來也是，這雅集原本就是鴻門宴，來之前便想好要受些小罪的。可那項連青不知怎的，這麼久都未出現，實在是不對勁。

現下那麻稈出面找碴，清殊心下反倒不詫異了，只覺得理所應當。

清懿更是平靜，臉上還掛著羞怯的笑，面龐微紅。「我們小地方來的，粗鄙不堪，不比眾位姑娘們出身世家，從小便書香薰陶，養得文雅大方。我自小連畫筆都沒握過，真是怕下了筆，羞煞人啊；再者，我也沒什麼見識，實在不知道後頭會惹出這等禍事來。」

到底都是小姑娘們，話才聽一半，心腸就軟了，有個良善些的圓臉姑娘忍不住安慰道：「別聽旁人胡說，惹惱世子殿下的罪哪能叫妳擔？分明是那張公子自己說話不像樣，妳們姊妹倆只管安心跟著我們玩就是。」

清懿垂眸，再抬頭，眼圈都紅了，只聽她柔聲道：「多謝這位姑娘。」

美人梨花帶雨，端的一副叫人憐惜的柔弱模樣。即便是見過世面的京中貴女們，也不得不認，單論顏色，無人能勝過這曲家大姑娘。

只可惜，是個草包美人。

麻稈見眾人倒戈，氣不過。「是，妳們都是菩薩，那我就當一回惡人，與妳們撕破臉皮子說說道理。」

為清懿出頭的圓臉姑娘嗆道：「妳說！我看妳能說出什麼理來。」

麻稈冷笑道：「先前是誰說此番赴雅集，若能得袁公子指點才不虛此行？妳莫不是忘了，袁公子最嫌憎不學無術之徒吧？妳和一個書畫不通的粗鄙之人交往密切，難保袁公子不將妳們視作一類人，屆時更是一個眼神都欠奉。」

這話倒鎮住了圓臉姑娘，她面色脹紅，一句話也反駁不了。

因為這位袁公子，恃才傲物是出了名的。他面上雖然總是掛著淺淡的笑，看上去好親近，可若真是沒眼力地攀附上去，便能見識到這位公子的不好惹。再沒分寸些，他便會笑著讓妳吃個悶虧，還得磕個頭說謝謝。

原先有一樁出了名的官司，說的是寧遠侯的長兄、袁兆的大伯父，千里迢迢來京城求畫，不惜豪擲萬金。袁大伯父草包一個，平日愛賣弄些狗屁不通的文才，此番雖打著品鑒藝術的旗號，實則是為了有拿得出手的禮，好送出去做人情。原想著袁兆的畫再怎麼難求，那也是別人，他好歹沾親帶故，是他嫡親伯父，哪怕看在寧遠侯的面子上，也得通融一二。

誰承想，這位爺開口就拒了，說是手斷了，畫不了。這騙傻子似的話術自然不能叫袁大伯父心服，左求右求，又說隨便畫個花啊朵的就好，還搬出祖宗家法軟硬兼施，都沒法子，最後只能請出長公主逼他畫一張。

好不容易動了筆，等了半個多月，袁兆才施施然遞上一個漆封的錦盒。袁大伯父滿心歡喜帶回了任上，臨到送禮前，他到底有些不安，拆開錦盒，打開一看，差點叫他背過氣去。

裡頭哪有什麼花啊朵的？那是一張鍾馗伏魔圖。青面獠牙的鬼怪好似要撲面而來一般，逼真得叫人不敢直視！袁大伯看了一眼，就嚇得連作數日噩夢，哪裡還敢作禮送人？怕是好沒討到，反要得罪人！

這事傳到京裡，讓眾人對袁兆這脾性可算有些瞭解，更不敢輕易冒犯，即便不清楚內情的，也知道袁兆最恨草包。

麻稈順著這勢頭，氣勢更盛了，還翻出那張白紙，得意洋洋地指證清懿是個草包。她尚在口沫橫飛，白紙揮舞在空中，身後卻走來了一個白衣公子。她對面的小姑娘們一瞧見來人，登時噤口，眼睛都瞪圓了，只餘麻稈尖利的嗓門飄蕩在空中。

「……找什麼託詞？連一筆都畫不了，全世上也沒得這般丟人現眼的……」

「哦？」一隻手拿過那張白紙，旋即是一道男聲。「那也叫我見識見識。」

麻稈嚇得回頭，見到來人，頓時蔫了。「……袁……袁公子。」

袁兆充耳不聞，拿著那張白紙左右翻看。

半晌，在眾目睽睽之下，袁兆看向那個自從他出現，就縮到角落裡的姑娘，淡淡地道：「紙張平直不皺，沒有墨點，坐於渠邊卻沒叫它沾上一滴水……」

他這話頗有些不著調，且只說一半，不像評畫，倒像評紙，讓眾人面露疑惑。

清懿的心卻頓時一沈，她臉上的羞怯仍在，手指卻緊緊蜷縮。

她知道，袁兆看穿了她的藏拙。作畫者大多是愛畫者，平日裡保養書畫的習慣怎麼也改不掉，尤其是最為脆弱的紙張。總之，若她是個真正的庸人，絕不懂此道。

心思急轉間，清懿仍垂著眸，做出慚愧的神情道：「我從前習字不曾用過這上好的宣紙，今日見著了，不免分外愛惜，叫公子見笑了。」

她話說得誠懇，旁人雖不明白這番對話的緣由，卻已然信了她大半，那圓臉姑娘也幫腔道：「袁公子莫要怪這個姊姊，她來京裡的時日不長，雖現下……才藝淺陋了些，可她如此愛惜紙張，想來是個上進的。」

袁兆不知聽得哪一句，突然笑了一下，不著痕跡地掃了一眼清懿藏在袖子裡的手。旋即，直直對上她的眼睛，目光裡夾雜著興味，他又語氣極輕地道：「才藝淺陋？」

幾乎是同一時間，清懿立刻將袖子拉下，遮住整隻手，不露出畫畫時磨出的薄繭。

「袁郎在這兒和姊妹們聊什麼？」一道熟悉的女聲傳來。

旋即，是一道更為探究的目光落在清懿身上。

項連伊瞥見袁兆手裡的白紙，眼神頓了頓，故作納罕道：「莫不是袁郎從一張白紙裡也能瞧出靈氣？」

第十三章

只是簡單的問句，卻叫清懿心頭一凝。若袁兆如實說，必然引來項連伊的忌憚。

清懿不動聲色地看向袁兆，試圖讀懂他的意圖，卻撞進他的目光裡。

袁兆恰好也看向她，那是一個極有興趣的眼神。其中熟悉的意味，叫清懿一個恍神，好似回到久遠以前。

御宴時，偷溜出去透氣的兩個人不期而遇，清懿尚未從撞見外男的驚詫裡回神，那人就輕笑道：「喲，做逃兵竟還遇知音。」

那時他眼底帶笑，與現下如出一轍。

袁兆好似讀懂了她的意思，卻又不想輕易如她所願，故意遲遲不說話。

「靈氣什麼？還要拿這張白紙羞辱我們到幾時？我們才疏學淺本不該來這兒現眼，可請柬是項大姑娘送來的，如今拿話刺我們的也是您，我原想著項大姑娘溫柔賢淑名聲在外，即便我二人再不好，也不會縱容旁人欺辱我與姊姊。可如今……我……嗚嗚嗚……」

從旁邊突兀衝出來的清殊令眾人措手不及，一番連珠炮似的言詞，伴隨著眼淚珠子不停地掉，哭得小臉通紅，好不淒慘的可憐模樣。姊妹倆默契十足，清懿順勢接戲，眼眶濕潤，淚珠要掉不掉。

頗有仁義心的圓臉姑娘也不管什麼怕不怕了，趕忙掏出帕子幫清殊擦眼淚，一面嘟囔道：「一個柔弱姊姊，一個可憐妹妹，盡叫你們逮著欺負，黑心爛肺的玩意兒。」

被欺負的可憐小孩淚汪汪地伏在圓臉姑娘肩頭上，不時怯怯地瞧袁兆和項連伊一眼，然後又恐懼地縮回去。一時間，袁兆與項連伊這壞人形象算是坐實了。

項連伊露出一個笑容，剛想開口勸慰，就見一個跛扈的主兒到了。

「誰弄哭的？」晏徽雲皺眉環顧一圈，語氣不善，落在項連伊身上的目光很冷峻，連帶著袁兆都遭了一眼狠瞪。

項連伊忙道：「世子誤會，我方才瞧見這頭熱鬧才來，話還不曾說兩句，只見著袁郎拿了張白紙品鑒，覺得稀奇罷了。」

晏徽雲又看向袁兆。

袁兆一攤手，語氣悠然道：「來鑒賞大作的，細看，果然是錯覺，沒甚名堂。」

清懿低著頭，拭淚的手一頓，心下便知，這是替她遮掩過了。

晏徽雲冷著臉。「你是吃太飽了。」

他才懶得聽這些彎彎繞繞，劈手奪過那張白紙，撕個稀爛，漫天一揚。周圍都是小姑娘，禁不得他警告般地瞪上兩眼，全嚇得鵪鶉似的不敢作聲。

清姝慣是會看人眼色，知道這位爺是來解圍的，立刻哭唧唧地走過去，仰著頭看他，好不委屈。「世子哥哥……」

才初初有個少年模樣的晏徽雲，被這聲哥哥叫得一愣，他挑了挑眉，面上難得有些不自在，又瞧見那小孩眼睛紅腫，滿臉淚痕，晏徽雲有些煩躁，忍不住凶道：「我都來了，妳還哭什麼？」

他往後一招手，老熟人白胖太監領著幾個小廝走上前來。

晏徽雲道：「跟我走。」

清姝眼睛一亮，趕忙拉上姊姊，屁顛屁顛地跟著。

白胖老太監扶了一把，嘴裡不住地說：「哎喲我的小祖宗，怎麼哭成花貓了，可憐見的，走慢些，別摔了。」

晏徽雲熟門熟路地領著她們進了一座院子，裡頭座椅擺設一應俱全，是有人住的樣子。

清姝一進門便放鬆下來，頂著一雙兔子眼睛到處轉了轉，好奇道：「殿下常來嗎？」

晏徽雲疑惑地看她一眼，嗤笑道：「妳問的什麼蠢問題，這別莊是我姑姑的產業，我自然是常來。」

晏徽雲的姑姑，便是袁兆的母親，端陽長公主。

清姝納罕。「那你們是赴哪門子宴？都是看膩了的景。」

晏徽雲挑眉，接過白胖太監遞來的茶喝了一口才道：「誰說我是來赴宴的？」

清殊眼巴巴地等他繼續說，那大爺卻懶得動口了。

白胖太監笑咪咪地接話道：「他哪是個辦雅集的人？原是那項家姑娘向公主討了院子來待客，她嘴甜，哄公主答應了。我們家這個同袁家小主子早早便約了今日來跑馬，等到了這兒才知項家辦了雅集，又有那姑娘三催四請的，少不得出面應付則個。」

清殊心下登時了然，與一直沈默著的清懿對了個眼神，都看出彼此眼中的揶揄。那些人在外頭吹得有鼻子、有眼睛，說是請來袁兆赴會，誰知竟是個有心算無心，早想好了要把人架過來充個場面罷了。

嘖，這項大姑娘，也不過如此。

晏徽雲眼瞧著那小孩翻臉比翻書還快，方才還淚眼矇矓的，現下又是不怕生地向許太監討吃的，又是和她姊姊嘰嘰喳喳，笑得眼都彎了。

他托著腮看了一會兒，冷哼道：「旁人來我這兒，怕都來不得及，妳才和我見了幾回？就這麼不把自己當外人。」

清殊一愣，想了一會兒，忍不住狐疑道：「殿下嫌我煩？」說罷，也不等人回答，又自顧自地道：「講不講理啊，明明是殿下您叫我跟著您呢，現下又覺得我話多，吵到您了。」

晏徽雲還沒來得及解釋頭一個問題，一個不講理的罪名又砸了下來，他一句都還沒說，那頭就有十句等著，直把他氣得倒仰。

「我何時說妳煩？妳現下對著我都敢張牙舞爪，方才怎的那樣孬？慫得像隻小王八。」

聽到這句話，清殊有些不服氣，想頂嘴，但一瞥見身旁的姊姊，她就安靜了，只輕輕哼了一聲，不開口。

晏徽雲卻像看穿了她似的，挑眉道：「上次妳教訓項家那個小的，好不威風，這會兒竟哭著鼻子來找我，我在妳眼裡是什麼好人不成？」

清殊偷偷抬頭，瞧見他抱著臂，好整以暇地等她說出個所以然來的模樣。

她猶豫片刻，咕噥道：「殿下怎的這般不自信，成日裡說自己壞。您頭次見我就給吃給喝，又替我解圍撐場面，方才雅集上又仗義執言，不與他們同流合污，您實在是個頂好的人。見一面是緣分，兩面是緣中緣，老天爺安排您來給我解圍，正說明了有緣千里……什麼什麼的，總之殿下不要嫌我煩，我也不嫌殿下脾氣壞。」

「哼，什麼圓的扁的，胡說八道！」一番話說得晏徽雲臉色微變，他倒沒有被這張巧嘴誇昏頭，仍端著一副凶悍的架子，只是微翹的唇角暴露了此刻的好心情。「還有，爺的脾氣就是壞，沒有妳挑揀我的分，知道嗎小屁孩？」

忽又想到什麼，他難得躊躇，幾番動唇，才沒頭沒尾地道：「我能尋來幾個畫畫的好手，都是宮裡的御畫師。」

清殊尚且不明所以，清懿卻心念一動，頗覺詫異。

連白胖太監也錯愕了半晌，才回味過來，笑咪咪地解釋道：「我們主子是好心，若二位姑娘想學畫，只管提，別怕什麼麻煩。請御畫師雖聽著矜貴，到底是和聖人或皇后娘娘開句口的事，不打緊。」

晏徽雲「嘖」了一聲，皺眉道：「瞎說什麼？我沒好心。愛學不學，下次再被笑話，別來我跟前哭。」

白胖太監捂嘴笑。「是，是。」

清殊這下徹底愣了，好傢伙，這小閻王可真好哄，才誇一、兩句便這麼大手筆，雖於他而言不值當拿出來說嘴，可於姊妹二人卻是天恩，她哪裡敢應承？

然而，現下也不好直接推了，傷人家的臉面。

思及此，清殊靈機一動，從懷裡摸出一張廢稿紙，獻寶似的遞給晏徽雲，還一臉得意道：「還請殿下品鑒我的大作，我這等本事，還需學些什麼？」

「妳能畫出什麼好的來？」晏徽雲嫌棄地看了眼皺巴巴的紙張，到底還是接了過去。

待畫卷徐徐展開，一隻憨狀可掬的綠頭王八躍然紙上，四肢短短，龜殼潦草地用幾個橫豎格子代替……這畫工，比之三歲小童還不如。

「雖說妳慫成了王八，倒也不必畫出來。」晏徽雲面對清殊一臉「快誇我」的神情，欲言又止。「誠然，妳這畫工……確實不必再學。」因為，學了也沒用，一看就不是這塊料。

清殊裝作聽不懂。「謝殿下盛讚。」轉頭就朝姊姊露出一個狡黠的笑。

清懿扶額，無奈搖頭。

原本就是臨時落個腳，略坐一會兒，清懿姊妹二人便預備打道回府。出莊子的路上，一個端著酒水的丫鬟不小心撞到清懿，裙子被翻倒的酒水打濕了半邊。薄衫本就貼膚，這下更是牢牢地黏著清懿的身子，總之是不能見人的模樣。

那丫鬟嚇得連連討饒。「姑娘饒命，是小的一時大意，衝撞了貴客。我知道有間更衣室，裡頭有備換的衣裙，我帶姑娘去！」

清殊本能覺得此事古怪，可如今騎虎難下，姊姊若穿著這濕衣服一路出去，不知又會傳出什麼難聽的來。

清懿何嘗不知這一點。可若有人想請君入甕，她反而避開，豈不更令幕後人起疑，不如順勢而為，探探對方的底。

思及此，清懿目光凝了凝，對清殊道：「妳在此處等我，我更完衣便過來。」

半刻鐘的工夫，清懿被丫鬟領到更衣室，幾個年紀小的侍女妥帖地為她換好衣裳，尺寸都是合身的。

正在繫腰帶的時候，門外有熟悉的女聲喚道：「纖纖？」

背對著門的清懿心頭一震，平靜的面容下暗潮洶湧，隱匿了無數交織的情緒。雖早有猜想，可當事實擺在眼前時，清懿的心中還是不可避免的籠罩了一層陰霾。

纖纖，是袁兆給她取的小名，只在二人獨處的時候叫過。

門外的女人，在試探她。心底急轉萬種念頭，實則只是一眨眼的工夫，清懿便擺出茫然的神情，怯怯地回頭，望向門外的女子。

「項姑娘……是在找何人？」

項連伊逆光站著，讓人看不清臉上的神情，卻能感覺到她的目光如有實質，掃過清懿的每一寸肌膚，不落下她一絲一毫的表情變化。

清懿仍舊掛著坦蕩的笑，眼底顯露著恰到好處的好奇，任對面之人打量。即使她腦中的每一根神經都繃得很緊，卻沒有顯露出半分慌亂。

不知過了多久，項連伊的神情柔和了下來，嘴角勾起一絲笑，聲音溫婉得令人如沐春風，好似方才冷冽的氣氛都是錯覺。

「碧紗微露纖纖玉，朱唇漸暖參差竹。我一瞧見曲家妹妹的形容，就不知為何想到這句詞，與妳這位佳人，正是相配呢。」

清懿羞怯低頭，含笑道：「項姑娘謬讚，我方才以為姑娘在尋人，卻未曾想到是這因由。我是個不通文墨的，只知姑娘說的是句妙語，卻不能領會其意，倒是白白糟蹋了好詩。早聞項大姑娘文采斐然，這詩可是妳親作的？」

項連伊又定定看了她一會兒，眼底才真正放鬆了警惕。她上前拉過清懿的手，柔聲道：「是我不是了，不曾與妹妹說明白。這乃是一首詞，並非是詩，自然也不是我所作，而是前人大家留下的佳作。若妹妹想學，我也能說上幾句話，將妳邀來學裡一同唸書，與我作伴也是好的。」

這番話說得熨貼至極，旁人聽了只以為二人一見如故，姊妹情深。

清懿卻趕忙搖頭，臉上現出兩抹紅暈，又是慚愧，又是自卑。

「我竟不知那是首詞，叫姑娘笑話了。再說那上學之事，我在這先謝過姑娘的好意，只是我家中光景複雜，還有數位妹妹，若我借妳的光上了學，免不得叫她們心生不平。況且……」清懿頓了頓，又低著頭黯然道：「家中父母親長一向教導，女子無才便是德，會繡花理帳，主持中饋，便已然能做合格的主母。我今兒見了這麼多拔尖的哥兒、姐兒，深知自己不是這塊料，更不想枉費姑娘的苦心了。」

一番話說得情真意摯，儼然是個小門小戶出身，不曾讀書識字，沒甚見識的鄉下女子模樣。

「唉，既如此，那只好依著妹妹了。」項連伊心思流轉，一顆心這才放回肚子裡。原本就是說說場面話，見探出了清懿的底，她自然不再費口舌勸說。

又客套了幾句，清懿終於告辭出了門，才踏出半步，又聽後頭道：「妹妹下回且當心，莫要再招惹袁郎，否則，他若惱了，就連我這個自小與他一齊長大的都勸不住。」

清懿腳步一頓，旋即笑道：「多謝姊姊提點，我自然躲那位貴人遠遠的。」

這話比之前頭，可稱得上真心實意了。

項連伊目送她走遠，直到看不見她的背影，臉上的笑容才淡了下來。

一直侍奉在側的丫鬟鶯歌順著她的目光望去，頗有些不解地道：「我瞧這女子除了一張臉，才藝性情皆是平平，沒甚出挑的，姑娘何須如此掛懷，還大費周章試探她？料想袁公子必不會瞧上這等庸脂俗粉。」

項連伊未答話，反問道：「妳竟是這樣瞧她的？」

鶯歌納罕。「比之姑娘您的才貌，她輸得豈止一星半點兒？況且她那副愚鈍的模樣，便是相比京中一般的閨秀，也是不如的。依奴婢之見，她到底還是蠢笨了些。」

項連伊目光沈沈，良久，竟輕笑道：「若她是蠢人，這世上便沒有聰明人。」

能得袁兆那般傾心的女子，豈是池中物？

「好了，雅集既散，咱們也該回去了，妳打發人去叫青兒。」項連伊淡淡吩咐道：「記得做些梨膏糖哄哄她，我不許她今日出頭惹禍，將她悶在院子裡這麼久，想必要惱我了。」

「妳也知道我惱妳！」一個穿著鵝黃衫子的女孩怒氣衝衝，奪門而入，正是被關了一天的項連青。

「我不許妳來自有我的道理，今兒淮安王世子也來了，妳上回便惹了他，這回若再鬧妖，少不得要挨他教訓。」項連伊肅著臉講道理。「再者，妳說要教訓曲家姊妹，我也幫著妳教訓了。不信妳去問問妳相熟的姐兒們，看她們是不是吃了悶虧？」

項連青心中仍堵著氣，不滿道：「妳教訓她們哪裡真叫我暢快？我必要親自動手才是！」

項連伊沒耐心再安撫妹妹，臉色一冷。「好了！此事到此為止，一切按我說的來，我自有分寸！」

項連青不服氣，還想再說話，瞥了眼姊姊的臉色，到底不敢再強嘴。

「好，我聽姊姊的。」

項連伊緩和神色。「嗯，這才乖。」

項連青順從地跟著姊姊出門，在旁人看不見的地方，她朝角落的一個小丫鬟使眼色，那丫鬟輕輕點頭示意，她的臉上才露出一絲得逞的笑。

讓她乖乖聽話？門都沒有！想必那曲家姊妹，現下已然發現了吧？

項連青垂眸斂起眼底的得意。

第十四章

還沒走出莊子，曲清懿便察覺不對。

那塊自她重生以來便隨身攜帶的無字白玉，被調包了，取而代之的是一塊普通的玉。

她一向謹慎，思來想去，只有更衣時有破綻。

幕後之人想必早有預謀，否則不會連贗品都備好了。

倘若現在走了，便再也找不到。但若大張旗鼓搜尋，且不論有沒有這個查案的本事，單這莊子占地如此之廣，要是那人隨手扔了，便是找上三天三夜也找不著。

這麼低級的局，不是項連伊的手筆，更像是孩子的惡劣手段，只為了噁心她。旁的丟了也就丟了，可那玉卻不行，她必要找回的。

清懿不動聲色地環顧一周，身旁都是項府侍女，不能打草驚蛇。

然則，須得找個得力的。

「椒椒，我想起一事。」清懿看向妹妹，柔聲道：「咱們還不曾向世子告辭呢，妳回去向他打聲招呼。」

告辭？早八百年就告辭了。

「嗯？」清殊微微皺眉，默契讓她本能地沒問出口。

清懿狀似不經意地為她綰髮，湊近她耳邊低聲道：「我的玉丟了，找世子幫忙。」

在周圍侍女警惕的目光裡，她又擺手笑道：「去吧，我在這兒等妳。」

清懿在原地等了半炷香的時間，沒等來清殊的消息，反倒見著一個小廝拎著籃子過來。他滿臉堆笑，很殷勤地將裡頭的吃食發給在場的侍女。「諸位姊姊想必還未用晚膳吧？現下這個時辰回項府，還不知何時才能吃上熱飯呢。管家吩咐我不許慢怠了項府貴客，可不能讓姊姊們餓著回去。」

聞著噴香的吃食，幾個侍女腹中轟鳴，打頭的那個還有些猶豫。畢竟主子命她們看好曲家的姑娘，這會兒怕鬧出什麼么蛾子。

清懿看在眼裡，不動聲色地道：「姊姊只管去便是，我在此處等我妹妹，不會亂走動。」

打頭的侍女面色一紅。「姑娘……姑娘說的哪裡話，我們只是怕您不認識路，身邊沒個伺候的不妥當。」

清懿又溫婉一笑。「我曉得，多謝姊姊們。」

見她這樣乖覺，侍女不由得放鬆警惕。

一旁的小廝又伶俐上前，笑著說：「前頭有個亭子可休息，姊姊們自去用便是。」

幾個侍女這才拎著飯食去了。

這時，小廝好像才瞧見清懿，頓時瞪大眼，自搧巴掌，懊惱道：「哎喲，瞧我這該死的，竟落下這位貴客。姑娘若不嫌棄，我領姑娘去另一處亭子歇腳，也用些膳。」

清懿尚未答應，那小廝忽然暗暗使了個眼色。

這是有內情？清懿神情淡淡，看了他一眼。「那有勞小哥帶路了。」

二人並未走多遠，停在一處假山後頭，前邊的亭子裡擺了一座屏風，後頭坐著一個人。

小廝帶完路便折回原處，儼然是個望風的姿態。

只餘清懿與那屏風後頭的人。

「妳丟的東西在我這兒。」那人直截了當地道。

清懿挑眉，復又垂眸道：「多謝袁公子相助，只是您又如何知道那是我的玉？」

屏風後的人好似躺得不大舒服，翻了個身，只聽得一道懶洋洋的聲音。「我的人撞見項府侍女鬼祟，正好攔了下來。才折回院子，便瞧見妳那小不點兒妹妹在我表弟那兒哭天兒抹淚。」

剩下的話自然不必多說，清懿明白這是最好的結果。

至少，玉找到了。只是，又避不開，要與袁兆打交道……

見她愣在原地，那頭又發出一聲輕笑，淡淡道：「怎麼？幫妳避開項府耳目還不夠，須得我親自送到妳手上？」

他安排得很周到。恰到好處地支開侍女，又挑了處僻靜地，不至於傳出孤男寡女的閒話；尤其是，不會有人知道是他幫了自己。

想通這些，清懿心頭的疑慮自然消散。

「自然不敢煩勞袁公子，還請您將玉放在外頭的案上，我這就過去拿。」

二人中間也就幾步路的距離。

清懿到近前時，一隻骨節修長的手伸了出來，指間拈著那塊玉，隨意地輕拋至案上，發出叮噹的響聲。

許是大理石的几案太光滑，那塊玉在上頭打了個轉，往桌沿滾去，眼看就要掉在地上。

清懿趕忙伸手接，另一隻手也迅速探了過來，猝不及防之下，兩隻手同時握著那塊玉。

一瞬間的工夫，卻被拉扯得十分漫長。那塊玉若有若無地蔓延出一絲溫熱，通過彼此的掌心傳遞……

清懿臉色一僵，猛地甩開那隻手，連告辭也不想說，立時便要抽身走人。

卻聽屏風後傳來一絲響動。不知何時，那人站起身來，俊逸的臉上不復方才的雲淡風輕。他微蹙著眉，語氣難得有些疑惑。「我們是不是見過？」

背對著他的清懿一愣，旋即飛快道：「我前些時日才進京，想必公子認錯人了，告辭。」

一番話快得叫人插不上嘴，她離開的背影雖仍有穩重的模樣，但若細看，步伐卻急促了些，不像她往常泰山崩於前而色不變的性子。

目送她走遠，袁兆的眉頭仍然皺著。他並非是孟浪之徒，雖慣常頂著一張笑臉，實則是個最沒有耐心應付女子的。

方才來不及深思，脫口而出的那句話，好像是在接觸到那塊玉後才說出來的。沒來由的，一陣異樣感霎時間攫住他的心臟，好似一隻大手將五臟六腑揉作一團，叫他喘不過氣……那短暫卻急促的疼痛裡，還夾雜著一股尋不到源頭的空洞感。

他好像失去了一件很重要的東西……

四月初的月亮並不十分明淨，其間還被兩朵烏雲遮住了半邊臉頰，只透出一縷朦朧的微光，一視同仁地灑向了每一戶的屋簷。

同一片月光下的兩個人，不約而同地作了同一個夢，關於前世。

夢裡是一處奢麗豪華的宴所，連上頭用狂草字體書寫的「瓊林臺」三字都清晰可見。

找了由頭出來躲懶的二人，不期而遇。

那俊雅少年張口便是一句調侃。「喲，做逃兵還能遇知音。」

這一瞬，沒來由的，清懿知道自己在夢裡。

她看見那時的自己第一次羞紅了臉，又故作鎮定道：「袁公子慎言，既見著我一個女子在，還不快快避嫌，倒要與我攀談，這是個什麼道理？」

那人輕笑。「妳一個閨中女子，怎知我名姓？這又是何道理？」

清懿瞪圓眼。「你！」

他笑得更大聲了。怕引來旁人，清懿差點要上前捂住他的嘴。好在，他知道分寸，見她臉紅得滴血，便收住了笑，眼底有七分醉意，三分清醒，良久才道：「妳那幅『嗅青梅』，畫得不錯。」

清懿一愣，呆了片刻，又細細想了想才了然。「不過是閨中女子信手塗鴉，叫那些人傳出些虛名罷了，上不得檯面，更當不起畫出『瓊林夜宴圖』的袁郎一句誇獎。」

靜了半晌，他搖頭嘆氣道：「誇妳妳就認下，原以為是個不俗的，怎的也玩假謙虛這一套？」

原本是句場面話，卻招來他這般諷刺的回應，清懿嘴角一沈，也有了脾氣，淡淡道：「原就是個俗的，才畫出那等匠氣的大作，不知謙遜，反以為傲。」

話一出口，清懿便有些後悔，覺得太過尖酸。沒等她解釋，那人只定定地看著她，直把她看得心底發沈，才聽得一聲真正爽朗的笑。

他笑了許久才停下，眸子明亮如星。「妳說得對極了，我那幅畫，庸俗至極。」

清懿錯愕抬頭，沈默了許久。「那不是你的成名之作嗎？」

他不答反問。「那第一才女可願意困在閨閣裡畫一世的嗅青梅？」

清懿立刻反駁。「不想！」

他笑道：「那妳想畫什麼？」

清懿一愣，聲音低了下來，卻越發堅定。「我想畫內宅之外、京城之外、武朝之外，我從未見過的山川異域。」

「好志向。」

他沒再說話，笑容盈在眼底，好似醇香的酒，令人沈醉其中。

清懿這是第一次在人前說出這樣離經叛道的話，這不該是一個閨閣女子的志向。她一時有些懊悔失言，咬了咬嘴唇，有些不甘心地反問。「那你呢？你真正想畫什麼？」

明月皎皎，光暈似輕紗籠在他身上，他笑了一聲，不說話，看向遠處。

目光所及，是更遼闊的疆域。

「妳好奇武朝之外，那妳可知武朝之外已有群狼環伺？」

「北燕？」清懿只聽哥哥提過，再深的，卻是不懂。

「聰明。」他讚賞道：「外頭已有波瀾起，京城卻還歌舞昇平。妳說，畫畫的筆，又有何用？」

他最後這句話，仍是帶著笑意說的。

清懿卻膽大妄為地覺得，自己透過那雙泛著醉意的瞳孔，好似望見了這人內心的寂寥。

寂寥？天之驕子也會寂寥？又因何而寂寥？

有那一瞬間，清懿生出了一股想要探究他內心的渴望。

袁兆何許人也？再閉塞的閨中女子都曾聽過他的才名。

曾有外邦使臣來朝，帶來一個西洋畫師，誇耀其畫技無人可比。武朝召盡天下畫師與那洋人打擂臺，勢必要壓一壓他的氣焰。因是比試，須得有個章程，為彰顯大國氣度，皇帝下令以友邦畫師的規矩為準。

西洋人擅描摹靜物，將眼中景，絲毫不變地複刻於紙上。我朝畫手擅寫意，重神韻精髓，於複刻之道到底稍遜一籌。連比數日，連經年的老畫師都搖了搖頭，長嘆一聲，敗下陣來。

洋人得意忘形，我朝臣子霜打的茄子似的蔫了。

皇帝的臉快拉到地上，龍椅被拍得震天響，在一片認輸聲裡，有個人怯怯地道：「有一人，或許能挽救危局，這人陛下熟悉，乃是長公主嫡子，師從顏大師的袁家小郎君。」

雖受教於名家，但到底是個七歲小兒郎，連皇帝這個親外祖都不敢擔保他能贏。只是如今騎虎難下，不如死馬當活馬醫，叫他練練膽也無妨。

此次比試以宮殿為題，袁兆睡到日上三竿，起遲了半個時辰，晃悠著到達時，洋畫師已經動了筆。起初，洋畫師頗為看不起這個半大小孩，直到時間慢慢流逝，日頭逐漸西沈，他瞥了眼對面的畫紙，才難以置信地瞪大了眼。

上頭畫的正是前夜的瓊林之宴，其中宮殿恢弘大氣，丁香抹壁，胡桃塗瓦，樓閣懸著五色珠簾，白玉鈎帶，宛如仙宮，每一處細節勾畫得分毫不差。最令人驚嘆的是，宴席中的數十位賓客皆入了畫，連臉上的神情都刻畫得細緻入微。

尋常人須花費半月的畫作，一個七歲孩童只耗時一整日便完成了。

滿座皆驚，旋即是狂喜。武朝，擁有了一個不世出的奇才！

自此，袁兆被眾人的讚譽捧上了最高處。

只是，好像從沒有人問過一句——「你真正想畫什麼？」

是畫錦繡琳琅的瓊林夜宴？還是滿目瘡痍的萬里河山？

因這場舊夢，清懿難得起晚了半個時辰，坐在床上發了好一會兒呆，神色有些懨懨。忽聽得外頭一陣嘈雜，夾帶著彩袖的罵聲，好似在與人爭執。

清懿眉頭微皺。「外頭是誰來了？」

「姑娘醒了？」翠煙聽見動靜，忙進來收起床帳，又為清懿穿衣裳。「還不是劉嬤嬤那老貨。」

「所為何事？」

翠煙猶豫了片刻。「不過是些雞毛蒜皮，別髒了姑娘的耳朵。」

清懿揉了揉額角，淡淡道：「她既鬧出這般動靜，想來是不怕我知道，妳又何必遮掩？來時我雖與妳們說萬事不許強出頭，卻也沒有叫妳們受欺負的道理。」

如今還未得勢，在外頭尚且須得忍上一忍，可在曲府這一畝三分地，她也是時候要立一立規矩了。

聽見這話，翠煙這才定下心來，低頭回話。「昨兒夜裡，四姐兒說夢話，嚷著要吃砂鍋煨鹿筋。彩袖天沒亮便打發人出門採買，趁著新鮮就讓綠嬈燉了。隔了半個時辰再去看，那鍋裡就剩些底料，一問廚房裡的婆子，都推說不知，還是那個碧兒悄悄來告，說是劉嬤嬤吃了。綠嬈急得沒了章法，一路哭著來找彩袖。

「彩袖那個脾氣，姑娘也是知道的。」翠煙一向穩重，此刻卻也心下窩著火。「平日那劉嬤嬤想撈點採買油水也就罷了，現下卻是蹬鼻子上臉，真把自己當個人物了，我便沒去勸彩袖，由著她修理那老貨一頓，出出氣也是好的。」

清懿用清水淨了臉，正拿巾帕擦拭，聞言眉頭一皺。「那椒椒早上用的什麼？還餓著？」

「姑娘放心，姐兒還睡著呢。綠嬈另備了朝食，溫在灶上，親自看著。」

「嗯。」清懿點頭，又吩咐道：「叫茉白把她屋裡那簾子捂嚴實，別吵醒她；再看著過些時辰，不許她睡太久，仔細餓傷了脾胃。」

說話間，外頭動靜越發大，那劉嬤嬤的嗓門大而尖利，叫屋裡聽個一清二楚。

「……我在府上十來年，憑這臉面，莫說一鍋鹿筋，便是那上等血燕叫我吃了，太太都是捨得的。妳家姑娘還沒個動靜，妳這做丫鬟的反倒急著來我跟前撒野？我要真告到太太那兒去，沒臉的也是妳們姑娘！」

「喲，劉嬤嬤這面皮子鐵打似的厚啊，沒有主子的命還要吃主子的東西。妳都是吃血燕的體面人了，怎的還好意思剋扣小丫鬟們的買菜銀子？今兒貪嘴，明兒貪錢的，若太太身邊帶出來的嬤嬤都是妳這德行，傳出去那才叫沒臉！」彩袖氣勢絲毫不弱，毒辣地往她痛處戳。

聽了這話，平日受欺負的小丫鬟躲著笑，劉嬤嬤氣得倒仰，冷笑一聲，不管不顧地嚷嚷道：「我沒臉？不過吃了碗鹿筋就肉痛，不知道的以為裡頭拌的是金子呢！既是個捨不得的，那妳們當初擺哪門子闊，七、八車的寶貝往府裡搬，敢情是個假把式？」

這話可直接罵上了主子，看熱鬧的婆子雖油條了些，卻也知道輕重，紛紛上前勸解。

「好了好了，嬤嬤消氣，可不能再說了！」

事情卻沒如她們的願。

第十五章

只見屋內簾子被掀開，清懿不急不緩地從裡頭出來，面上還帶著笑，四下環視一圈，被掃到的人，俱不敢再出聲。

最後，視線定在劉嬤嬤身上。

「嬤嬤這話是說與我聽的？」清懿嘴角噙著笑，聲音柔和，卻不等她答話，又道：「嬤嬤所言甚是，我這是一碗鹿筋都供不起的院子，沒得委屈了嬤嬤。既如此，嬤嬤不如回太太那處，另謀高就才好。

「還有其他人也一樣，不拘哪一個。」她視線一一掃過眾人，笑道：「原先是哪個院子的，想回去，只管和我提，我必不會攔著。」

此話一出，婆子們神色各異，眼神亂飛。她們雖以劉嬤嬤馬首是瞻，卻也有自己的小心思。一開始，她們被分派到這裡，知道不是在紅人邊上，也有不情願，但是待了這數月，多少回過味來了。

平日裡，兩個小主子都是潯陽來的丫鬟照顧，半點瑣事不叫她們沾手。月錢照發，差使又鬆快，得了空去躲懶賭錢，主子也睜一隻眼、閉一隻眼。

比之從前的活計，真是一個天上，一個地下，她們哪裡肯走？吃鹿筋時分不到一口，受罰倒被連累上了。一時間，婆子們都悄悄退了一步，不肯再為劉嬤嬤幫腔。

劉嬤嬤實在沒想到，這大姑娘平日溫溫柔柔，一出口就是個軟釘子，把人釘得沒話說。

「姑娘好生厲害，一出口就是要趕我這婆子走！我在府裡伺候十幾年，沒有功勞也有苦勞，既被太太派來流風院，便是走，也要太太開口我才走！」

這話聽得彩袖眉頭一皺，這老不死的是徹底撕破臉了。

果然，只聽她又冷笑道：「不過，我勸姑娘還是三思。我是個滾刀肉，什麼風言風語沒聽過；姑娘卻不同，您年紀小，臉皮薄，便是鬧出去，也是姑娘治下無方，縱著底下的小蹄子欺負經年的老僕！」

彩袖被她這番顛倒黑白的話氣得七竅生煙。「骯髒老貨，快住嘴！」

清懿的笑容越發盛了，她垂著眸，手裡撥弄著碧璽串子，漫不經心地「嗯」了一聲。

「治下無方？嬤嬤所言甚是，我確實治下無方。翠煙，拿帳本來。」

「姑娘這是做甚？」劉嬤嬤心下一凝，目光驚疑不定。

不多時，翠煙便將冊子呈上。

隨著指間翻動，清懿輕聲唸道：「劉氏，三月初七，採買花露胭脂，貪墨十兩紋銀。三月初九，剋扣灑掃女使月錢半數。三月十八……」

一條條，一例例，不論數額大小的帳目全都登記在紙上，足足半盞茶的工夫才唸完，直叫人辯駁不得。底下的丫鬟、婆子紛紛對看，暗暗咂舌。

姑娘平日不顯山、不露水，實則什麼都知道得一清二楚，只消尋個機會發作！

有心虛的生怕也被這般拎出來，直把頭埋得低低的。所幸，姑娘留著情面，這只是劉嬤嬤一人的帳目。

事主的臉上青一陣、白一陣，胸口起伏好半晌，才強嘴道：「好生冤枉啊！憑姑娘一張紙就污人清白，我雖是個奴才，卻也不是任人搓揉的，可有人證和物證？」

劉嬤嬤雖知自已已處下風，卻也有倚仗。她是經年的老奴，在府上作威作福慣了，尋常下人都不敢開罪她，哪個敢在這時候為個姐兒當出頭的鳥？

可清懿卻不如她料想的那般慌張，反倒像正等她說這句話。

「我是負責採買的，我能作證。劉嬤嬤某時某刻，貪墨幾錢銀子，什麼物件，我全都一清二楚。且有公帳出納冊子與採買單子佐證，只消一對便知，半分差錯也不會有。」

只見一個著青衣的清秀丫鬟站出來說話，一字一句，口齒清晰。

「好妳個碧兒！原來在這兒等著我呢，怪道會咬人的狗不叫，妳急著討姑娘的好，竟來攀咬我！」劉嬤嬤怒極，眼看就要撕打上去。

碧兒不卑不亢地道：「我在哪個院伺候，就為哪個主子盡心，嬤嬤想差了，我只是據實相告。」

劉嬤嬤被婆子攔著，嘴裡不乾不淨地罵著。

清懿皺眉，朝翠煙遞眼色。

翠煙立時會意，肅著臉道：「把劉嬤嬤的東西都收拾了扔出去，我們流風院容不得手腳不乾淨的奴才。主子好性子，卻叫妳們這群刁奴蹬鼻子上臉，如今須得好好立規矩。打明兒起，院內一應事務由我統管，今晚都到堂前聽我安排差事，遲了一刻，以後都不必來了。」

原以為翠煙使喚不動人，卻有幾個壯實婆子一擁而上，將那還在謾罵著的劉嬤嬤捆了拖出去。一時間，眾人心下都有些後怕，原來，姑娘早就暗地裡籠絡好了人。

一通折騰完，清懿方覺有些頭暈，昨兒本就睡得不好，一大早又來了這場官司，頗耗心力。臨進屋時，她又回頭瞧了眼青衣丫鬟。「妳叫碧兒？進來和我說說話。」

已然散開的眾人瞥見這一幕，擠眉弄眼地對看了眼。

有人悄悄道：「她怕是要飛上枝頭了。」

「噓，可別說了，沒見著碧兒旁邊那位的臉都快拉到地上了嗎？」婆子調笑。

被暗指的紅菱怒瞪她們一眼。「看什麼看！」

婆子不敢惹她，躲著走遠了。只留她一人站在原地，將衣角攥得死緊，目光沈沈地望著碧兒離去的方向。

屋裡，月沉香徐徐燃著，散發著靜謐的味道。

清懿躺在榻上，由翠煙輕按太陽穴。沈默半晌，沒有人說話。

隔著一層裊裊煙霧，碧兒看不清主子的神情。被足足晾了半刻鐘，不知為何，她的心裡升起一陣莫名的忐忑。心思急轉間，她將此前所有的盤算盡數推翻，在一瞬間便下定了決心，坦然地跪下磕了個頭。

她深吸一口氣，朗聲道：「碧兒知錯，請姑娘責罰。」

這話說得蹊蹺，卻飄在空中，無人應答，如同碧兒此刻懸著的心。

空氣凝滯間，只聽得一聲輕笑。

「錯哪兒了？」

碧兒垂著頭，恭順道：「是我打發人攛掇劉嬤嬤偷吃鹿筋的，也是我向綠嬈姑娘報信的。今兒這一齣官司，起因都在我。」

「那妳為何這麼做？」雖是問句，卻沒有疑問的意思。

碧兒繼續答。「因我私自揣度了姑娘的心思。劉嬤嬤是太太的人，又是那群刁僕之首，資歷甚高，倚老賣老，不好打發。故而姑娘須縱得她出錯，再揪出個引繩，一次摘乾淨。底下婆子不成氣候，有了害怕，也不敢再潑皮。我便為姑娘添上一把柴，好讓火燒起來，有個由頭發作。」

清懿輕掃她一眼，眼底神情淡淡。「繼續。」

「姑娘一早便籠絡了幾個老實的婆子，暗地裡命翠煙姊姊搜羅劉嬤嬤的錯處，我都看在眼裡。有幾次，也是我隔著人遞了話給姊姊的。我早便揣摩了姑娘的行事，說句不妥當的，您是軟刀子磨人，最是滴水不漏，把人教訓了，自己卻能撇乾淨。我正是瞧準這一點，想暗中賣姑娘的好，只是……」碧兒深吸一口氣。「只是沒料到姑娘今日是這般強硬的做派，我一時沒了章法，只好順著姑娘的意思做個出頭的鳥。」

碧兒說到這裡，羞愧地低下頭。「是我輕狂，還想耍聰明叫姑娘高看我，姑娘行事縝密，碧兒萬不敢再班門弄斧。只是……我怕姑娘年紀小，一時急了，少不得多兩句嘴。原本……原本姑娘可以拿了把柄，交與太太處置，堵她的口，可姑娘卻直接把劉嬤嬤趕出去，即便理在咱們這兒，卻是掃了太太的顏面；倘若太太來興師問罪，姑娘可想好如何應對？」

話一出口，碧兒自覺失言，這不該是她能問的。她猶自懊悔，卻見清懿撐著額角看向她，雖嘴角含笑，卻不答她的話，只淡淡地道：「碧兒姑娘玲瓏心肝，和妳說話最不必費勁，我也有話要問問妳。

「以妳這般的性情手段，人品才貌，去哪裡都是吃香的。即便是背時來了流風院，妳也能想法子去別的院裡，可妳沒有；妳不但沒有，反而處處做的都是維護我的事，這可是吃力不討好的買賣。」

清懿目光凝在她身上，神情帶著思索。「須知，我們姐妹倆不是太太親生的嫡女，妳若下注到我這兒，遠比不上去伺候三姐兒。妳這般聰明，定然想得到這一點。我想問妳為何幫我？」

碧兒垂著眸，睫毛顫了顫，一時心底轉了好幾種說辭，可她一抬頭，對上清懿的眼睛，那些完美卻虛假的託詞通通消失不見，只餘沈默。

她神情有些掙扎，終於，輕嘆了一口氣，苦笑道：「因為……姑娘是大少爺的嫡親妹妹。大少爺不在府中，若我眼看著旁人搓揉妳們，卻沒有盡力相幫，那我是沒臉再見他的。」

她許是想到什麼，又慌忙道：「姑娘放心，我知道自己是什麼身分，斷斷不敢對少爺有妄想。他那樣的人，合該娶個極好的貴女，富榮一世。我只是……」碧兒攥緊了衣角。「只是感念少爺當初的施飯之恩，若不是他救了我這小乞兒，我哪裡活得到今日。」

後頭這番辯白多麼蹩腳，碧兒羞愧不已，生怕那位極聰明的姑娘一眼看穿她的心事。可她一抬頭，卻撞進一道溫和的目光裡。

這會兒，清懿臉上掛著比方才要真心許多的笑。「起來吧，再跪著，腿要疼了。」

見碧兒還愣著，翠煙含笑上前攙扶她。「行了，沒有事了，碧兒妹妹以後到姑娘跟前伺候吧。晚上來領腰牌，以後統管院裡的小庫帳目。」

碧兒詫異地望向清懿。「管帳？姑娘這般抬舉我，碧兒深恐辜負姑娘的託付。」

清懿搖搖頭，坦言道：「不完全是抬舉，我也有私心。一則，我要借妳作勢，好叫她們知道，忠心我的自然有好處；二則……」

她頓了頓，直視著碧兒道：「我須得探探妳那位好姊妹紅菱的底細。若她識時務，仿效妳來投靠我，我自然不會虧待她；可是，她若有了歪心思，想必妳也知道該怎麼做。」

碧兒心下一凜，立刻道：「我明白。」

她告了退，一路出了正房，路過垂花門走小路回下人房。

直到離開正房半盞茶的工夫，她還沈浸在方才的威懾裡。原想著，一個尚未及笄的姑娘，能厲害到哪裡去，還以為能把人家的心思吃透了。誰知她竟是個恩威並施，剛柔並濟，手腕十分老辣的主兒。一番連敲帶打，屬實令她心服口服。

晚間，下人們齊聚在院裡，等著翠煙一個個報名字，領差使腰牌。平日裡打牌賭錢的，俱被發配到外頭做粗活累活。經此一役，老油條們便是有怨言，也不敢發作，頂多嘟囔兩句，領著腰牌去了。

輪到碧兒，卻見翠煙遞上一個烏木腰牌，唸道：「碧兒，升一等女使，領庫房帳目等一應事務，每半句來姑娘跟前匯報。」

「謝翠煙姊姊，謝姑娘。」碧兒在一眾妒羨的目光裡，平靜地接過牌子，站定後不再理旁人。

這時旁邊，卻有道半譏諷、半慍怒的聲音傳來。

「剛拿到好差事，便拿鼻孔瞧人了。我原先若知道妳是這等小人，便只看著妳被那姓劉的老貨搓揉，不肯再管妳！」

聽到熟悉的聲音，碧兒這才回頭，無奈道：「紅菱妹妹，妳要我說多少次才能明白這個理？大姑娘與四姑娘是少爺的親妹妹，照顧她們便是照顧少爺……還有，妳別再存那出格的心思了。」

紅菱定定地瞧著她，冷笑了一聲。「疏遠了這麼多年的妹妹，能有什麼情誼？倒是妳，妳敢說妳沒對少爺存過心思？現下反倒教訓起我來！妳自己軟骨頭休要拖著我一起，甭管用什麼法子，我是定要回少爺身邊的！」

說罷，她轉身便走，留碧兒面露擔憂，看著她的背影走遠。

思索片刻，碧兒眼底閃過一絲果決。

大姑娘是絕不會姑息養奸的。她已然盡到了本分，若紅菱一意孤行，也與她不再相干。

晚間，清懿因頭暈，早早躺下。半睡半醒間，一個小傢伙鑽進被窩裡，帶起一絲涼風。清懿眼也未睜。「又作什麼怪？不好好去睡覺，來鬧我。」

「我聽說妳身子不爽利，特來瞧瞧妳啊。」人形小暖爐貼了上來，八爪魚似的纏住她。「妳自從昨晚拿回了玉，就神思恍惚。那玉被姓袁的施了法，迷住了我姊姊不成？」

清懿瞋她一眼。「不許胡說。」

清殊自顧自嘟囔道：「不成！他的皮相一看就是個招蜂引蝶的主兒，還是換一個！換誰呢？程奕表哥忒文弱，也不行！我姊夫要高大威猛，溫和有禮，長相須得俊俏，卻不能太過俊俏，有文才卻不能太過有文才；俸祿須悉數交與太太，不納妾，不找通房，潔身自好……嗯，暫時就想到這麼多，以後再加。」

清懿忍不住莞爾，笑罵道：「妳一個小小女子，怎的說起挑夫君來頭頭是道，叫人聽了要笑話妳！再者，妳提的那些標準，哪裡是找郎君？找個天上的神仙也就這般了。」

「好姊姊，可算把妳逗笑了！」清殊倏地抬起小腦袋，蹭到姊姊脖頸邊窩著，笑道：「這不是一個男子的基本素養嗎？哪裡就神仙？況且，要真是神仙，配我姊姊也差半截！」

清懿摟著妹妹，在她頭頂親了親。「妳今兒又吃了蜜？說吧，又想討什麼好處？」

清殊不樂意了。「怎麼？妳的好妹妹這麼久沒和妳一個被窩，還不許想一想妳？再說了……」她輕哼一聲。「鹿筋都被那涎皮賴臉的老貨吃了，可沒什麼甜嘴。」

清懿拍拍她的背。「有什麼難，明兒再派人買。」

許是外頭守夜的彩袖聽見了，一道氣呼呼的聲音傳來。「您是怪我沒看好您的飯？明兒我做七、八碗，讓您吃開懷！」

清殊倒在姊姊懷裡哈哈大笑。

鬧了一陣子，又說了許多話，小孩安靜了下來。

知道要進正題了，清懿笑道：「不許賣關子，想問什麼就問，我幾時瞞過妳？」

第十六章

清姝翻了好幾遍，長嘆一口氣道：「唉！妳自雅集回來的路上，我瞧妳就不對勁，心裡藏著事。今早，妳又拿著那潑皮發作一通。這不像妳的做派，我總覺得，妳在著急什麼，對嗎？」

這和碧兒問的話一樣。雖知道自家妹妹敏銳，卻未想過她能察覺到這麼細微的情緒，驚訝之餘，心下又是一陣熨貼。

清懿摸了摸她的頭，淺笑道：「妳說得不錯，我是想盡快做成一些事。」

「盡快？什麼事要盡快？」

清懿未答，目光裡帶著思索。

自從這段時日接連遇上麻煩，她便深知，有些坎是避不掉的。既然避不開，那便迎上去。若真有一日對上項連伊或其他權貴，她需要有倚仗，才能護住妹妹與她自己。

首先，要奪回母親留下的財產。

陳氏想貪她的東西，既如此，便將計就計，逼得陳氏露出馬腳。

「明日太太定要打發人來找碴，妳可不能趕我走，我要幫妳！」

見妹妹面露擔憂，清懿彈了彈她的額頭。「小孩不許管這些，早點睡。便是她來了我有什麼怕？我怕的是她不來。妳信不信，現下有人比我要急得多。」

果然，次日一早，便有人來報。

「張嬤嬤到了。」

足足晾了她大半個時辰，清懿不急不緩地收拾妥當了，才施施然步入外廳。

只見張嬤嬤老臉暗沈，不復往日的笑臉相迎，可見是氣狠了。

「大姑娘姍姍來遲，可叫我老人家好等。」

清懿對她的冷言冷語恍若未聞，笑道：「昨日料理了諸多瑣事，累乏了，起得晚些，嬤嬤勿怪。」

一聽到「昨日」二字，張嬤嬤臉色更陰沈，再壓不住火氣，冷笑道：「姑娘可休要提昨日！太太派我來問問您，您眼裡是不是沒有她這個主母了？敢問劉福家的是犯了什麼殺頭的罪，竟是一刻也等不得，立時要將她趕出去，好給太太一個沒臉？」

清懿垂著眸，接過翠煙遞來的茶盞，自顧自地輕吹茶沫，唇角帶笑。「嬤嬤說的哪裡話，一個做錯事的婆子，怎的還帶累了太太？太太統管一家子人，照這個理，難不成不管誰犯了錯都是太太的不是？」

這話音雖柔，裡頭的刺卻扎人得很。

張嬤嬤結實地愣住了，她怎麼也沒想到，一貫以柔善示人的大姑娘，現下竟這般咄咄逼人。張嬤嬤臉色鐵青，胸口起伏片刻，到底壓下了惱怒。

心思急轉間，不知想到什麼，她眼底閃過一絲嘲諷，皮笑肉不笑地道：「姑娘年輕，眼皮子淺。以為在院子裡施展幾分手段，翅膀就硬了？您怕不是忘了，全府的丫鬟、婆子是誰採買的？上下數百口的月錢銀子都是誰發的？

「立威不是憑著上下嘴皮子一碰，擺明主子身分，就能讓下頭的人心服的。」張嬤嬤居高臨下地道：「姑娘須得明白一個理，命根子掐在哪個手裡，哪個才是主子。」

一番裝腔作勢的話說完，張嬤嬤滿意地看著垂眸不語的清懿，又緩和了語氣，笑道：「太太說，小孩子家犯錯難免，她一貫是個寬和待人的，只消姑娘好聲好氣地低頭認錯，太太自然既往不咎。」

話音剛落，清懿像聽到什麼有趣的事，扶著額，輕笑出聲。她緩緩抬眸，淡淡地道：「嬤嬤，妳的意思是說，誰管著全府的錢袋子，誰便是真正的主子？」

張嬤嬤抬了抬下巴。「自然。」

清懿唇角微勾。「既如此，敢問嬤嬤，太太主持中饋許多年，可知曉府中進項源頭？」

沒急著答話，張嬤嬤眼神一凝，暗忖片刻。「姑娘有話不妨直說。」

清懿不疾不徐地飲了一口茶，臉上仍然掛著笑。「我母親當年嫁與我父親時，帶了大半個阮家的財產陪嫁，單是京中的銀樓鋪面，郊外的良田莊子都不計其數。她在世時，曾將這筆嫁妝一分為四，其一，是在兄長出生那一年，贈與姑母作為陪嫁；另外三份，她在遺囑中寫明了由我們兄妹三人均分。

「母親去時，我們年歲尚小，那些地契銀錢都暫交與父親保管。如今經營了數年，想是為府中增添了不少進項，供了一大家子的吃穿吧？」清懿抬眸，直直望向張嬤嬤眼底，笑意中夾雜著冷淡。「故而，嬤嬤方才說的那個理，我是認的。誰出銀子，誰說話硬氣。只是……煩勞嬤嬤問一問太太，我們姊妹二人名下的東西，何時能歸還啊？」

最後這句話，輕飄飄地落入張嬤嬤的耳中，卻似某道驚雷炸響，驚得她愣在原地半晌。「遺囑?!」張嬤嬤下意識地呢喃，滿是皺紋的老臉浮現難以置信的神情。她心下早已亂了陣腳，此刻只知道一件事——必須快快稟明太太！

來時傲得像隻鬥雞似的張嬤嬤，離去時的步伐都沒了章法，草草地搪塞了兩句便告辭。

目送著那老邁的身影走遠，翠煙適時上前收了茶具，彩袖接替著換上各色吃食，嘴裡抱怨道：「平日裡不見她勤快過來，今兒起得比雞都早，不知道的還以為她夜裡便趴在門邊等呢，連口早飯都不讓人吃，可別餓壞了姑娘。」

清懿挾了兩筷子雞髓筍，一面問道：「椒椒用膳了嗎？」

「我豈是個會餓著自己的人？倒是姊姊妳，快快吃兩口吧，昨兒就不舒服了一整日，今兒又要應付這些牛鬼蛇神的東西，沒得累著自己。」清殊趿拉著軟底鞋，氣呼呼地從裡間跑出來，往清懿對面的榻上一坐，托著腮盯著姊姊吃東西。

「不讓妳出來撒野，惱我了？還要監督我吃飯呢！」清懿莞爾，挾了一筷子菱粉糕遞過去。「來，張嘴。這個軟糯好消化，是妳喜歡的。」

清殊雖氣鼓著臉，卻下意識張嘴咬了一口糕，一面嚼一面咕噥道：「我惱妳做甚？我是噁心那老妖婆，真當旁人都是傻的，看不出她的好胃口呢！妳原先都不和我說這些，若不是聽了方才妳駁張嬤嬤的話，我竟不知這一大家子都坐在母親嫁妝上吃肉喝血呢！」清殊忿忿不平。「幸好妳留了遺囑，不然咱可一點兒憑據都沒了。」

清懿和翠煙對視一眼，唇角含笑，卻心照不宣，只垂著頭挾菜。

翠煙搖頭輕笑，自去了裡間翻找東西。

清殊一挑眉。「妳們在打什麼眼神官司呢？再不說，我可撓妳們癢癢了！」

清懿悠悠然嚥下最後一口點心，在妹妹好奇的目光下，還慢條斯理地擦了擦嘴角，吊足了胃口才道：「沒有遺囑，那是我仿的。母親逝世得倉卒，並未留下隻言片語，連她帶了多少嫁妝，也是我從外祖母那裡得知的。」

清懿眼神黯了黯，並不想提及此事太多。因為，母親的離世還涉及到妹妹的出生。自清殊懂事起，清懿便從不在她面前提起母親的事，這不是一個無辜的孩子該承擔的錯。

所幸這孩子大剌剌的，想不到這些彎彎繞繞，現下只瞪大了眼睛，著急問道：「啊？假的？可是，若是太太當真了，豈不是逼得她狗急跳牆，說不定想出什麼歪招害咱們呢！」

這時，翠煙拿了一疊帳本出來，遞給清懿，一面對清殊笑道：「放心吧我的四姑娘，咱們不下一劑猛藥，哪裡能引蛇出洞？」

「嗯？」清殊狐疑地在姊姊和翠煙之間來回掃視，見她二人默契十足的樣子，這才回過味來，哼了一聲道：「原來妳們早有準備啊，虧我還提心弔膽呢！」

清懿笑容中帶著寵溺，摸了摸妹妹的頭道：「小大人費心了，勞碌的事還是交給我們吧。

「我雖是詐了她，但有一句話卻並非虛言。父親是知道母親有哪些遺物的。」清懿淡淡地道：「陳氏雖統管著鋪子田地，但若真想據為己有，還須得父親點頭才能成事；反之亦然，我們若想拿回這些東西，也要過他那一關。可咱們那位父親是個自詡清高、不理雜事的人，故而，不如逼得陳氏做那出頭的鳥，咱們再順理成章地把這事料理了。」

上一世，她自詡清高，不屑陰謀詭計，在旁人眼裡，怕只是一塊任人宰割的魚肉。如今想來，真是傻透了。只要能達成目的，要些手段算什麼？她不介意做個世人眼中的壞人。

清懿慢條斯理地合上帳本，遞給翠煙，眼底夾雜著漠然與冷淡。

「如今萬事俱備，便找機會露個餡，好讓她們上鉤。」清懿緩緩道：「別太刻意了，咱們的太太也是個人精呢。」

翠煙垂眸道：「是，姑娘，我知道分寸。」

此時外頭天已大亮，熹微的晨光透過窗櫺照進屋裡，遠處的天空雖有烏雲蔽日，卻擋不住放晴的跡象。

「啪嚓」一聲脆響，白釉瓷盞被摔得四分五裂，茶水飛濺，卻無人敢躲。

祿安堂內，眾人斂聲屏氣，噤若寒蟬，直到接收到張嬤嬤遞來的眼色，才敢躡手躡腳地退下。

「太太，此事還須從長計議，切莫操之過急。」張嬤嬤小心忖度著陳氏的臉色，吶吶道：「大姑娘如今是打開天窗說亮話了，她既挑明想拿回先夫人阮氏的東西，想必也有所倚仗，咱們可不能小瞧了她。」

陳氏的臉上餘怒未消，怒道：「我早該猜到，阮氏的女兒怎會是省油的燈？所幸她年紀小，藏不住心思，這才讓我們占了先機。」

先機？恐怕未必。

想到少女那雙沈靜的眼眸裡，映著與年齡不符的穩重，張嬤嬤欲言又止，幾次三番想開口，在瞧見陳氏怒火中燒，儼然一副不肯聽逆耳之言的模樣，到底還是把話嚥了回去。

陳氏閉目思索了一會兒，理智漸漸回籠，良久才睜開眼道：「我要先向老爺請示，接管阮氏的產業。」

張嬤嬤遲疑道：「原先咱們只是代為打理鋪面，實則地契一概在老爺那兒。先前這許多年都不見老爺點頭，這會兒又怎肯交到咱們手上？」

陳氏冷哼道：「我自有法子說動他。阮氏可不只有女兒，行哥兒也是她所出，那嫁妝給誰不是給，既能給姐兒，也一樣能給哥兒，我只消把這道理與老爺說透了，還愁不成事？」

張嬤嬤點頭道：「太太說得有理。只是……行哥兒自小與太太不親近，即便為他拿到了一份產業，咱們恐也落不了好。」

陳氏眼神一掃，皺眉道：「嬤嬤今兒是糊塗了不成？我只是借行哥兒的名頭罷了，待此事塵埃落定，東西進了咱們荷包，甭說拿遺囑，便是他老娘從墳墓裡爬出來也奪不回去。」

「是，我腦子不大靈光了。」張嬤嬤順著話頭想了想，補充道：「聽老爺跟前的小廝說，行哥兒這幾日便要回府了，若要籌謀，須得盡快，怕哥兒回來橫生枝節。」

陳氏沈吟片刻，點頭道：「既如此，妳便去安排。打發幾個得用的丫鬟、婆子，務必將她的帳本與庫房裡的物件都挪出來，只要東西到了我手裡，她沒了倚仗，任憑她有一張顛倒黑白的巧嘴，也奈何不了我。」

這是要先斬後奏了。張嬤嬤轉瞬便領悟了其中深意，自領命去了。

此後，事情卻並不如陳氏所想的那般順利。接連幾天，派去請曲元德的丫鬟都無功而返，氣得她摔了幾套茶具。

陳氏沒辦法，只好做了幾樣點心，親自送去書房，卻在門外被李管事攔下。

「太太，莫要小的為難，起先便向您派來的丫鬟說了，實在是老爺公務繁忙，吩咐誰來都不許打擾。」

陳氏和顏悅色道：「無妨，我自不會教你難做。只是，老爺這一年到頭也難踏進後院幾日，我這做太太的難免掛心，看在我親手做了幾樣小菜的分上，煩請老爺賞個臉？」

這番說辭，李管事聽得耳朵都起繭了。

李管事還是小李的時候，就不知道幫老爺打發了多少鶯鶯燕燕。

老爺一向淡薄女色，尤其在先夫人過世後，便極少踏進後院。

早些年，院裡的姨娘還年輕，三不五時地變著花樣來請老爺，其中就有當時還是二姨娘的陳氏。

後來，姨娘們碰了幾次釘子，便歇了心思。自此，曲府後宅算是正陽街各府邸裡最為清淨的。

只是，沒想到這麼多年過去了，已然貴為正室的陳氏又玩起了老一套的把戲。

李管事面色訕訕，難為情地道：「若無要事，太太還是莫要打攪老爺的好，吃食我幫您送進去。」

陳氏的臉色漸漸沈了下去，嘴角雖勾起，笑意卻未達眼底。「我雖是後頭扶正的，但到底是個太太。老爺不妨出去打聽打聽，哪家的太太如我這般沒臉，見自家夫君竟比請神都難！」

李管事哪敢和她槓上，還未說幾句軟和話應付，陳氏又冷聲道：「你只管進去通傳，今兒我若見不著老爺，便是在這兒站上一整夜，守著他出門上朝也未嘗不可！」

李管事愁得冷汗直流。「太太……這……使不得啊！」

還在僵持之際，只聽得朱紅雕花木門「吱呀」一聲，從裡面打開了。

曲元德披著一件外衫，手裡還拿著一卷書。他年輕時便長得極好，如今雖至中年，歲月卻不曾在他臉上留下多少痕跡。即便現下帶著幾分慍怒，也不損他清俊儒雅的氣質。

「妳既知道自己是太太，又何必作這般潑婦樣？」他語氣冷淡，冷冷地看著陳氏。

被這道目光注視，陳氏立時像被一盆涼水兜頭澆下，冷靜了幾分，想起此行的目的，到底還是擺出一張笑臉迎上去。「老爺，我方才急了些，是我的不是。你我夫妻這麼多年，您是知道的，我哪裡是個不曉得好歹的人？自然是有要事才會求著見您。」

見曲元德不置可否，轉身就走，陳氏偷覷著他的神情，試探著跟在後頭進了書房。

「說吧。」曲元德復又坐回榻上，沒管陳氏，一手拿著書卷繼續看，頭也未抬。

陳氏眼神掃了掃後頭的侍從，暗示她們退下，見門被帶上後，才將準備好的說辭和盤托出，如此這般說了一通，為了演得逼真，最後還掉了幾滴淚。「……總之，都是我這個後母無能，如今行哥兒前途大好，若要相看高門貴女，少不得要備上一份豐厚的聘禮。為今之計，只能動用阮家姊姊的嫁妝，我再好好經營一番，才將將拿得出手。

「那些田地、鋪面一向由我代老爺打理，老爺您不善經營，我也不好用這些銅臭事擾您這讀書人。您有所不知，有些次等的莊子需要發賣，生意淡的鋪子轉給旁人，用這些賺點銀錢才划算。不如老爺將紙契都交與我，我必定打點妥當。」

第十七章

曲元德從書裡抬頭，淡淡地掃了她一眼。雖是平淡的一眼，卻叫陳氏擦眼淚的手一頓，哭聲都止住了。

「妗秋的嫁妝，妳何必惦記？妳的一雙兒女我自然不會虧待，不必來我跟前唱戲。」這般不留情面的話，讓陳氏的面容一僵，眼底閃過一絲慍色。

妗秋，阮妗秋！這女人死了這麼多年，他卻還替她守著嫁妝。

「老爺這話，我聽不明白。」陳氏冷著臉道：「府裡上下幾百號人的嚼用，與阮家姊姊的嫁妝脫不開關係吧？我雖借著行哥兒名號掌管，心卻是向著咱家的，若這些財物歸了行哥兒倒罷，至少留在府上；可若歸了兩個姑娘，不是白白跟著她們嫁到旁人家裡，就如咱家姑太太一般，拿整副身家貼補國公府！」

曲元德眼神一厲，放下書卷，直起身道：「那是她娘的遺物，該是她那份的，自然就少不了她的。沒了妗秋的嫁妝，一大家子還能餓死？」

話說到這份上，陳氏也沒什麼好瞞的，冷笑道：「老爺不知咱家大姑娘的厲害，她從潯陽帶來不少錢財傍身，哪裡就缺嫁妝？可她現下咄咄逼人，拿出她娘的遺囑，要我歸還給她，說是三兄妹一人一份，可誰知那上面白紙黑字劃分了多少銀錢？難不成要將整個曲府榨乾淨，貼還給她嗎？」

「遺囑？」這個字眼觸動曲元德心弦，只見他眉頭一皺，手上的書卷有規律地輕敲桌角，良久，他才若有所思地道：「懿兒可曾提及遺囑上寫了什麼？」

陳氏不知想到什麼，面色一沈，皮笑肉不笑地道：「老爺難不成是想知道，阮家姊姊可有隻言片語留給您不曾？老爺若想知道，去問您的好女兒便是。」陳氏冷笑。「只是她若拿出遺囑要全部財產，您這個親爹，給是不給？只怕騎虎難下的是老爺，倒不如先把東西交與我這做主母的，公平分了才妥當。」

陳氏聒噪的聲音仍然在耳邊嗡嗡響個不停，令人心煩。

曲元德目光似箭，冷冷地盯著陳氏。「閉嘴，蠢婦。」

他極少動怒，可一旦發作，卻教人膽寒。

愚婦只看得到眼前的利益，卻不知其中暗含玄機。曲元德關心的是，妗秋是否將曲家的命脈和盤托出，寫於紙上了？

他眼底深如寒潭，餘光瞥見陳氏還在身旁，不動聲色地收斂起了情緒，淡淡地道：「好了，方才是我不好，夫人莫往心裡去。懿兒既然有遺囑，妳便尋個我休沐的日子，叫她去祿安堂好生說說。」

這話似是而非，既不像答應給陳氏，也不像要還給清懿。但陳氏知道，這已經是最好的結果了。離開書房時，已然月上中天，陳氏按捺著火氣，面色陰沈。

「張嬤嬤，」她一路疾行，一面吩咐道：「事不宜遲，趁著老爺口風鬆了，快快打發人動手。」

夜半時分，萬籟俱寂。

流風院的一處廂房內，有人躡手躡腳地潛入裡間，取走藏在箱底的帳簿，又替換上一本重新放回原處。借著夜色的掩映下，她輕手輕腳地合上門扉，快速跑過小道，將要出院子，卻被緊鎖的大門攔住。來不及思考平日不上鎖的大門，今日為何鎖上，主屋裡傳來丫鬟起夜的聲響，再慢一刻，她便要被逮個正著。

千鈞一髮之際，有一道極細微的聲音，隔著一堵牆傳來。「姊姊，我來了，妳將帳本扔過牆來。」

接應的人總算來了！她立刻順著那人的指令行動，待那人穩穩地接住帳本跑遠，她才意識到，那丫鬟好像是……二姑娘清蘭身邊的梨香。

陳氏的人來請了三遍，拖到辰時末，清懿還未動身，皆因被小祖宗絆住了腳。是貨真價實的絆住腳。

看著抱住她的腿，賴著不起身的清殊，清懿第十次安慰道：「留妳在家是讓妳好好睡覺，並非故意撇下妳。祿安堂妳去過，又不是龍潭虎穴，她還能生吃了我？」

腿被抱得更緊了，又傳來哼哼聲。「既不是龍潭虎穴，我就與妳同去，妳怎麼不願？」

「不是不願，是不必要，留妳在家妳只管睡覺多好……」又陷入了輪迴，清懿扶額，第一次因為妹妹太聰明不好糊弄而頭疼。知曉不能再任由她鬧下去，清懿狠下心，板著臉道：「妳今日成心與我作對了？」

清殊仰著頭與姊姊對視，眼圈慢慢地紅了。她收起胡鬧的勁，鬆開手站起身，哽咽道：「我不鬧了，我要向妳認真問個明白，妳不帶我去，是不是知道有不好過的坎？」

一見她哭，清懿的心就軟了大半，她嘆道：「沒有，太太挺好對付的，妳也清楚不是嗎？」

清殊擦了一把眼淚，固執地搖搖頭。「妳不要騙我，如果妳只是應付太太，不會與翠煙商議那麼多。是有人要妳花更多工夫想對策，而且，妳並無全然的把握，故而妳不敢帶著我冒險，對不對？」

不等姊姊回答，她又說：「我不是什麼都不懂的孩子，來京這麼久，我知道我們是何等弱小。不得罪旁人時，我們是官家小姐；開罪了真正位高權重的人，我們和那些被隨意碾死的螻蟻沒甚區別。皇權、父權甚至出嫁後的夫權，都能輕易斷我們的生死，這回是在家中，妳要博奕的對手，妳要挑戰的權威，是不是父親？」

「不許提這些忌諱！」驚訝於妹妹的敏銳，又焦心於她的膽大，清懿嘆了口氣，平靜地望向妹妹，鄭重道：「妳猜得都對，但我也沒騙妳，我有把握全身而退，我畢竟是他女兒，再如何，也要不了我的命。」

清殊眼淚忽然流了下來，抽泣道：「可要是他罵妳、打妳、罰妳，要妳受皮肉之苦呢？妳必定是要和他起衝突的，他頂著父親的身分，還不是想罰就罰。」

清懿摟過妹妹，仔細幫她擦了眼淚，笑道：「那妳更要留在家，和上次那樣，給我搬救兵才是。」

清殊哭聲止住了，愣愣地看向姊姊。

雖是讓妹妹留下搬救兵，實則是安撫她的託詞。清懿一向不把希望寄託於計劃之外的援助，更何況這是內宅之事，原就是外人插不了手的。

陳氏派來的婆子膀大腰圓，一左一右緊看著清懿，儼然是個請赴鴻門宴的架勢。翠煙和彩袖原想要跟著，卻被清懿用眼神制止了。

踏進祿安堂時，清懿不動聲色地環視一圈，目光掃過坐在上首的陳氏，及分坐左右的曲思珩、曲清蘭、曲清芷。除了清殊和最小的閩哥兒外，其餘小輩都到齊了。

見清懿到了，眾人紛紛抬頭，神色各異。

這一回，陳氏一向掛在臉上的慈祥消失了，並不吩咐清懿落坐，反而對一旁的劉嬤嬤道：「懿姐兒來了，妳到她跟前分說吧，免得說我因妳是舊僕便偏袒妳。」

劉嬤嬤活像一隻蓄勢待發的鬥雞，就等著太太這聲號令，立時「撲通」一聲跪倒在清懿腳邊，扯著嗓門道：「姑娘，老奴我雖是個如您腳底泥一般低賤的人，但我在府上十數年，沒有功勞也有苦勞。您聽信那些賤蹄子的讒言，不容老奴辯解兩句便將我掃地出門，我一個清白人，臉皮子竟是被您放到地上踩了！不得已，我只能來太太這兒喊一句冤，求太太替我作主，否則我寧可一頭撞死，也斷不願生受這污名！」

劉嬤嬤說得臉紅脖子粗，義憤得像是慷慨赴死的諫臣，配合著流利的下跪之舉，簡直如同模擬過千百遍。

清懿不動聲色地揣摩著，面上卻流露訝異的神情，手足無措地想扶劉嬤嬤，卻被對方巧妙地掙開，反而回以更響亮的哭聲。

「好了！讓妳好好說話，妳哭哭啼啼的像什麼樣子？再多的委屈也是妳合該受的，妳既給人遞了話柄，也怪不得旁人拿住妳的短處狠狠臊妳！」陳氏對著劉嬤嬤訓斥一番，又適時擺出一副秉公辦事的樣子，蹙著眉頭，輕嘆一口氣，沈聲道：「不過，劉嬤嬤雖有錯，懿兒妳辦事也不妥當！

「劉嬤嬤到底是府裡有體面的老人，一時腦筋糊塗，被人坑害了也未可知。她到底是我派去妳院裡伺候的，打狗也要看主人，可妳卻連我都不曾知會一聲，拿住她便發作。知道的人只說妳年紀小，耳根子軟，可那不知道的，便以為妳在打我的臉。」陳氏說到此處，有些氣狠了，喝了口茶潤潤嗓子，才平和了語氣，語重心長地道：「妳是個安分的孩子，心思不壞，可是妳從前在潯陽養著，到底少見了許多世面。

「我說句不中聽的，妳潯陽外祖家到底是商戶出身，難免有些以利為重的毛病，也就把妳這好苗子養歪了。須知咱們書香門第，姑娘的才學品行是頂頂重要的，沾染太多銅臭味，只會助長妳的輕狂。那日我遣張嬤嬤去問妳，原想是再給妳反省的機會，妳倒搬出了妳母親的遺囑，要分了家產去！」陳氏神色哀戚，一番連敲帶打，將真正意圖藏在故作憐憫的語氣裡。「這遺囑是個真正的禍根，妳竟將它當寶貝，依妳父親的意思，是要將財產交由我統管，等妳們到了年紀，我再還給妳們添妝。」

末了，陳氏又軟和了聲音，說道：「好孩子，妳放心，那遺囑就是教妳長歪性子的濁物，妳只管撕了，再與我立個字據，等妳姊妹二人出閣時，我一分都不會少了妳們的。」

陳氏這齣戲唱得聲情並茂，裡裡外外將禍心用糖衣包裹好了餵來，若清懿是個真正的孩子，或許真就被唬住了，可現下以她活了兩世的芯子來看，只覺得荒謬可笑。

想來陳氏也覺得孩子好騙，一番話說完便預設好了答案，乾等著清懿回覆，卻只聽得她似是疑惑不解地問道：「太太家不也是商戶？原先您嫁入府中做貴妾，都還有娘家添妝幫襯，想必那筆豐厚的錢財尚在太太名下吧？」說至此，她頓了頓，聲音遲疑，又小心翼翼道：「那……怎的不見太太將那筆錢交出來充公，勻給眾姊妹呢？」

陳氏將將要拿起茶盞的手一頓，指節驀然一緊，用力地幾乎泛白。好一番克制，她才重新抬眸審視了一遍清懿。她第一次發覺，這個打從進府以來便斯斯文文的姑娘，皮子底下竟是不好對付的硬骨頭。

「咱家大姑娘好生厲害啊，我這個嫡母好心為妳著想，卻被妳反拿了話柄將我一軍。」陳氏皮笑肉不笑，悠悠然道：「只是我要告訴姑娘一個理，無論高門大戶還是鄉野間的莊戶，都是太太把持著內務，從沒有姑娘自行保管嫁妝的說法。再者，妳雖說有妳母親的遺囑在手，可妳要曉得，那不知是多久前的老黃曆了，早與老爺掙下的家業混作一起，共同支撐咱們曲府的開銷，妳硬要拿著不明不白的遺囑分一塊產業去，對其他的姊妹也不公平，是不是？」

她說罷，狀似關切地一一掃過在座的孩子，嘆了口氣道：「妳瞧，珩哥兒過了年就十六了，眼看要說媳婦了。再說妳幾個妹妹，芷兒是我生的不提，只說二丫頭，真可憐，姨娘也貼補不了她什麼，今後的嫁妝不還是從公庫拿。如今你們大姊姊紅口白牙便要撬出一大半家產去，只管說說心裡是什麼滋味？」陳氏掃過眾人神色各異的臉，不急不緩地喝了口茶。

曲思珩臉色通紅，捏著拳頭忍了許久。他雖是庶子，卻也如大哥一般讀過聖賢書，如今聽夫人竟拿他作筏子，借他娶媳婦的由頭剝削妹妹的錢，真是恨不得臊到地底下去！

「太太！」曲思珩倏地站起身，他已然忘記姨娘叫他萬事莫出頭的叮囑，神色掙扎一番，還是硬聲道：「旁的我一概不知，只是我若娶婦，必不肯花用妹妹的一分銀子。我到底是個男子，不便摻和內宅事，向太太告退！」

說完，不等陳氏回應，他便頭也不回地出了門。

陳氏輕哼一聲，眼底閃過一絲嘲弄，一個庶子而已，沒甚好在意的。她又將目光放在剩餘的姑娘身上，卻不料，自家的親生女兒曲清芷鬧了脾氣，她將茶盞往地上一摔，紅著眼睛嚷道：「丟死人了！教人知曉我要用她們母親的錢財過活，我真是頭都抬不起來！」

「妳這個混帳羔子！」陳氏拍桌怒喝。「滾出去！」

「走便走！」曲清芷越發使了性子，哭嚷著跑了出去。

一時間，這場鬧劇的觀眾裡只剩曲清蘭未發一語。

陳氏穩了穩心神，裝作無事發生，對她笑道：「他們不懂事，自然不曉得其中關節，蘭兒妳一向聰穎，想必知道母親的苦心吧？妳向妳大姊姊說說看。」

清懿唇邊仍然帶著若有若無的笑，目光卻不帶感情地掃過對面垂著頭的清蘭。

良久，她終於怯生生地半抬起頭，目光刻意避開清懿，只看向陳氏，緩緩道：「太太所言甚是，家中兄弟姊妹眾多，還是要顧及著些才好。女兒家名聲珍貴，免得傳出風言風語，說大姊姊為一己之私強奪家產，倒是不美了。」

曲清蘭說的話輕輕柔柔的，卻像給陳氏撐了多有勁兒的腰似的，教後者得意地望向清懿，並說道：「如何？懿兒也該聽聽妹妹的見解才是啊。」

清懿沒有分半點目光給陳氏，她慢悠悠地盯著清蘭看了好一會兒，良久才笑道：「二妹妹果然是個蕙質蘭心的，最曉得審時度勢，只是太太何必費這麼多口舌，兜這麼大圈子呢？既然太太說父親允諾您接管，您叫父親來和我說便是。」

清懿看向陳氏，淡淡地道：「我只和父親談。」

「懿兒怕我誆妳？」

陳氏的笑容漸褪，彼此就這般對視著，她揮了揮手，張嬤嬤適時屏退了左右，連清蘭也請了出去。

一時間，室內只剩下她們二人。沒了旁人，陳氏才真正撕開了假面，露出獠牙。

「唉，到底是孩子，終歸沈不住氣。懿兒這般硬氣，大抵是妳姑姑給足了妳體面，教妳知道連平國公府都能為妳娘的錢財折腰。可惜啊……到底嫩了些。」陳氏幽幽嘆了口氣，憐憫道：「沒人告訴妳底牌不能太早亮，也沒人告訴妳，人在屋簷下，原是妳的東西，也能不是妳的。帶了那麼多好東西來，我真要謝謝妳的大禮呢。」

第十八章

這是把侵吞繼女私產的話擺在明面上說了。

清懿卻不如她料想般的慌亂，只狀似疑惑地道：「阮家不是沒名沒姓的商戶，我各項財物全都造冊了，太太不怕我外祖家問罪？」

「喲，問罪？」陳氏被她淡定的神情激得有些上火，哼笑一聲，拿出了一本冊子晃了晃，笑道：「瞧瞧這是什麼？妳帶來的東西有哪些名目啊？況且，嫡母管家天經地義，便是妳外祖母親自來，也沒得插手曲府內務的道理。

「再者，阮家只剩妳一雙年邁的外祖父母了，妳那幾個養舅舅怕是顧不上妳，否則怎會在妳不尷不尬的年紀將妳送來京城？」陳氏輕笑道：「而妳身為女子，大門不得出，二門不得邁，有冤往何處伸？不如乖乖將遺囑拿來撕了，和我賣個好，興許我還會將妳傍身的錢還妳，再為妳尋樁好親事。」

陳氏眼底是掩飾不住的得意，忍不住要品味清懿的慌張，卻只見她悠悠閒閒地喝茶，好似這話落在她耳朵裡沒有絲毫分量。

陳氏臉上的笑掛不住，終於肅了臉，冷笑道：「妳竟是個沒了勢頭還要充硬氣的假把式？想必這會兒，妳院裡的幾車好物都已堆進我庫裡了，妳還笑得出來嗎，我的好姑娘？」

像是聽到什麼有趣的，清懿彎了彎眼，好整以暇地回望著陳氏，一語不發。沒來由的，陳氏察覺出異樣，心底陡然升起不祥的預感，腦中快速閃過前頭所有的謀劃，查找錯漏。

陳氏的神情變化落在清懿的眼底，她收回了視線，垂眸輕笑道：「我那些箱子，可重得很，別勞累了太太的人呢。」

箱子！電光石火間，陳氏好似抓住某道思緒。

同一時間，門外的張嬤嬤收到小廝的急報，方寸大亂地闖了進來，顧不得清懿在場，湊到陳氏的耳邊，神情凝重地說了什麼。

短短幾個呼吸的瞬間，陳氏的面容如冬日裡的寒霜，漸漸冷冽，逐步降至冰點。她沈默了好一會兒，手指攥到泛白，良久，才緩緩抬頭望向清懿。

「好啊，好啊！」她喉頭發出一聲嘶啞的笑，是一個閱盡千帆的中年婦人被一個十來歲小姑娘戲耍後，壓抑到極點的惱恨。「原來妳從一開始便計劃好了，變著法的哄我往套裡鑽呢！妳費勁心思從潯陽帶來的那七、八輛車的箱子裡，竟然都是石頭！」

陳氏這回真動了怒，臉色陰沈得可怕，尤其在面對清懿笑盈盈的神情時，名為理智的那根弦，終於綳不住斷裂了。

「張嬤嬤！叫幾個得力的婆子來！」陳氏額頭青筋跳了跳，喝道：「大姑娘目中無人，忤逆尊長，我要親自教訓她！」

張嬤嬤尚且清醒，猶豫著不敢照辦。「這……太太，萬一被老爺知道……」

「囉嗦什麼！我是一家主母，天塌下來我擔著！」陳氏怒斥，見張嬤嬤還作勢要攔，隨手便抄起茶盞往清懿身上砸。

「啪嚓」一聲，碎瓷片砸得四分五裂，卻被清懿靈巧地避開。

「太太從前當妾室時，慣會做小伏低，現下可真是有派頭，不過……」清懿笑意未至眼底，語氣淡淡。「您還沒到一手遮天的境界呢。」

「妳還真是妳娘生出來的小賤蹄子！妳以為耍點小聰明就占便宜了？也不看看如今誰是正室！」陳氏雙眼通紅，連頭上的金釵步搖都隨著她激動的話語而顫動。

看著那張與阮氏如出一轍的臉，塵封在心底十數年的怨懟一齊翻湧出來，直教她怒火中燒。阮妗秋也是這樣，明明做了那麼多讓老爺惱恨的事，卻偏偏在死後反而成了他心口的硃砂痣，旁人提也提不得。好不容易熬死了她，現下卻要被她女兒挑釁到臉上來。

「我是正室……我才是正室！」陳氏瘋魔了似地撲上前，劈手就要搧過去，卻被一隻手牢牢擒住。

「住手。」

熟悉的低沈嗓音傳入耳畔，一瞬間，陳氏顧不得被桎梏住的手腕，整個人愣在原地，如同被涼水從從頭澆下，囂張的氣焰消失得無影無蹤。

「老……老爺，您不是去赴邱大人的宴了嗎？」她神色倉皇，眼前面對的正是曲元德那張淡然中透著冷肅的臉，還有眼底銳利的鋒芒。

清姝被姊姊再三告誡不許出屋子，悶悶地縮在被窩裡待了好半晌，一顆心卻七上八下，難以安寧。

沒多久，屋外便傳來搬動物品的動靜，翠煙好像和來人爭執了幾句，幾個丫鬟都上前幫腔，那頭不知說了什麼，到底是闖了進來，足足折騰了好一會兒才將東西運走。

清姝豎著耳朵聽了片刻，直到外頭喧鬧漸止，眼珠子一轉，計上心頭。

「玫玫！」清姝一骨碌地爬起來，躡手躡腳地拎著鞋子，赤腳溜到檀木屏風外。

「哎！」外間一個和她差不多大的小姑娘脆生生應了一句。

小姑娘正是先前被選進屋伺候的招娣，因清姝嫌這名字難聽，寓意不好，便作主改了。原話是——招弟弟有什麼勁兒，倒不如要個妹妹，妳就叫玫玫好了。

這會兒幾個大丫鬟都在外頭忙活，只留著玫玫一人守在外間。倒不是指望她一個小不點去照顧人，全因外頭亂烘烘，實在分不出人手，只能留她看著裡頭的小祖宗，若是有什麼動靜，也好麻利報信。

清殊急忙捂她的嘴。「噓，小聲點！別被翠煙她們聽見了，不然我可溜不出去了。」

玫玫一貫是個沒心眼的，愣愣道：「翠煙姊姊交代我看著您，不許您出門，得等大姑娘回來才准許您走動。」

「那我姊姊還不知要生受多少委屈呢！」清殊不理她，自顧自地動手脫了小姑娘的衣裳。「來，好玫玫，咱倆把衣裳換一換，妳替我藏在被窩裡。」

玫玫這回不呆了，頭搖得像撥浪鼓。「不成，不成，彩袖姊姊要知道了，非扒我皮不可。」

「妳還磨蹭，我姊姊正遭欺負呢！」清殊急了，一邊拉扯玫玫的外衣，一邊說：「我今兒就是跑到衙門擊鼓鳴冤，也不教他們動我姊姊一根指頭！」

「啊？」玫玫不懂什麼衙門報官，她只聽到平日裡溫柔善良的大姑娘遭欺負，腦子裡的一根筋就突然會轉彎了。「好了，姑娘您別拉了，我自己來，我換！」

兩人調換了衣裳，清殊端了一個碩大的托盤，借此遮臉想蒙混出去。玫玫老實地躲進被窩裡，不免擔憂道：「今日那送菜的老人家不知道還來不來，若是蹭不上車，姑娘您可要早些回來，要是把您弄丟了，十個我都賠不起。」

「我看妳不是怕我丟了，妳是怕再也吃不到桂花藕粉糖糕了。」見她小臉發愁，清殊故意打趣，好讓她寬心。

「不……不是。」玫玫吞了吞口水，反駁得十分軟弱。

外頭實在吵嚷，沒人有工夫注意這個小院，清殊得以順利溜上運菜的小車，藏在菜筐裡，一路顛簸地出了府。

聽得推車的婆子正與門房交涉，清殊心知這是出了府門了。她一向機靈，憑著之前寥寥幾次出門的機會，就記下了正陽街附近的道路。

方才那句報官，也不是頭腦發熱亂嚷的。清殊細細想過，高門世家大抵藏污納垢，卻要維持表面光鮮。

曲元德到底算個有體面的官，也須得在乎官聲。如若他敢傷她姊姊，那她也不會客氣，大不了魚死網破，衝到衙門告他一狀。即便事後他顛倒了黑白，但人們心底總會烙下印記，試問一個能把小女兒逼得逃出府報官的爹，得是什麼狼心狗肺的畜生？

如若曲元德沒做傷害姊姊的事，那她也留一線，就當頑皮淘氣跑出府玩，且又能敲打敲打他。

清殊計劃得十分完美，只是出師未捷，千算萬算忘了自己這輩子是個嬌小姐，生下來就沒走過多少路，出個遠門不是坐車就是坐轎，腳後跟嫩生生的。

溜下菜車沒走多遠，只覺腳底板生疼，像磨出血疱。沒等她脫鞋細看，背道而馳的那輛菜車突然被一群人攔住翻找菜筐子，還能依稀聽到賣菜婆子說：「並不曾看到有個姐兒啊……」

清姝心下一凜，轉瞬便明白這是府裡的人找來了。

顧不得腳疼，她拿出上輩子跑八百公尺的速度往反方向跑，後頭有機靈的人發現了，大呼小叫地跟了上來，清姝一刻也不敢停，鞋都跑飛了一只，直往正陽街外衝去。

她人小腿短，仗著身子瘦弱輕易鑽過人群，這才拉開一小段距離，可是沒過多久就聽見後面急促的腳步跟了上來。

「四姐兒，回來！不許跑！」

「回來！」

路人看熱鬧似的讓出一條道，更便於他們的追捕。

清姝心下一慌，腳底板也突然升起鑽心的痛，一時不察，撲通一聲摔倒在地。

「嗚！」清姝痛得發出一聲哼哼，可是身上的疼痛卻抵不過心底的涼，後頭腳步紛至沓來，眼看就要被逮回去了，可是預想中的場景並未出現，反而是一道熟悉的聲音落入耳畔。

「哭什麼哭？」

有人語氣粗暴，動作卻輕柔地把她拎起來。

清姝懵懵懂懂地回頭，眼眸裡倒映了一張俊美的少年臉龐。

「怎麼是您啊……」她說話還帶著哭腔。

晏徽雲冷哼一聲。「怎麼？還不樂意是我？」

後頭的家僕適時趕了上來，卻不敢造次，一個管事結結巴巴地道：「啊……這位爺，這是我家府上的四姑娘，一時淘氣跑了出來，還請爺高抬貴手，讓我們將人帶回去。」

「少放屁，便是你家姑娘淘氣，也沒有把她逼成這樣的道理！」晏徽雲眼底戾氣橫生，又掃過清殊紅著眼圈，光著腳的可憐樣子，眉頭皺得更緊。「還有妳，妳一個小丫頭亂跑什麼？若被拍花子的抓去了，妳哭都沒得哭！」

生怕他真把自己交出去，清殊立時抓住他的袖子，不管三七二十一就告起狀來，她還在抽抽噎噎，怒氣倒是十足，竹筒倒豆子似的把原委說清楚。「……就是這樣。我才不怕什麼家醜揚不揚，大不了不姓曲！他們欺負我和我姊姊，不許我去告狀，您可一定要幫我！」

話音剛落，晏徽雲後頭的馬車裡同時傳來兩道聲音。

「曲府?!」

「欺負誰？」

清殊一愣，這才發覺有旁人在。

「哼，你們曲家真不錯，哥哥認不出妹妹，父母打壓女兒。」晏徽雲說話毫不客氣，一揚手便掀開車簾，反手又把清殊抱了上去，朝她抬了抬下巴道：「裡頭那個呆子是妳素未謀面的親哥哥。」

同一時間，車內一人急急探出身來，正好與被抱上來的清姝四目相對。

男子神情驚喜，反倒令清姝不知所措了片刻，細看這人俊朗又熟悉的五官，她心下漸漸有了答案，這想必就是出差剛回京的親大哥，曲思行。

「妳是……姝兒？」

曲思行又是關切、又是喜悅地連問了許多問題，清姝還沒來得及答話，袁兆的聲音橫插了進來，說道：「你還是先關心關心她姊姊吧。」

晏徽雲也不耐煩地推了曲思行一把。「先上車，沒見小丫頭光著腳嗎?!」

幾人在寬敞的馬車裡坐定，曲思行這才冷靜下來。「姝兒，妳們姊妹二人遭到什麼麻煩了？」

清姝想開口，腳底的傷卻讓她疼得說不出話，他們三個男子出行並無侍女隨侍，她又是個小姑娘，總不能讓外頭的馬伕伺候她。

曲思行剛想說讓他來，晏徽雲便打發人遞了藥進來，嘴裡嫌棄道：「你們懂什麼？我處理的傷口可比你們多多了。」說著他便輕輕抬起清姝的腳，幫她上藥，雖擺著一張臭臉，下手卻很輕柔。

這下連袁兆都撩起眼皮看了晏徽雲一眼，目光微微詫異。

曲思行欲言又止，他很想說自己才是清姝的親哥哥，怎麼有種被搶了位置的憋屈感？

清殊倒沒想那麼多，她從小就被照顧慣了，很習慣接受旁人的好意，自自然然地把腿擱在晏徽雲身上，等到不疼了，才開口道：「哥哥你不知道，我和姊姊在家裡過得一點都不好，太太說要把娘留下的錢都給你娶媳婦，一分也不留給我們，爹也幫太太呢！」

她又如此這般添油加醋說了一通，直把曲思行聽得眉頭緊皺，心疼得夠嗆，他沈默片刻，猛地一拍大腿。「豈有此理！我這就回去替妳們討個公道！」

清殊眼淚汪汪。「哥哥你真好，你才是我親哥哥！」

晏徽雲瞥見小丫頭得意地動了動小腳趾，嘴角微微一抽，不由得反思自己是不是也上過她的當。

清殊見晏徽雲注意到自己，又裝出可憐兮兮的模樣。「……世子哥哥，還是有點疼。」

晏徽雲意味不明地笑了一下。「哥哥？我是妳哪門子哥哥？妳親哥哥不是在妳跟前嗎？」

親哥哥曲思行確實很關心妹妹，想了一會兒便朝晏、袁二人拱了拱手道：「原是你們二位替我接風洗塵，現下家中有要緊事，只能先回去一趟，我改日再辦席賠禮。」

這話潛臺詞是，要去處理家事，外人各回各家吧。懂眼色的自然就順著臺階下了，但是這二位爺渾然像沒聽見。

晏徽雲哼了一聲。「你還坐著我的車呢，不得送你們到家門口，既到了門口，焉有不進去坐坐之理？」

曲思行一愣，只好將目光投向一貫講究體面的袁兆，卻不料這位仁兄扶著額頭，漫不經心地道：「嗯，頭有些暈，想必要煩勞黎澤兄騰出個屋子讓我小憩片刻，如何？」

如何？他能如何？這兩兄弟明擺著要去看熱鬧了。

嘆了口氣，曲思行也沒工夫管他們了，等車子一停，便回身抱起清殊率先進門去。在門房小廝熱切驚喜的「大少爺回來了」的通傳聲裡，曲思行臉色冷凝如寒霜，步履生風，徑直朝祿安堂走去。

第十九章

曲元德一到，陳氏再如何不情願，也只能臉色鐵青地默默退出門去。

一時間，屋內只剩父女二人。

曲元德臉上的慍怒漸漸褪去，又換上一貫的溫和，他提起桌邊的瓷壺，斟了兩盞茶，一杯遞給清懿。他的手懸在半空良久，清懿遲遲不接。

汝窯青瓷盛著泛著淺綠的敬亭玉露，淡淡茶香瀰漫，倏爾融於空中，了無蹤跡。清懿注視著眼前這個被她稱為父親的男子，而對方同樣也在觀察她。

相似的琥珀色眼瞳裡倒映著彼此微笑的假面，眼底藏著如出一轍的審視，就像一場靜謐而無聲的對峙，短暫呼吸的瞬間被無限拉長，直到曲元德先收回了視線，輕笑一聲打破沈默。

「這是妳母親最愛喝的茶，敬亭玉露。」他往前送了送。「妳嚐嚐。」

清懿睫毛微顫，伸手接過。她知道，話裡提及的母親，是她的生母阮妗秋。

曲元德輕呷一口茶，舌尖繚繞著餘留的茶香，儼然一副安然品茗的模樣。就在這樣安逸的時刻，他漫不經心地道：「懿兒沒有那份遺囑吧。」

他尾音似上揚，又似平淡敘述。

清懿也笑了，抿了一口茶，坦然道：「是，遺囑是我杜撰的。」

「小孩子家，做什麼撒謊？」曲元德唇角微勾，語氣沒有絲毫責怪，反而夾雜著淡淡的無奈與寵溺。「只不過是些錢財，不必繞彎子。妳娘留下的東西我都好生保管著，現下正好一併交與妳，妳想拿去做什麼，都由著妳的意思，如何？」

清懿莞爾。「如數奉還？」

「自然，只要是妳母親帶來的。」曲元德道：「陳氏若與妳為難，為父自會為妳護持，妳只管安心收著。」

清懿垂眸不動聲色。「那真是謝過父親了。」

「父女之間，不必多禮。」曲元德手指輕磕在桌面上，發出規律的聲響。「只是，懿兒妳一向乖巧，怎想到編遺囑這樣的謊話來？妳母親……難道真有什麼囑託妳的？」

進入正題了。清懿心底一聲冷笑。

一處無形的戲臺子搭在二人腳下，朦朧的話語像一道謎語，掩蓋的是巧妙的周旋與試探。幾不可聞的呼吸聲都控制好了頻率，不洩漏彼此的盤算。驀然一聲輕笑，像是銳器劃開了戲臺上的朦朧布幕，清懿撩起眼皮，緩緩抬頭看向曲元德。

「打了這麼久的啞謎，我都替父親覺得累呢。」她眸光逐漸冷淡，唇角卻含笑，一字一句地剖開謎面。「區區黃金白銀和鋪面莊子只能勾起陳氏的貪念，卻不值當我費心籌謀，更不值當堂堂吏部右侍郎，榜眼及第曲大人與我這小女子百般試探，您說，是也不是？」

利刃挑開遮掩的薄紗，曲元德臉色沈了下來，周身儒雅的氣質轉而變化為上位者的冷漠與疏離。「所以，妳知道什麼？」

「我要的是……」清懿臉上沒有絲毫畏懼，一字一句，清晰可聞。「鹽鐵商道。」

這四個字一出，空氣好似被一隻無形的手攥住，氣氛降至冰點，沈默與詭譎蔓延開來，針落可聞。

如果有旁人在側，聽到二人的談話，定會驚掉下巴。一個是尚未及笄的閨閣少女，一個是朝中平庸無為的清流四品官。無論他們中的哪一個，都與這關乎朝廷命脈的四個字毫不相干。

鹽鐵買賣自古以來屬朝廷管控，是國庫收入的主要來源。武朝立國百餘年，歷經八位皇帝，前頭幾位都是好戰的雄主，數次東征西伐，將幾處部落收歸麾下，宣揚了我朝威名。

然而因為連年征戰，勞民傷財，國庫到底是經受不起如此揮霍，自高祖起至第七位皇帝惠宗登基時，仍是入不敷出。也就是那時起，惠宗下令休養生息，又將鹽鐵收歸國營，大力禁止私營鹽鐵買賣，違者重罪論處。

可暴利之下必有犯險者，從前的私鹽販子不甘心就此失去這塊肥肉，以重金賄賂當時的鹽鐵司布政使，試圖分一杯羹，卻被人告發。在禁私鹽的風口浪尖，惠宗震怒，下令徹查民間所有的私營鹽鐵商戶，甚至頒布酷刑，以雷霆手段根治了私營之風，徹底將鹽鐵收歸國有，史稱為「廷寧三年私鹽案」。

如此經營數十年至今，武朝兵強馬壯、國庫豐盈富足，實現了惠宗當年的期望。只是這般嚴苛的鹽鐵之政，放在戰時或許適宜，但在風調雨順的當下，卻顯得格格不入，反倒滋生不少貪腐之事，平民百姓也深受官營強買強賣之害，怨聲載道。

早在當今聖上崇明帝繼位不久時，朝中有識之士便提出放鬆鹽鐵管控有利於民間經濟發展，但是在各利益方的制衡下，到底沒有施行。

終於，直到崇明十三年，皇帝下令裁撤鹽鐵司，緊攥的手指頭略放鬆了一點兒，在各州府挑選民間商人作為喉舌，掌握各自屬地的鹽鐵商道，統籌市價。

如此舉措，算得上是官私結合，將鹽鐵牢牢控制在朝廷眼皮子底下，卻又給予民間一部分許可權。只是，若不在民選商人之列的人貿然插手了這樁買賣，其中風險不亞於光著腳過刀山，後果可參照「廷寧三年私鹽案」。

現下，一個有官職在身的吏部侍郎，膽敢沾染鹽鐵二字，真是一百個腦袋也不夠掉的。

冷冽的氣氛中，曲元德面色沈重，他問：「是誰告訴妳的？妳外祖？不，不會是妳外祖，他向來不願自家的孩子沾手這等買賣……難道，是妳母親？」他沈吟一會兒，抬頭看向清懿。「妳母親甚至不曾對思行透露半分，卻將此事託付給妳一個女兒家？」

阮家外祖阮成恩當年寒微時，救過一個落難的貴人，自此發跡。有貴人做靠山，阮家在私底下做成了潯陽至京城一帶的鹽鐵商道，財富滾雪球似的壯大，一年盈利可抵整個州府的稅收。

阮成恩一向明白水滿則溢的道理，在巔峰時激流勇退，轉行做起別的營生。他帶著家人偏安潯陽，不顯山、不露水，只做個普通富貴鄉紳。

阮老爺子與夫人感情極好，二人只育有阮妗秋一個女兒，他也不肯納妾，只收養了貧苦人家的幾個孩子作為養子，一是給獨女作伴，二是想挑個可靠的孩子入贅。

誰承想，阮妗秋卻偏偏看上了空有才華的窮小子曲元德。也是成婚許久之後，因曲元德當時仕途不順，阮妗秋尋求父親幫助，這才透露了鹽鐵商道的事情。

此時的商道已然沈寂許久，一則是阮老爺子有意撇開這樁生意，二則是沒有恰當的繼承人。而當時的曲元德既有抓住機遇的野心，也有滿腹才能，短短數年間便將商道重新經營起來，甚至青出於藍。只是，商道的主權便漸漸從阮家旁落到曲元德的手上。

如此淵源，都是塵封在歲月的隱密，此刻卻讓一個小姑娘輕描淡寫地揭開來了。

聽到曲元德的發問，清懿不答反笑，淡淡道：「父親心裡已經有了答案，何必再問？哥哥自小讀的是忠君愛國的聖賢書，如今又是正經的科舉出身，前途大好。他一向剛直，是個眼裡容不得沙子的性子，若知曉咱家背地裡做這等通天的買賣，不大義滅親都是萬幸，試問您還敢讓他接手不成？」

曲元德沈沈地看了她一眼，默然不語。他何嘗不瞭解曲思行？正是因為太過瞭解，所以他從未動過讓長子做繼承人的念頭。

「再說透些，父親您當年二十來歲便高中榜眼，聖上甚至當著眾臣的面讚您有宰輔之才，如今卻泯然於眾人，於朝堂毫無建樹，做著一個不高不低的四品侍郎官。」清懿意味不明地笑了笑，探詢道：「難道，當真是聖上看走了眼？還是您有意藏拙呢？」

曲元德抬眸，目光閃過一絲詫異。他這下才真正將對面的女兒放在與自己平視的位置。若是想得到什麼，必得付出同等的代價，而曲元德為了保住這條鹽鐵商道所付出的，便是自身的仕途。

從潯陽到京城，在天子腳下闖出這樣一條財路，且十數年無人知曉其中底細，必得有人保駕護航。

早在接手這條商道的最初，曲元德便明白了阮老爺子為何想放棄這條財路。這不僅是聚寶盆，也是催命符！一旦被有心人知曉，或利用，或摧毀，後果都不可想像。

曲元德的政治嗅覺十分敏銳，阮老爺子一介白身，有各方勢力相佐，尚且步履維艱，更何況他呢？上位者最忌諱錢權勾結，他又有官位在身，且是前途大好的新秀，唯一可解此局之法，是冒險尋一個最大的靠山。

權臣、親王、武將……一長串的名字在曲元德的內心劃去。

最後，他將目光放在那把龍椅上。一個危險又瘋狂的念頭盤旋在他的腦海——普天之下，又有哪個靠山能大過那位九五之尊？

與天家做買賣，聽起來荒謬至極，可曲元德知道，這是可行的。

皇家大內也有許多身不由己，或養私衛、或暗中籌謀提防亂黨，即便是天子也需有稱手的財庫。而曲元德順理成章地成為這枚暗棋，只是，他勢必要放棄封侯拜相的仕途。

「懿兒既看得出我藏拙，又能否看得出這是一條險路，稍有不慎，便是粉身碎骨？」曲元德神情不辨喜怒，拂了拂袖子，又為清懿斟上一杯茶，如閒話家常一般道：「十數年來，我不結黨，不營私，甚至連同僚宴請也極少參與，為的就是避禍。我若甘心做一個錢袋子，自然相安無事，可若有人聞著味來與我相交，無論實情如何，聖人都要疑心我。

「說到這個地步，妳信我也罷，不信我也無妨。這條所謂的富貴之路，是一條引火焚身的死路，我既不願交託於思行，更不願交託與妳一個女兒家。」隔著裊裊茶煙，曲元德的面容藏在霧裡，教人看不真切。「我確實是個薄情冷性的人，有時卻也願說幾句真話。」

清懿垂著眸，眼底一片冷然。

良久，她發出一聲嘲諷的輕笑，緩緩道：「引火焚身？當年從阮家接手商道時，可曾想過今日之局？當年，我母親傾心於你，不知你已心有所愛，央我外祖要嫁你時，你為何不說真話？你若鐵了心不娶我母親，她還能強逼你不成？不過是貪圖那幾分錢財，借著阮家做跳板，好教你從泥潭裡抽身，鯉魚躍龍門啊。」

清懿語氣平靜，裡頭的諷刺卻如利刃直插胸膛。「你從來都是以利為先的薄情寡義之輩，何必裝出一副假惺惺的樣子悼念惋惜？我母親太傻，她明白得太遲了，等你死了再去地底下向她磕頭認罪吧。」

女兒以這般狠毒的話咒罵父親，有悖人倫，再如何生氣也不為過。

可曲元德卻垂著眸一動不動，望著茶盞裡的敬亭白露，出神地想著什麼。良久，他閉上眼睛。「是，我要向她磕頭認罪。我薄情寡義，唯利是圖，終有報應。」

曲元德起初不明白，如他這般冷情冷性、自私自利、在心眼裡長大的狼心狗肺之人，老天爺為何讓一個不諳世事的姑娘走入他的生命裡。

當時只道是尋常，得到真心時尚不知其貴重，待到失去時，心卻好像缺了一大塊。

彼時，他平靜得一如往日，不曾流下一滴淚。

直到她去世的那個冬日，山茶花凋謝，餘留光禿禿的枝幹，傲然立在冷風裡。他突然想到妗秋最不喜花凋之景，自然道：「把那殘枝收拾了，莫讓太太看到，不然又要傷心一陣。」

再回頭，看見李管事欲言又止的神情，他才恍然意識到，妗秋不在了。那一瞬間，一陣陌生的鈍痛不知從何而來，蔓延至四肢百骸……如今想來，這才是他的報應。

「妳說得對，我就是一個虛偽至極的人。我不曾敬父母、親兄妹；也不曾真正愛子女，哪怕是對於妗秋誕下的孩兒，也是如此。」曲元德抬頭看著清懿，語氣像是陳述一個事實，不加修飾。「即便我裝得再像，那所謂與親近之人的感情，我全然沒有感觸。

「寒微時，只想往上爬；後來什麼都有了，只覺索然無味。」曲元德淡淡地說：「這商道是妳母親交託與我的，她即便恨我，卻也曉得這把雙刃劍只能交託在我手中，否則全家都要遭禍事。妳雖不信，我卻還是要說，我一生都活得虛假，唯獨對妗秋，是真心的。」

「真心？」清懿覺得可笑。「那你對岳菀呢？那與你自小一同長大的青梅竹馬，後來家道中落淪落風塵的女子，難道你不是念及與她的舊情，與她暗通款曲，生下清蘭？惹怒母親後，你以為去母留子，不教人知道清蘭的身世，便沒有人知道內情了？」

這一刻，曲元德的臉色前所未有的難看，即便是方才提及鹽鐵商道都不曾有這般分明的喜怒。他眼底不加掩飾地閃過一絲厭惡，沈聲道：「夠了！我對岳菀沒有半分私情，若不是妳母親仁慈，連那孩子我也不會留下。」

「你這般厭棄岳菀，娶我母親前她卻是你心頭的白月光，你因此冷落母親許久。如今我母親逝世，你又開始悼念她，你的真心，一文不名，微賤如草芥。」清懿冷聲道：「你說你待眾子女一視同仁的冷淡，可或許你自己也不曾意識到，你永遠在追尋失去的東西。」

曲元德面上一愣。

第二十章

「大哥出生在你們恩愛時，於是你總待他多幾分寬容；我出生時母親正好得知你心有所愛的真相，於是你並不曾真心愛憐我；而椒椒的出生伴隨著我母親的死亡，你不願接受這個真相，於是順理成章地同意我帶她回潯陽，哪怕一輩子不與你相見，你也不會想起這個女兒。」清懿說到這裡時，平靜的情緒終於有一絲波瀾，語氣帶著幾分嘲弄。「曲大人，你真可笑，也真可憐。你曾和我說，母親恨你，不願入曲家墳；我卻要告訴你，她臨終前連一字一句也不曾留與你。說到底，你只是個無足輕重的過客，哪有值得她恨的分量？你未免太看得起自己了。」

「不恨我……」曲元德冷淡的面具終於破裂，口中呢喃著，顯露出若有若無的狂態。良久，他猩紅著雙眼，從未如此失態地怒喝。「妳住嘴！妳無非是想激怒我，好籌謀妳想要的東西罷了！」

曲元德竭力按捺住心底狂湧的情緒，強行扯開一抹笑。「一條險之又險的財路，何必費這般心思？況且妳一個女兒家，拿什麼籌碼來與我談判？就憑著這些陳穀子爛芝麻的舊事？」

「女兒家又如何？你能做的我未必做不到，我也有我要守護的人和事，我也有明知不可為而為之的目標。我不願活在你這座宅子下，仰你鼻息過活；我不願教我妹妹受盡委屈還忍氣吞聲；我不願我母親的財物落入奸人之手。這些理由，足夠嗎？你又問憑什麼？我便告訴你。」清懿眼底暗藏波濤洶湧，一股冷然的氣勢油然而生，一字一句，斬釘截鐵。「就憑我這條命！

「怎麼？曲大人敢和我賭嗎？從我知曉鹽鐵商道的那一刻，就已然與你是一根繩上的螞蚱。無論內情如何，外人只知道我們是血脈相連的父女，我說的每一個字，走的每一步路，都與你息息相關！」清懿聲如寒冰。「曲大人近年來越發覺得鹽鐵商道不夠順暢了吧？忘了和你說，裡頭到底有潯陽的人，還念著舊主的情呢。」

曲元德自詡城府深沈，從未想過有一天會被自己的女兒要脅，且她口中說出的每一句話，都不是虛張聲勢；或許，她早在回京前，就已經布好了局，等著他入網談判。

看似弱勢，只能以性命威脅逼他讓權，實則是警告他，他的性命也在她手裡握著。一榮俱榮，一損俱損！

「妳果然是我的女兒，這副蛇蠍心腸，像極了我。」曲元德喉頭發出沈悶的笑，目光暗沈不明，他緩緩道：「殺妳，妳以為我不敢嗎？」

「殺我？」清懿緩緩啟唇，冷笑道：「曲大人真的有這膽子嗎？」

她目光銳利，不閃不避，與曲元德對視，眼底的挑釁昭然若揭。可那挑釁背後，卻是千百遍深思熟慮後的沈穩，所有的咄咄逼人，不過是全盤算計好的籌謀。

「放肆！」

「砰」的一聲，座椅與桌腿摩擦發出碰撞聲，曲元德豁然站起身，從前隱藏在儒雅假面後的深沈氣勢撲面而來，他目光陰鷙，牢牢盯著對面之人，視線一寸一寸地刮過她臉上的神情。看似雷霆震怒，實則眼底夾雜著不動聲色的探究。

「時常有哪家姑娘體弱早夭的，雖會教妳外祖父母難受一陣，但是，想必鬧上一場，再有妳妹妹侍奉膝前，也就罷了。」曲元德笑道：「我此生原就對不起妳娘，如今不過是再添一樁罪孽，等我下陰司，到她面前受千刀萬剮的刑，讓她恨我一恨，也是好的。」

他雖笑著，眼底卻盛著冷意，眸中倒映著少女初露俏麗的臉，透過這張臉，他好像看到了另一張熟悉的面孔——細而彎的柳葉眉，不點而紅的唇瓣，如上等美玉般無瑕的姿容。

記憶裡有人語調活潑。「女兒的樣貌無論像你抑或像我都是好的，只是你不愛笑，還是像我吧！」

後來，那人不愛笑了。「咱倆一開始便錯了，君既無心，何必將我騙得這樣苦？你只須和我坦誠說了，我自然與你和離。」

再後來聲音增添了歲月風霜，沈靜了許多。「我此去潯陽，一生不必再見。你若還有對我的幾分歉疚，便將這份心放在孩子身上，阮氏妗秋，在此謝過曲大人的恩情。」

曲元德一陣恍惚，忽然有一剎那，內心冰冷且堅固的某一處，悄然崩塌。曲元德跌坐回椅子上，面容顯露罕見的疲憊與頹然。他自詡涼薄無情，卻沒來由的，心軟了。

清懿眼底的冰冷並不為曲元德這一刻的變化所觸動，她垂眸沈思片刻，正想繼續攻心，門外突然傳來吵嚷聲，有人與下人爭執，不過瞬間的工夫，那人便強硬地闖了進來，伴隨著一道飽含怒氣的聲音。

「父親今日若敢動妹妹一根指頭，從此只當沒我這個兒子！」

曲思行帶著一身的洶洶氣勢，甫一進門便直奔清懿而來，待細細打量過妹妹周身，並未發現有何傷痕，這才緩和了臉色，關切問道：「受了什麼委屈，只管和哥哥說，我到家了，妳什麼也不必怕！上到老爺、太太，下到小廝、婆子，哪個給妳不痛快，我一一替妳出氣去！」

聽到這熟悉的話語，清懿有些發怔。

「我沒事。」清懿的聲音有些顫抖。「只是許久不見哥哥，一時難受得緊。」

曲思行只當她不敢說透，轉頭便冷著臉向曲元德道：「父親，當初母親過世，您說家中沒有好長輩教養，允了妹妹們去潯陽，這一去便是七年。如今好不容易回來，您就眼看著太太搓揉她們不成？

「我已經在外頭打聽清楚了，太太想拿我當由頭謀奪妹妹名下的產業，您幫誰我管不著，您手裡攥著的銀子我也搶不去，我只說一樁，我如今出了仕，有官身，好歹有幾兩銀子供妹妹們吃穿，府上容不下她們，我便另立了府教她們住去，我們一干人也不在這兒礙您的眼！」

「你住嘴！」曲元德厲聲喝道：「我和你妹妹說話，你插什麼嘴？什麼原委也不清楚便來打我這個做父親的臉？才剛做了幾天官，翅膀就硬了不成?!」

曲思行從前一向尊重父親，現下是被氣狠了，回過味來，到底忍住不再頂嘴，只硬著聲道：「那父親便將內情說出來，總之再如何，您也不能動手打妹妹，您若打她，不如先打死我！」

見他一副視死如歸的耿介模樣，曲元德被氣得臉色鐵青，卻又不能真的將實情說出來，只喝道：「滾出去！」

曲思行梗著脖子不吭聲，也不挪動。

清懿垂眸思索片刻，拉了拉他的袖子，小聲道：「哥哥，你先出去吧，我和父親確實有要事相商。」

「此話當真？」曲思行皺眉，遲疑地看了一眼曲元德。「我出去可以，但我就站在院門口，若有事，妳便高聲叫我。」

清懿輕笑。「好。」

見曲思行這般信任妹妹，真出了門去，曲元德眉心皺得更緊。

他這個兒子，耿直有餘，城府不足，如今雖受聖人器重，卻鋒芒太露，難免遭人暗害，反倒是對面的女兒……心機深沈，與他這個做父親的如出一轍。

「起初我看走了眼，以為妳和妳母親期待的一樣，是個內秀文靜的孩子。」曲元德收斂起外露的情緒，恢復一開始的冷靜，面容卻稍顯疲憊。「誰知，這麼多孩子裡，竟然只有妳，與我十成十的像。」

「那可真是我的不幸呢。」清懿面露不屑。

沒在意她的諷刺，曲元德繼續道：「妳早就知道我不可能殺妳，妳為何這般篤定？」

清懿垂著眸道：「我無非是賭一把，虎毒尚且不食子，你總不能不如一個畜生。」

曲元德直勾勾地看著她，他清楚，她沒說實話。

清懿目光淺淺淡淡，順著話頭想起那段記憶。

上輩子，在最後那段生命裡，項連伊想借曲家的事刺激她，好教她早些嚥氣，便事無鉅細地將其中關節借侍女的口說與她聽。

曲思行想救妹妹離開侯府那個牢籠，還未成事，曲家便被查出通敵賣國的罪證。知道兄長的死訊，清懿也徹底失去了最後的念想。種種往事裡，她記得，曲思行一意孤行地求到聖上面前，是帶了鹽鐵商道做籌碼的。

若無曲元德首肯，曲思行或許連內情都不可能知曉。那時，曲元德染了重疾，時日無多。

清懿早已無法探究，那是這個將死之人的一時心軟，還是天性涼薄之人的偶發善心。她也不知，這個所謂的父親，是否在某一刻，也會想起他曾抱過這個女兒，安慰她的啼哭，親賜她名姓。

總之，這些都不重要了。無論他出於何種原因的心軟，在今時今日，只能成為她談判的籌碼，而不再填補她年少時希冀父愛的那顆心。

「何必再問呢？不如說回正事，曲大人既然留我，想必是妥協了？」清懿輕描淡寫，不等他回答，又道：「也對，除此之外，你也無他路可選，一個患病之人，好好休養便是。」

曲元德微怔，旋即又釋然一笑，自嘲道：「連我身旁最親近的小廝都沒有看出來的事，竟被妳看穿了。

「罷了罷了。」曲元德發出一聲微乎其微的嘆息，緩緩從懷裡掏出一塊權杖，往桌上一擱。「拿去。」

清懿將權杖坦然收進懷裡，不再多費一句口舌，轉身要走時，忽聞後頭傳來詢問。

「看在我將死的分上……」他頓了頓。「妳能不能說句實話？」

清懿沒回頭，腳步卻停住。

「妗秋，真的一句話也不曾留給我嗎？」

沈默良久，清懿嘴角扯出一絲笑，眼底沒有嘲諷，沒有恨意，只有深如寒潭的平靜。可就是這樣的平靜，比猛烈的恨意，還要椎心刺骨。

「沒有，一句也沒有。」清懿說：「她愛你時熱烈誠摯，放手時灑脫乾淨。

「家母有一句教誨我時常銘記，她說，怨恨是這世上最不划算的事，人永遠得向前看，別為不值當的人和事停留。若有重來一世的機緣，想必她只願與你，死生不復相見。」

少女什麼時候離開的，曲元德不清楚。

曲元德閉著雙眼，腦海中只迴盪著最後那句話——死生不復相見。

他扯開嘴角，無人的房間裡，突兀地響起低沈且嘶啞的笑聲，臉上卻難過得好像立刻就要掉下淚來，一摸眼眶，卻是乾的。

他再也哭不出來。

突然，他劇烈地咳嗽起來，眼眶裡滿是血絲，鬆開捂著嘴的帕子，上面是一抹鮮豔的紅。恍惚間，他好似回到了潯陽的春三月。

少女裙襬飛揚，紅如海棠，她的手拂過他的指尖，卻又遠離，徒留他一人，留在沈醉不復醒的悔恨裡，空度餘生。

那人壓抑的咳嗽聲隨著她的遠去逐漸不見，她堅定的目光看著前路，不曾回頭。

踏出門的那一刻，幽沈的黑暗被甩在身後，陰沈了許久的天空突然放晴，熹微的陽光掙開雲層投射到重重疊疊的屋簷間，有幾縷灑在清懿的睫毛上，為她染上一層晶瑩。

「姊姊！」

清殊被曲思行抱著，站在門口那株西府海棠下，歡快地招手，滿含喜悅。那一瞬間，詭譎的算計，沈甸甸的經久仇怨好似都隨著拂面的清風散去。

清懿或許自己也沒有意識到，在聽到那聲呼喚時，她的肩頭陡然放鬆，綻開的笑容不再是精心設計的弧度，帶著幾分無奈和寵溺。

「椒椒，妳不聽話，我來時怎麼和妳說的？妳又偷偷溜出來！」待走到近前，瞥見清殊的腳裹得像個粽子，清懿眉頭輕蹙，笑容消失。「這是怎麼了？」

「哎呀，不打緊！」清殊覥著笑臉試圖蒙混過去。「一個時辰不見，姊姊想我了嗎？」

「她啊……」

曲思行剛想開口揭穿，清殊慌忙捂著他的嘴。「哎呀，哥哥你嘴上沾了菜葉，我幫你擦一擦。」

被封口的曲思行無奈地彎了彎眼。

清懿視線在兩人身上繞了一圈，最後停在清殊身上。「是妳自己說，還是我去問？」

被帶回府那會兒工夫，清殊已經被送回院裡換了身衣服，現下是一個乾乾淨淨的白麵團子，瞧不出底細。

避著姊姊的目光，清殊殺雞抹脖似的對曲思行使眼色，好歹是得到了隊友的暫時配合，於是揚著笑臉摟著姊姊的脖子撒嬌。「好姊姊，我就是跑急了，沒注意，腳扭著了。咱們回家好不好，我餓了，妳餓不餓？」

清懿不理她，只看著曲思行，等他開口。可憐曲思行夾在兩個妹妹中間，欲言又止，說也不是，不說也不是，神色尷尬。

清殊滿以為就這麼混過去了，卻從旁邊傳來一道冷哼。

「倒是挺會唬人。再不管，妳家小丫頭這會兒早被人牙子發賣了。」

清殊立即回頭，眼裡又是氣惱、又是委屈，咬牙切齒。「你……」

只見那看戲的兩兄弟不知什麼時候來到院裡，說話的正是晏徽雲。

「看什麼？眼珠子都要瞪出來了。」頂著小姑娘幽怨的眼神，晏徽雲絲毫不在意，一點也不慣著她。「她一個人偷溜出府，被妳家那群刁僕追得兔子似的，幸而遇著我們。」

「椒椒？」

聞言，清懿肅著面容看向清殊，直把後者看得不敢抬頭。

「此番多謝世子援手，日後若有幫得上忙的，必不推辭。」清懿對晏徽雲行了一個禮。

「不必。」晏徽雲不習慣這麼鄭重的道謝，他自覺只是舉手之勞，因此回答得有些冷硬，只有親近之人才聽得出幾分彆扭。「你們家的刁僕甚多，若是在我府上，敢這麼對主子的，早就杖斃了。」

這涼颼颼的話一落地，守在外頭裝鵪鶉似的小廝們後背一寒。

「如今京裡看著太平，外頭早已亂成一團，她是孩子不懂這些，你們家裡做大人的又是怎麼著？連個小丫頭都看不住，堂堂侍郎府漏成了篩子。」

這話頗有些不客氣，卻也是實話，順著這事往深了想，一個偌大的府邸連個孩子都看不住，倘若真出了什麼事，後悔都來不及。

陳氏與曲元德雖不曾露面，卻自有那學舌的小廝將這話傳出去，隔空打臉。

「原先也不見你這般古道熱腸，人家的家務事，咱們世子爺倒管上了。你帶的東西都快捂化了，還不拿出來。」靜立一旁的袁兆眼中含笑，朝晏徽雲抬了抬下巴。「剛才幫人家上藥，現下倒一副閻王樣。」

晏徽雲瞪他一眼，然後不在意似的甩了甩手上的一個錦袋，遞給清懿。「妳妹妹腳上的傷，用這個三日便能好。」

「哼。」清殊躲在曲思行懷裡，對晏徽雲做口形。「騙子！」

晏徽雲危險地瞇了瞇眼，清殊立刻縮脖子。

聽見「親手上藥」四個字，清懿眉頭微皺，不動聲色地掃了眼袁兆，又收回視線，接過錦袋。「多謝二位尊客，因家中尚有瑣事，不便相陪，改日定讓我兄長作東以示謝意。」

這是暗暗辭客了。

袁兆目光落在清懿身上，帶著幾分思索。

自雅集一別，他一連作了幾夜的夢，夢中的內容雜亂無章，只圍繞著這個姑娘打轉。他一向好記性，確認在這之前從未見過曲家這個姑娘，因此越發難以解釋夢境的由來。

夢裡，好似有一根看不見的引繩，揪著他的心臟，牽動他的喜怒哀樂，那線頭便在這姑娘手中。她高興，他就歡喜；她難過，他就揪心。

這種感覺太陌生，以至於袁兆十分抗拒夜晚的夢境。

晏徽雲要來曲府，他本可以拒絕，嘴卻快過心，率先答應了。

那一瞬間，他心底有種隱秘的遂意感。又見到她，看著那淡如皎月的眉眼，一如熟悉的引繩又牽扯住了他的心。

好像回到夢裡。

第二十一章

自那日父女交鋒後，曲元德答應下放權柄到清懿手上，自此除卻平日上朝外，更不踏足內院，原先私底下的買賣都慢慢移交給清懿。

清懿也是這時才知道，原來曲元德身邊的李管事不僅統管府內的事務，還兼著鹽鐵商道的差使。因為曲元德身分特殊，須隱蔽行事，故而由李管事當傳話筒，上傳下達。

這正好方便了清懿，憑藉著那塊權杖，她無須親自出面，只要借李管事的口下達指令便可。如此一來，等他們漸漸習慣了這位繼承人的行事，也就好真正接手商道。

畢竟，她現下只是個閨閣少女，且尚未及笄，若教手底下的人知道頂頭上司的底細，生了輕視之心，反倒不美。

事情比想像中的順利，短短數月，李管事已經習慣每半旬來流風院回稟這段時日的帳務，對外則稱是老爺親自教導姐兒習字，每每以送字帖為由頭，掩人耳目。

這日，才剛用過晚膳，李管事又送了一疊帳簿來。

自太陽將將西沈，直至天已擦黑，清懿捧著那疊帳簿沒挪眼，聚精會神。

隔著屏風，李管事悄悄跺了跺站得發痠的腿，又偷覷了一眼屏風後頭的人，見小主子沒動靜，他也不敢再動，只伸手擦了擦額角的汗。

「是我疏忽了，管事快快請坐。」許是聽見響動，清懿從冊子裡抬頭。

「啊，不必了，不必了。倒是我打攪了姑娘，該死該死。」李管事連連推辭，最後還是翠煙上前搬了小凳給他，這才順從地坐了。

又過了半個時辰，屏風後頭傳來平淡的聲音。

「我圈出了幾處錯漏，你明兒去問明緣由，若沒有正當的解釋，便叫經手的人去帳上領這個月的例錢，下個月不必來了。」

李管事一驚，皺眉道：「姑娘……姑娘手段未免苛刻了些，罪不至此吧？」

又傳來一聲輕笑，旋即一本帳簿交由翠煙遞出給他。

「那不妨你來說說，一連三個月，月月都有錯漏是何故？莫不是他刻意寫錯幾個數，好試探我瞧不瞧得出名堂？」

這聲音雖輕，卻教李管事目光一凝，頓了好一會兒，才吶吶道：「豈敢……」

那頭笑了一聲，不再提此事，轉而起了個話頭，話起家常來。「我記得，李管事家裡有個五歲的兒子，如今到了開蒙的年紀吧？不知你在京郊置的那幾畝田地，夠不夠花銷啊？」

李管事猛地一抬頭，雙眼瞪圓。

不等他答話，又道：「管事不必大驚小怪，府裡有幾分體面的老人，私底下置些產業也是有的，更何況你又不是奴籍，連父親都睜一隻眼、閉一隻眼的事，我如何會與你計較？

「只是……」她頓了頓。「我瞧著管事這段時日，好似心思不在商道上，錯漏百出，便琢磨著你許是要出府另立一番事業，倒也不好攔你，正巧今日想清楚了，回我個痛快話吧。」

李管事立時喊道：「姑娘明鑒！我不曾有這心思啊！」

那頭輕笑一聲，沒再說話，只撂了帳簿往裡間去，餘留李管事進退不得。

適時，翠煙端來上好的茶，擺在小几上，笑意盈盈，柔聲道：「管事莫怪，我們姐兒是個公私分明的人，說話硬些也是有的，否則以她這個年紀，哪裡服得了眾？早知道李管事是府裡有體面的老人，我們年紀輕，若是您不來，倒也不好意思巴巴地上前交談，免得說我們逢迎。」

見翠煙這般捧他，李管事忐忑的心稍定，老臉微紅。「這是哪裡的話，如今……如今姐兒才是真正的主子，日後妳們更是一等一的體面人，少不得還要姑娘替我美言幾句才是。」

「管事莫要過謙了，您是跟著老爺做買賣慣了的，我們才剛跟著姐兒學，許多不懂的還要請教管事呢，倘若不嫌棄，讓我們幾個叫您一句師父也是使得的。」又有彩袖自廚下端來點心，開口先帶笑。

「師父?!什麼？」

李管事沒留神被滾茶一燙，頓時一個激靈。

好啊，原來在這兒等著他呢！怪道他每每來彙報，這兩個丫鬟都不回避，那些帳簿都教她們過了手，原是存著偷師的心思。

翠煙最玲瓏心竅，眼眸一彎上前道：「管事心裡不順意是應當的，可我只說個理與您聽。老爺如今撒開了手，只教姐兒任意施為，這樁買賣便是換了主子。如今老爺身子不好，日後十有八九不會再接手，倘若您是個將就過的人也就罷了，只是您家裡有老有小，幾畝薄田哪夠花用？可咱們的買賣卻是能傳代的，即使不為自己想，也得為您兒子謀個前程。您如今正值盛年，那麼好的二把手，怎的想不通這個理？」

見她沒把話說透，彩袖更是快人快語，直截了當道：「俗語還說一朝天子一朝臣呢，如今便也是這個理，數月來，我們姐兒的手腕您也瞧見了，跟著她未必不比老爺強。管事您是個聰明人，咱們究竟只是手底下辦事的，不拘著哪個是主子，只求個好前程便是了。」

一番話說下來，聽得李管事心亂如麻，後背濕了一片，像被冷水泡了似的。

原來，自進門起被晾著半天，到後來翠煙殷勤攀談，兩個丫鬟唱雙簧似的說道理，都是為了敲打他。不！或許早在數月前，他故意將繁雜的帳簿交來為難時，那位極聰明的小主子，便已然瞧出他陽奉陰違的心思。

翠煙與彩袖幾乎把道理掰碎了餵到他嘴裡，他如何不知，這實則是那位主子的示意。若他乖覺倒罷，若他冥頑不靈……怕是沒有好果子吃！

想到她短短數月便能將諸事料理妥當，且能從老爺這等人手裡奪權，可見是個胸中有丘壑的人物。

思及此，李管事越發悔不當初。

真是豬油蒙了心，日日瞧著這姑娘十幾歲的皮囊，當真以為她是好相與的不成？外頭那些不知底細的，都以為幕後之人是個老成的主子呢！

不敢再拖延，他立刻「撲通」一聲跪在地上，也不管人在哪兒，只朝著屏風的方向埋著頭，懇切道：「都怪我一時糊塗，從今以後，願為姑娘肝腦塗地，倘若再有私心，任憑姑娘發落！」

見此情形，翠煙與彩袖對視一眼，俱在彼此眼中看到胸有成竹的笑意。

「管事不必多禮，起來吧。」足足好半晌，裡頭才傳來輕描淡寫的聲音。「翠煙與彩袖是我的心腹，若是我有不便，見她們就如同見我，還望管事莫要藏私，盡心教導她二人才好。」

「是！是！是！」李管事哪還敢有不從的，以頭磕地，連聲答應了。

此後，清懿又問了幾個買賣上的問題，李管事全都細細報來，不敢再有絲毫懈怠。

一直忙碌到月上中天，事務才料理完畢。清懿難得疲憊得睜不開眼，歪躺在榻上，輕按著鼻梁。

一雙小手伸了過來，替她輕按太陽穴。「知道叫我早睡，自己卻熬大夜！」

清懿輕笑，沒睜眼，正好享受這難得的按摩。「忙過這一陣就好了，萬事開頭難。若是我不趁熱打鐵，牢牢將權柄攥在手裡，萬一他後悔了可不好辦。」

雖不完全懂父親究竟交出了什麼來，清殊也不多問，只曉得姊姊是在繼承家業賺大錢。別人家都是大人頂立門戶，她家頂梁柱的擔子，卻落在一個尚未及笄的少女肩上。

清殊有些心疼，手上的力道越發輕柔，一面小聲咕噥。「其實，錢夠花就好了，我不想妳這麼累，這半個月來，妳都瘦了好多。原先在潯陽都養好了的頭疾，現下又復發了。」

「傻姑娘。」清懿唇角微勾，神色柔和，伸手捏了捏妹妹的小臉。「若只是為了銀錢，何至於此？」

清殊不解。「那是為什麼？」

清懿笑了笑，沒直接給出答案。

「這個世道下，女子想活得順心遂意，只能盼著投個好胎。生得好，嫁得好，嫁了之後又生得好，方能堪堪過好一輩子。」她話裡沒什麼情緒，只是平淡地陳述著道理。「妳瞧，咱們母親已經算生得好了，自小錦衣玉食，父母憐愛，只是不幸嫁了一個薄情郎。這原也沒什麼，不過是所託非人，若能及時止損，後半生也能順遂。可是，及時止損這四個字，於女子而言，何其艱難？」

清懿的目光裡暗含複雜的情緒。「男子若想休妻，只需強按個罪過到女子頭上，又或是像咱們父親那樣，寒微時虛與委蛇，顯達時冷漠置之。總歸他們有千百種手法教一個女子在內宅受盡搓揉。反之，女子只想要區區和離，才說兩個字，便能被唾沫星子淹死。」

清殊略有些驚奇，她雖知姊姊一向聰慧，卻沒想到她的思想竟與現代人如此雷同。

一時間，清殊竟有找到知音之感，不由得憤憤道：「可不就是因為這世上的權力盡在男人手裡，他們是定規矩的人，如何能容忍女人騎到他們頭上？不過，即便是如此，女子何必在乎旁人的言語，母親當時若能果斷些，早和離了，未必不能改寫今日的結局。」

聽見她這番赤誠天真的話，清懿笑了笑，又摸了摸她的頭道：「倘若人人都如妳這般豁達就好了，屆時他若敢強留，一刀殺了了事，大不了抵命，好過憋屈一輩子，是也不是？」

「啊……倒也沒到白刀子進去，紅刀子出來的地步，這可吃了大虧，為了一個王八犢子，不值當的。」清殊訕訕地撓頭。「總之就是隨心而為就好，想嫁便嫁，想離便離，任誰也別來管我，我只作自己的主！」

清懿目光帶著寵溺，搖搖頭笑道：「怪我把妳寵得太好了，這世道可沒這麼簡單。」

她定定瞧著清殊明媚的面容，腦中浮現的是母親久遠前的模樣。

論性情，清殊才是最像母親的。

阮妗秋是千嬌萬寵長大的姑娘，自有千金小姐的脾性，寧折不彎。只是世事易變，十數年籠中雀似的生活，早將她磨練得成熟穩重，甚至瞻前顧後。無非是有了孩子，有了牽掛，不忍因自己的一時任性拖累孩子將來的名聲。

可是，到底意難平。

或許於她而言，最後的死亡，反倒是一種解脫。既不用再面對一張令人生厭的臉，也不用為了孩子再忍耐下去。一個出身富戶的女子，尚且挽回不了走錯的歧路，搭上一生，又遑論天底下千千萬萬的平民女子？

「其實，妳說得極對，男人手握權力，咱們女子將希望寄託於老天爺，祈求嫁一個品行好的郎君，生個乖巧聰明的哥兒，都如同求人施飯，若男人們不餵妳吃這塊肉，妳便只能餓著肚子。」清懿淡淡地道：「唯有搶了他們的權力，逼得他不得不正視妳，妳才有一絲翻身的可能。」

清殊眼睛一亮，好像明白了什麼。

她翻了個身滾到姊姊的身邊，往姊姊懷裡鑽了鑽，然後才試探道：「那如今……姊姊是搶了這個權力了？」

清懿唇角微勾，摟過妹妹，攏了攏她額前的碎髮，才漫不經心地道：「才起一個頭罷了，若還想攀登上更高的地方，讓更尊位的人正視，還需數年的工夫。」

清殊哈哈大笑。「我姊姊豈不是一代巾幗梟雄！」

「休要胡咧咧！」清懿輕拍她一下，卻沒多大怒意。

清殊又嘻嘻哈哈地開了幾句玩笑，姊妹倆笑鬧了一陣，才安靜下來。

清懿難得有些懶散，閉著眼睛良久，突然輕聲道：「我其實沒什麼野心，只是想讓咱倆這輩子過得鬆快些。正如妳說的，不想嫁人便不嫁，嫁了想離也能離。妳又是個調皮搗蛋的，少不得闖些禍，我也要有為妳收拾爛攤子的能力，僅此而已。」

可就是兩個小女子的「僅此而已」，卻要籌謀許久，付出許多代價。

清殊睜大了眼睛，靜靜看了一會兒姊姊的側顏。濃密的睫毛下是烏青的眼圈，臉色蒼白，連嘴唇都透著青，顯露著疲憊。

驀然間，清殊覺得心臟揪著疼，她鼻子有些發酸，趕緊揉了揉眼睛，滾進姊姊懷裡，緊緊摟著她的腰，只道：「快睡吧。」

清懿聽見清殊說話聲音悶悶的，伸手摸了摸清殊的臉頰，卻觸碰到一手的濕潤，不由得輕笑道：「椒椒怎麼又掉金豆子了？」

「哼，沒有。」她胡亂用袖子擦臉，往懷裡躲了躲。

「輕點，臉都擦紅了。」清懿止住她的動作，翻出柔軟的帕子，輕輕抬起她的下巴，緩緩擦拭。見清殊眼眶濕潤、鼻頭通紅，目光躲閃，好不可憐的樣子，她又忍不住笑道：「妳什麼模樣我沒見過？躲什麼啊。」

清殊偏過頭，不與她對視，聲音還有些哭腔。「哼，我就是餓的，我餓哭了。」

清懿目光頓了頓，沒有戳穿她的小謊言。「太晚了，明兒再吃。」

「嗯。」

清殊難得乖巧安靜，和姊姊躺在一起睡覺。

外頭彩袖留著守夜的蠟燭不知何時滅了，室內陷入一片昏暗，看不清彼此的神情，只聽見勻稱的呼吸聲，還有一道極其細微的、尚未止住的抽噎。

「姊姊，」小孩緩緩貼了上來。「我不調皮搗蛋，妳別為我操心，好不好？我好怕妳生病。」

良久，耳邊傳來一道極輕的嘆息。

旋即是一個溫暖的吻，落在小孩的額角，帶著關懷與愛憐。

「傻姑娘。」

第二十二章

自那日曲元德放權後，原先用來掩人耳目的地契、田莊都一併還給了清懿，落在旁人眼裡，便是老爺將管家權給了大姑娘，並意味著陳氏徹底失了勢。

這段時日，祿安堂上下說話都不敢喘大了聲，生怕惹怒本就心情不佳的主子。連闔哥兒偶爾哭鬧，都被陳氏狠狠凶了一頓，更別說還有曲清芷三天兩頭的使性子，簡直是火上澆油。

「妳哭什麼哭？有本事去妳爹跟前哭！上回妳娘我教訓那丫頭，妳這沒眼力的還跟我唱反調，既不稀罕阮氏的錢，那便乾脆滾出府去，橫豎我也沒好的留給妳！」

這會兒，母女倆又吵起來。

「我們外祖家就沒錢嗎？非得用旁人的！妳教我在學堂裡怎麼抬得起頭？」

曲清芷脾氣一上來，又摔碟子摔碗，博古架上的精緻物件都給摔了乾淨。

陳氏怒極，喝道：「哪來的錢？就算有也被妳舅舅敗光了，先前都是充個假樣子，妳還以為自己是公主呢？蠢出生天的王八羔子，不跟妳說明底細我看妳這輩子都是個榆木腦袋！」

陳氏咬牙切齒。「妳以為我吃飽了撐的去跟人扯皮，非要貪人家的嫁妝？若是我不貪，沒臉面的是妳跟妳弟弟！到時候她們兩個小蹄子風光大嫁，妳哭斷腸子也只能嫁個寒門子！」

曲清芷不懂這些，只知道母親凶她，越發鬧了性子，尖聲哭叫。「我不信！妳就想留給弟弟，他是妳親生的，我就不是嗎?!」

「閉嘴！」見女兒仍是油鹽不進，陳氏的怒火到達極限，動作快過理智，「啪」的一聲，抬手就給了曲清芷一巴掌。

曲清芷難以置信地捂著臉，看向母親，旋即嚎啕大哭，瘋了似的跑出門去。

那巴掌剛打下去，陳氏便後悔了，可人已跑了出去，只好拍桌子朝張嬷嬷嚷道：「快打發人去追啊！」

「是！」

一陣兵荒馬亂，直教陳氏頭痛欲裂。

又有丫鬟顫巍巍問：「太……太太，那些碎碟子……」

「換新的啊！沒有便去庫房拿！」陳氏閉著眼斥道：「這點小事還需問我不成？」

丫鬟吞吞吐吐，猶豫半晌才道：「庫……庫房不願給了，說……說您這個月的分例已經沒了……」說到最後，丫鬟都不敢抬頭。

陳氏原先是管家的人，她的用度向來不拘著分例來，只說庫中有多少便支多少。如今這一遭，無疑告訴眾人，曲府變天了。

陳氏氣得失聲，好半晌才回過神來，怒極反笑。「好，好啊！小丫頭片子可真是半分情面都不留啊！」

一連數月，陳氏縮在祿安堂閉門不出，乾等著清懿上門找碴。原想著橫豎都是一刀，早挨早了事，可另一只靴子卻遲遲不落地，直叫人心中忐忑！

她哪裡知道，這會兒清懿正忙於公務，實在沒工夫料理內宅瑣事，好在手底下有機靈的人替她周全。

此番來的正是榮升一等女使的碧兒，清懿跟前的紅人。

見她來，陳氏沒什麼好臉色。

碧兒卻不惱，拿出公事公辦的語氣道：「老爺現下已將管家權交與大姑娘，姑娘規矩嚴，太太身為長輩，更應當以身作則，原先阮夫人的陪嫁還有不少在太太房內呢，是您自己拿出來，還是我們搜？」

陳氏這才看到院子外站了黑壓壓一群的小廝和健壯的僕婦。

掌家這些年，陳氏哪裡受過這等委屈，一時間氣得身子發抖，指著碧兒鼻子罵道：「好妳個下作娼婦，不看看我是誰，膽敢命人搜我房不成！」

碧兒不為所動，淡淡地道：「我只知道我主子是誰，敢不敢搜您房子的道理您最該明白，還是您讓張嬤嬤來教我們姑娘的，正是那句，誰管著錢袋子，誰說話硬氣。如今硬氣的那個可不是您了。」

說罷，也不等陳氏回應，碧兒朝身後招了招手，眾人便湧了進來，各自翻箱倒櫃，又有監督者在旁記錄，全都登記造冊。

「住手！都給我住手！」

陳氏厲聲尖叫，試圖喝止他們，可這些人都是才剛進府的新人，哪裡認得陳氏，都聽碧兒差遣，直把陳氏氣得形容瘋癲。

一通搜刮完，原先精緻華美的祿安堂，如今只剩個空殼子，僕婦將財物裝箱運走，只留陳氏散亂了髮絲，跌坐在地上，目光空洞。

張嬤嬤小心翼翼地上前，輕聲勸慰。「太太，舅老爺家受了老爺的扶持，看在這個分上，到底有幾分薄財留與哥兒、姐兒，您不必這般喪氣。況且，那些不過是身外之物，您貴為太太，體面和尊重才是最要緊的，即便大姐兒再得意，出嫁時還得敬您的茶呢！」

「呵。」陳氏扯了扯嘴角，發出一聲嘶啞的笑。「錢財……妳以為我真只在意錢財嗎？我輸得何止是錢財……」

她看著遠去的人，心不斷的往下沈。眾人不解她的歇斯底里，只有她內心盤桓了半生的心魔知道，她失去的不只是身外之物，還有那顆極力想贏阮妗秋的心。

生前贏不了，死後也贏不了。

這場鬧劇之後，陳氏不再踏出祿安堂，只稱身體抱恙，須得靜養才好。

清懿聽聞此事，倒是大方地請了好幾個郎中前去診治，均說是憂思鬱結，心病難醫。

碧兒正在外間一五一十稟報此事，彩袖聽了嗤笑一聲，譏諷道：「平日裡精氣神足著呢，這會兒抱病，我瞧著她沒臉見人才是真的。」

翠煙正巧路過，睨了她一眼道：「少說兩句吧，旁人聽了妳這刻薄話，都要怪到姐兒頭上。」

彩袖輕哼一聲，到底住了嘴。

翠煙瞧了眼一旁低眉屈膝的碧兒，又笑道：「彩袖妳這不成器的，只管拿眼看看妳旁邊這一位，小妳半歲卻比妳穩重得緊。」

見話題落在自己頭上，碧兒臉一紅，羞怯道：「翠煙姊姊莫要抬舉我，原先都是過苦日子慣了的，不過是看人眼色的本事，算哪門子好處？」

彩袖卻不惱，看穿了她藏拙，反而挽著她爽利道：「咱們幾個說話何至於這般小心翼翼，妳不必怕我惱！」

「沒錯！」裡間的清殊正和玫玫翻花繩，打趣道：「來了我們院子就是一家人，妳不必怕彩袖那個潑皮破落戶，她要是欺負妳，妳就和我說，我必定……」

話還沒說完，彩袖一挑眉，扠著腰向裡間高聲道：「和您說什麼？您來教訓我？晚上的花膠燉雞不要吃了？」

威脅滿滿的聲音一傳來，清殊話到嘴邊轉了個彎，面不改色地順勢道：「我必定沒什麼用，只能好好安慰妳，分妳一點花膠雞。」

彩袖一頓，旋即噴笑出聲。

翠煙笑得上氣不接下氣，喘了好半天。「四姐兒真是一張巧嘴，最會摧眉折腰事廚子！」

玫玫懵懵懂懂，花繩也忘了翻，呆呆問道：「誰是廚子？」

「嘖，別分心啊玫玫，繼續繼續，妳要輸了。」清殊拍了拍小丫頭催促。「任誰是廚子也餓不著妳。」

一旁處理正事的清懿含笑搖頭，輕罵道：「這小滑頭！」

眾人俱是笑作一團，尚且拘謹著的碧兒都忍不住笑彎了眼。

碧兒年紀雖小，卻難得蕙質蘭心，既不參與旁人的碎嘴，又不至於不從眾，極會做人，和誰都有交情。因翠煙和彩袖二人須得協助清懿忙活商道的事，屋裡的瑣碎自然落在碧兒的身上。她十分得力，手段剛柔並濟，只用數月的工夫便將上下統管得服服帖帖，甚至原先倚老賣老的油條們也不敢出頭挑刺。

碧兒越發得清懿重用，一時順了手，倒也如翠煙幾個一般，當作半個心腹看待。

這會兒，清懿忽然想到什麼，抬頭道：「倒是我疏忽了，從沒問過妳的意思，就將妳留在我這兒。」

碧兒臉色一變，驚訝道：「姑娘，我不敢有二心的，只侍奉您為主！」

清懿抬手示意她莫急，溫和道：「妳且寬心，端看妳這數月以來付出的心力，我也知道妳以誠心待我。我有此一問，倒不是要逐了妳去。」

碧兒神色迷惑。

「妳原先是我大哥院裡的丫鬟，現下他回來了，身邊又沒個得力的人，我到底不放心。」清懿頓了頓，又道：「倘若妳想回去，我仍然照一等的例給妳，且讓妳管著手頭的事，只問妳的意思。」

碧兒心思敏感，不免揣測清懿的用意，張了張嘴，卻什麼話也沒說。

看出她有顧慮，清懿繞過桌子，拍了拍她的肩，笑道：「那是我親大哥，照顧他必不是尋由頭打發妳去。他待妳有恩，妳存了報恩的心思，我又恰好中意妳行事妥帖，何不兩全其美？」

這話說得極其誠懇，碧兒不得不承認，她心頭有一絲動搖。可不知想到什麼，她眼底的光漸漸黯淡，終歸於平靜，最後笑道：「多謝姑娘好意，碧兒還是留在姑娘身邊吧。」

清懿定定地看了她一會兒，並不答應她，只笑道：「不必急著回我的話，妳明兒仍回梧桐閣照顧我大哥幾日，好生想想，再說妳選什麼。」

碧兒愣住，眼底一片茫然。

聰明人不必把話說透。她察覺到，清懿知道自己對曲思行那點不明不白的心思，甚至有意抬舉她。她心中繞過千百種念頭，去或不去，來回拉扯。

最終，在清懿淡淡的注視下，碧兒低下頭，聲音細如蚊蚋。

「好。」

梧桐閣一應景致俱不曾改動，如曲思行出發去揚州前一般無二。

碧兒依稀記得，前天晚上還在幫主子收行李，第二日等人一走，自己便被發落到流風院，伺候新來的兩個姐兒。第一日，還好生鬧了一場架，如今想來，大半年的工夫，卻過了許久似的。

屋內，曲思行正秉燭看公文，燭火微光將他的剪影投射在窗前。

許是覺出幾分疲憊，他捏了捏眉心，再睜眼，眸子裡的紅血絲仍未盡褪。喉結上下滾動，他輕咳一聲，嗓音有些沙啞。「來人，上茶。」

院外只有兩個婆子守著，因年邁耳背，並未聽見主子的使喚，仍湊在一起玩笑。

等了許久，不見茶來，曲思行又沈浸在公事裡，全然忘了方才的瑣事。終於，在他第二次覺出不適時，一盞青琉璃瓷盛著敬亭玉露擱在他的手邊，是他一伸手就能搆著，又不至於妨礙他提筆寫字的地方。

他順手端來便喝，仰頭將一碗需細品的茶解渴似的灌了，才察覺這溫度再合適不過，下意識抬頭，曲思行驚訝挑眉，旋即笑道：「妳怎捨得回來？不在懿兒那兒伺候嗎？」

端茶的正是碧兒，她靜立在一旁，順手接過空茶盞，又續上一杯白開水，低眉淺笑。

「還不是姑娘惦記您，生怕院裡這些婆子照顧不周。少爺您自己脾氣也怪，既見我與紅菱都不在，身邊沒有個得力的，為何不要幾個丫鬟來伺候？」

「罷了，她小小年紀淨操心，大男人有飯吃、有衣穿，窮講究什麼？」曲思行懶得費口舌，又自然地招手道：「妳來得正好，我這兒有份公文，還要煩請妳幫我謄抄兩份。」

一來便被使喚著忙這兒、忙那兒，碧兒只覺好氣又好笑。

「我不在時，您都自行謄的？」

曲思行頭也不抬地奮筆疾書。「自然，又沒其他丫鬟識字。」

碧兒嘴角悄悄上揚，一面卻克制著不露出絲毫歡喜，只淡淡地道：「再教幾個也不難。」

「嘖。」曲思行好像認真想了會兒，又皺眉道：「麻煩，教妳一個已然艱難，如今妳既回來，不必費功夫了。」

碧兒垂眸不語，良久才低聲道：「我也不久待的。」

曲思行一心二用，沒聽清。「妳說什麼？」

「沒什麼，少爺忙正事吧。」碧兒不再言語，仔細研墨。

瞧著燭光下那人眉目分明的側臉，她有些出神，一時想到許久之前。那時，碧兒還不叫碧兒，她沒有名字，只知道阿爹喊她狗兒。

她四歲時行乞，正巧遇著跟母親阮氏一同去亭離寺上香的曲思行。在幼小的狗兒眼裡，她不知怎樣去形容初見的那一眼。

初春，乍暖還寒時節，涼風吹過寺外重重山巒，剛抽芽的柳樹冒出新綠，輕柔柳枝盈著盎然的春色，年紀尚小的俊秀公子低頭看她，稚氣的眉目初露日後的耿介，比祖母過年時買的年畫還要好看。

他問：「妳叫什麼？家裡人呢？」

小公子的眼底沒有她常見的惡意，他只是認真地發問。

可那一瞬間，她卻不願抬頭，只看向他繡著雲紋的衣角，聲如蚊蚋。「……都死了。」

「可憐見的。」他身旁那位氣質高貴的夫人一點兒也不嫌棄她身上髒，見她衣裳單薄，還吩咐婆子把那件為小公子準備的貂絨披風裹在她身上。「好孩子，我此番來上香也是為求一個女兒呢，正巧遇著妳，可不是命裡的緣分？妳若不嫌棄，便來我府上可好？」

小小的身子僵住，旋即，不敢相信地睜大眼，她看著眼前笑容溫婉的夫人，還有身旁玉人似的公子，腦中卻想，卑賤如她，哪裡搆得上天邊的雲彩。在泥垢水坑裡滾過的身軀，會不會弄髒貴人的衣服？

「我……不去。」狗兒如受傷小獸發出的嗚咽，她低著頭拒絕，眼淚卻流過臉頰，劃出一條髒髒的淚痕。

那個小公子突然湊近，趁她不注意，順著淚痕擦了一把她的臉，然後驚奇道：「娘，您看，這小孩是個白芯子！」

被擦去污垢的小半塊臉，透出白嫩的肌膚。

狗兒愣在原地，沒來得及驚嚇，滿眼全是那張放大在眼前的笑臉。

不等她反應，夫人便揪著小公子的耳朵遠離，指著她道：「跟人賠禮道歉！你一個男子，怎好隨意碰人家小姑娘，不道歉今兒別回去！」

那小公子疼得齜牙咧嘴，連聲道：「知錯了！知錯了！」

狗兒縮成一團，只敢偷偷抬頭，從手臂間的縫隙看他。

小公子年紀小，卻能知錯就改，揉著發紅的耳朵，他坦坦蕩蕩地朝她行了一禮，大聲道：「方才多有得罪，還望姑娘原諒。」

姑娘？狗兒第一次聽到這個稱呼，不由得更好奇，將手臂抬高些，想將那小公子看得更清楚，卻沒承想，正巧對上一張湊近的笑臉，那人彎著腰道：「被我抓個正著了吧！」

狗兒的臉霎時紅透，說話結結巴巴。「那……那又如何？」

「如何？」小公子眼底含笑。「當然是聽我娘的，從此做我們府上的人。」

「我們？」狗兒聽見這兩個字，睫毛顫了顫，緩緩重複。「我和你們……」

有一隻溫暖的手撫摸上她的頭，再抬頭，是笑容和煦的阮夫人。

全家在那場旱災死絕，年幼的她還不懂什麼是顛沛流離，只知世上廣廈萬間，卻無一處是為她遮雨的屋簷。

現下，有天邊的暖陽，願意投射一抹光輝在一抔泥土身上，心裡頭好似有一顆種子發了芽，頃刻就要破土而出。

之後，她被那夫人帶回曲府。公子說要為她取名字，想來想去都不好，便說教她識字，丟了書給她，然後就忘了這樁事。

初春時節，她在梧桐院外的軟椅上曬太陽，偶然讀到——碧玉妝成一樹高，萬條垂下綠絲絛。忽然就想起亭離寺外的層巒疊嶂，院中有高大的柳樹垂下萬千綠色飄帶。有風吹拂而過，小公子笑容純粹地問她。「妳叫什麼？」

忽然記起，那時她避而不答。如今，她卻想，碧字就很好。

初見時的碧色，是她一生的暖春。

第二十三章

短短數日，碧兒將梧桐閣一應事務料理妥當。

流風院裡原先買來的幾個小丫鬟，如今經過幾個月的教導，也越發有了模樣，碧兒從中調來一個機靈的，手把手地吩咐著一應事宜。

「咱們大少爺喝不慣六安茶，妳切莫將這個與旁的茶混了。」碧兒照著手裡的冊子，一面指著櫃子裡的各色物品，教小姑娘辨認，一面道：「他不是個精細人，咱們這些照顧的人須得更仔細些，不可乘機躲懶。若是妳多盡一分心，姐兒看在眼裡，必有妳好處。他一應飲食起居的重點，都在這冊子上了，我記得簡單，妳才認得幾個字，也看得懂，若有不識得的，只管來問我。」

這個八、九歲的姑娘，正是和玫玫一道伺候清殊的，先前還因翻盆倒架那次，被彩袖罰了。但也因此在清殊跟前露了臉，和玫玫一塊兒被賜名，喚做憐心。憐心生得乖巧，腦子也伶俐，幾個讀書習字的丫鬟裡，數她最用功。她又有幾分窮苦孩子的善解人意，碧兒便格外看重她。

現下，她正聽話地接過冊子，忍不住怯怯問道：「姊姊既將爺的所有喜好記得這樣分明，應當姊姊來照顧才是，何必打發我來？」
碧兒正教她辨茶，盛著茶葉的白瓷瓶襯出淺淺的綠，空氣中飄散若有若無的香氣，她垂著眸只看向掌心的茶葉，並不抬頭，目光頓了頓，不答反笑道：「抬舉妳這小蹄子還不好？莫不是怕了？」
「怎會？」憐心急了，說話有些結巴。「我曉得碧兒姊姊待我好，才打發我來梧桐閣。我感念姊姊的恩情，故而……故而怕姊姊自己沒著落，這才有此一問。」
碧兒笑盈盈，定定看著她不答話。
在這目光下，憐心臉一紅，低下頭去。「好吧，瞞不過姊姊。誠然……我是有些怕少爺不好相處。」
見她說了實話，碧兒也不惱，只攬過她的肩，指著外頭行動遲緩的婆子給她看，道：「妳瞧，若是少爺是個厲害人，又如何容得下這些不索利的人呢？」
阮夫人在時，那些婆子便留在梧桐閣伺候，一晃這麼多年，她們上了年紀，老眼昏花，做不來活計，曲思行卻從未嫌棄，甚至視她們如半個長輩一般對待。
「咱們這個爺，是最好伺候不過的。」碧兒笑道：「若不是他，我哪裡來這樣的好命。」
她挑挑揀揀，將往事略略與憐心提了一嘴。那些塵封在歲月裡，說不清、道不明的情愫，與外人道時，不過是一句，救命之恩。

「碧兒姊姊，是我想差了。」憐心明白了這個理，她又順著碧兒的話頭想了想，心下不由得有幾分感慨，原來世上當真有這樣的奇緣。

前些日子，她因想讀書習字，便不拘什麼野書都撿來看，其中有讀到那才子佳人的話本，裡頭正寫了一段英雄救美，美人又報恩的故事。

如今碧兒姊姊與少爺，豈不也是一段佳話？

憐心這般想著，沒留神也這般說了出來。

碧兒卻臉色一肅，嗔道：「什麼才子佳人？休要胡說！再教我聽見，非要打妳嘴不可！姐兒讓妳認字，是為了妳今後的好處，有幾本書在肚子裡，總歸有幾分見識，卻不是教妳做那不知天高地厚的人。少爺是何人？我又是何人？今後萬不可再說這渾話！」

被這劈頭蓋臉的一頓教訓，憐心嚇得臉都白了，眼淚含在眼眶裡。「姊姊我錯了，我再也不敢了！再也不敢了！」她自知失言，說了這等輕狂話，越發哭得不能自已。

碧兒心軟了幾分，片刻後，又將她攬進懷裡，擦乾她的淚。

「姊姊，我錯了，妳別氣我。」她睜大眼睛看向碧兒，臉上滿是淚痕。

這個小丫鬟出身苦，伶俐懂事，向來骨子裡藏著幾分謹慎小心，平日裡從不肯多說一句話，行錯一步路。今日，她難得說漏了嘴，皆因極信任碧兒罷了。

碧兒又何嘗不知道緣由，可正因這份信任，她才更要嚴厲相待。

「憐心，」碧兒喚道：「妳是個好孩子，我也拿妳當親妹妹一般看待。現下我對妳說這番話，都是我的肺腑之言。妳一向聰明，讀書習字也快，想必已將好些書都啃進肚子裡了。自古有才情的人，皆有幾分堅守本心的傲氣，只認自己心中的道理。」

碧兒目光轉向後頭一排書架。「眾人皆以為我不過會算幾個數，略認幾個字，這府中沒幾個人知道，我曾將書房裡這一架子的書都看了遍。為使妳心服，我也將這本錢拿出來，和妳說這個理，妳認不認？」

憐心何曾想到，碧兒寥寥數語，便將她心底那股隱秘的優越感點了出來，哪有不服的，忙道：「姊姊儘管說！」

碧兒背過身去，看向窗外的柳樹，春風拂面而來，一併將她的思緒帶回陳年往事。

「我在妳這麼大時，自認讀了幾本書，也曾心高氣傲，覺得自己堪配天上明月。」碧兒目光悠遠，語氣卻淡淡的。「後來才想明白，我能得好教養，有讀書的本事，皆因主子善心恩賜。可笑我卻將它視作立身的根基，妄想不可說的事，這合該是我的錯處。」

憐心垂眸，吶吶不語。

「妳心底不服氣。」碧兒了然一笑。「妳聽了四姑娘掛在嘴邊的『生而平等』，妳見她行事坦蕩，從不將妳視作下人，故而妳也認了這個理。可妳須得知道，天下之大，並非只有曲府這一隅。這世上如她們這般的人，少之又少。妳只是恰好遇著一個好的主人家，養出了幾分心氣，離了她們的尊重，妳便什麼也不是。

「因她心中有明珠，妳便是明珠。可是，在旁人眼裡，我們不過是一叢雜草，連姓名也不配有。以雜草之身，肖想比肩日月，太荒唐啊。」碧兒拉過憐心的手，輕聲道：「我說這番話，不是妄自菲薄，只為教妳警醒，莫將榮寵當作傍身的籌碼。」

這話說得鞭辟入裡，憐心聽了進去，那股將將燃起的氣焰，如被一捧清涼的水按滅了下去，從此越發沈穩，不再張揚。

諸事交代完畢，碧兒便收拾了東西準備離去。

行至半道，卻正巧遇上熟人，二人相遇，俱是一愣。

迎面走來的是紅菱，現下她正拎著大包小包，身旁有婆子催促。「發愣什麼？還不快些走，晚趕妳一刻，都髒了我們的地！」

原來是她夥同二姑娘清蘭的丫鬟梨香偷帳冊一事，東窗事發，現下正要被趕出府去。

「嬤嬤，紅菱與我是舊相識，能否寬限片刻，讓我和她敘敘話？」

見說話的是如今的大紅人碧兒，婆子哪裡敢反駁。「既是姑娘妳開口，少不得要依妳的。只是別太久了，外頭有車等著呢。」

「自然，多謝嬤嬤。」

屏退了婆子，長廊下只剩二人相視而立。

沈默良久，紅菱扯出一抹冷笑，道：「如今是來看我的戲？還是來勸誡我回頭認錯？都不必了，收起妳的假惺惺吧！」

碧兒不說話，只看著她，眼底平靜無波。

紅菱卻從她無聲的沈默裡讀出憐憫。憐憫？她這一生，微賤如泥，卻最不稀罕旁人的憐憫！

一時間，內心的情緒洶湧而出，紅菱的聲音近乎尖利到嘶啞。「妳做什麼這樣看我？妳以為我瞧得起妳嗎？妳在裝什麼清高？不過是以退為進，欲擒故縱的把戲！

「我自負才貌不輸人，偏生是條奴才命，我想往上爬又有什麼錯？我既有這心，便敢坦蕩地認！可妳呢？」紅菱微瞇著眼，語氣嘲諷。「妳敢說妳對少爺的心清白？我真看不起妳！」

碧兒沒有半分惱怒，只看向她光禿禿的手腕，見上頭橫亙著一道顯眼的疤痕，問道：「我給妳的鐲子呢？怎的不用它遮？」

這道傷疤，是紅菱為她出頭，與劉嬤嬤撕打時留下的。後來，她便送了一只鐲子，為紅菱遮擋這道疤。

紅菱看向自己的手腕，那道顯眼又醜陋的疤痕好似在訴說著塵封的舊事，她不由得恨恨別開臉，硬聲道：「不與妳相干！」

「是不與我相干，妳要作死也好，犯渾也罷，我何必攔妳？」碧兒眉頭微皺，良久才道：「只是，我念著幾分當初的情誼，才來多一句嘴。我們當初都是託阮夫人的福才得以進府，甚至能讀書習字，與小姐們養得都差不多，她教我們知書達禮，愛重自身。妳現下為了一己之私，竟幫著太太對付她的女兒？夫人九泉之下，豈不寒心？」

此話一出，紅菱如遭雷擊，露出一個比哭還難看的笑。

「我何嘗不內疚？」紅菱喃喃道：「我每個日夜都受煎熬！可我有什麼法子？妳告訴我，我有什麼法子？我只是想過上好日子，不想當奴才，竟是這樣難嗎？」

偽裝出的凜然氣勢，不過是為了掩飾內心的絕望，強撐著骨氣，紅菱的眼淚終於忍不住流了下來。「都是爹生娘養的肉體凡胎，這賊老天憑什麼要我一輩子被人踩在腳底？除了當上姨娘，我想不出旁的法子逆天改命！」

逆天改命。一個女子只是想掙脫做奴才的命，卻是要逆天而行。

碧兒目光暗沈，突然想到四姑娘童言稚語的一番話，她說，人人生而平等。

初初聽來，簡直石破天驚，大逆不道！可現下，她聽著紅菱淒慘的哭聲，心下卻在想，真要是有那樣一個世道，該多好啊。

碧兒垂眸掩住眼底的複雜情緒。所幸，她遇到了好主子，肯為她們這群苦命人，在小小的府裡，開闢出這樣的桃花源來。

「無須逆天改命了。」碧兒淡淡道。

紅菱止住哭聲，看向她。

碧兒自腰間取出一個權杖，遞過去。「念妳往日在阮夫人身邊侍奉過，大姑娘曾吩咐我，再給妳一條道，端看妳自己如何選。一則，便是現下出府去，給足妳盤纏，自去老家過活，尚能平安過一世。」

紅菱目光一頓，追問道：「第二種呢？」

「姑娘果然沒猜錯，妳絕不是個甘於平庸的。」碧兒一笑。「第二種，便是妳白身出府，跟著李管事去做一樁買賣。這買賣需要妳改名換姓，拋頭露面去經營。以妳女子之身，其間或有無數坎坷等著妳，姑娘為避嫌，前期不會助妳一分力。若妳熬過這段時日，站穩了腳跟，妳所求的名利富貴唾手可得。妳可願意？」

紅菱難以置信地睜大了眼睛，愣了好半晌。

「我選第二種。」她幾乎沒有多猶豫，頃刻間，眼底便閃著決絕的光芒。「與其做一世的庸人，不如拚上這條賤命，去搏個未來。」

碧兒像是早有預料，並不詫異，只遞上了那塊瑪瑙玉牌，上書「北地鹽道」。紅菱摩挲著這塊玉牌上精細雕琢的紋路，凝神看了許久，才珍重地將它放進懷裡。

再抬頭，入眼是碧兒掛著淺淡笑意的臉。

這一刻，空氣裡劍拔弩張的氣氛消弭於無形。

碧兒將紅菱送至門外，將要上車時，紅菱突然停住腳步。她回頭看向碧兒，目光複雜，問道：「妳是不是早就知道，姑娘會給我一條生路？」

碧兒笑而不答。

紅菱是個聰明人，轉瞬便知其意。她別過臉，沈默了好一會兒，聲音低啞，強忍著淚意。「原是我錯了，一開始便錯了……」

「妳是錯了，可如今回頭卻不算晚。」碧兒平靜地看著她，從手腕上褪下一只手鐲遞給她。「姑娘雖抬舉妳，往後有段日子卻也艱難，這拿著傍身。」

紅菱苦笑著搖頭，從懷裡拿出一只一模一樣的鐲子。「不必了，妳原先送我的這只還在。」

原來她沒有丟……

碧兒有些意外，抬頭望去，正巧捕捉到紅菱眼底的微光。這一刻，她們在彼此眼中相遇，過往的喜怒哀樂好似都在這一眼裡流逝。

紅菱緩緩露出一個笑，深吸一口氣，將從前的沈鬱通通丟卻，頭也不回地上了馬車，那爽朗又潑辣的女聲從車裡傳來。

「回頭轉告姑娘，讓她放心。若是我紅菱敢有背叛，只教我永生永世不得好死！」

車輪轆轆而去，載著一個小女子翻身的野心，也載著她身後無數女孩共同撐起的逆天改命之路。

碧兒的目光緊緊跟隨著那輛馬車，直至消失在視野裡。紅菱臨走時的毒誓，讓碧兒忽然想起來時與姑娘的對話。她也曾疑惑，有那麼多得力之人不用，姑娘為何輕信一個叛徒。

彼時，姑娘正在執筆寫字，聞她所言，這才略略抬頭，輕笑一聲，並不答話，反倒指著屋外蒼翠的大樹道：「良禽擇木而棲的道理，碧兒妳當明白。

「於男子而言，世上有千百種樹木供其揀選。正如李管事，如若不使出幾分手段，他怎會擇我這株良木？」她垂眸斂下眼底的情緒，平靜道：「可於女子而言，樹木何其之少？紅菱有野心，原先從未有人開拓她的眼界，她尚能掙出一條坦途來，如今我給了她真正一展抱負的天地，她如何不願？

「至於忠誠……」姑娘唇角微勾，漫不經心地道：「忠於我，便是忠於己。她聰明，自然明白。」

碧兒不再詢問，她已然得到答案。

因這世上，再找不到第二株，如姑娘這般供女子棲息的良木。

第二十四章

心頭裝著事，腳步就快了些，半炷香的工夫，碧兒便趕到流風院。尚未進門，就聽見裡頭傳來陣陣歡聲笑語，聽動靜，是茉白、綠嬈這幾個調皮的在玩瞎子摸象。

清殊的聲音格外明顯。

「我哪裡偷看嘛？彩袖妳亂講，我那是布巾子不小心蹭掉了而已。」

「好啊，還說我亂講，您還耍賴？罰您再抓一輪。」這是彩袖。

「我剛才抓著我姊姊啦！要我姊姊抓才是！」

然後一道帶笑卻柔和的女聲。「方才是誰立了規矩，耍賴的人要學小豬叫？妳這隻小豬還不快快受罰？」

清殊搖頭晃腦。「什麼？風太大聽不清。」

說著轉身便溜，後頭姑娘氣得跺腳笑罵。「妳這個賴皮蟲！快追她！」

一行人打打鬧鬧，笑聲快要掀翻屋頂，追逐著到了院門邊。

見裡頭氣氛歡快，碧兒不大敢打擾，只在門邊整了整儀容，躊躇好一會兒，聽得裡頭笑鬧聲安靜的空隙，這才推門進去。誰知她一進門，便與一個橫衝直撞的小孩撞個滿懷。

原來裡頭這是又開始了一輪。

「哈！抓到一個了！」清殊臉上的白布巾子幾乎罩住了半張臉，只露出肉嘟嘟的臉側軟肉，還有笑出來的兩個小酒窩。「來，讓我猜猜是咱們家的誰。」

碧兒哭笑不得，被小孩抱住腰，只好蹲著身子讓她摸臉。

清殊故意道：「臉這麼小，肯定不是茉白。」

茉白氣得直跺腳，一干皮丫頭推推搡搡，憋笑憋得臉都紅了。

茉白在後面擠眉弄眼，將玫玫推到清殊面前去。

翠煙笑問：「那是誰啊？」

玫玫傻乎乎地湊到清殊面前問：「我是誰啊？」

白巾子遮住臉，清殊笑得無奈，伸手捏住玫玫的臉，扠腰道：「當妳姑娘和妳一樣傻嗎？小玫玫！」

彩袖笑得揉肚子。「罷了罷了，笨丫頭，還不回來吃糕。」

玫玫老實地回去坐著吃糕。

「鼻梁這麼高，肯定不是彩袖的小鼻子。」聽到幕後主使的聲音，清殊故意笑道。

彩袖笑罵。「再得罪我，下回專門抓您！」

清殊哈哈大笑，一一否決院裡的丫鬟，然後湊到碧兒的近旁聞了聞，旋即拍拍胸脯，自誇道：「聰明的四姑娘已經猜出來了。」

清懿站在遠處好整以暇地看戲，忍笑道：「敢問聰明的四姑娘，來者何人？」

清殊笑出兩個酒窩，軟軟地摟過碧兒的脖子，大聲道：「當然是我們家碧兒姊姊啦！」

碧兒臉頰微紅，頗有些不好意思。「姐兒抬舉我了。」

眾人俱是大笑，茉白不過癮，還要拉著清殊玩，又互相笑著去旁的地方鬧了。

見碧兒回來，清懿從熱鬧裡退了出來，進屋子處理公事。

碧兒將紅菱之事細細稟報，因早有預料，清懿此刻並不顯得驚訝，反倒望向碧兒，眸中帶笑。「碧兒妳呢？此番回來，心下可有答案？」

這是在問她，是留在梧桐閣，還是流風院。

碧兒看向清懿，只見對方神色平靜，眼底似有柔和的笑意和沈穩。沒來由的，碧兒覺得，或許一開始，姑娘便知道她的選擇。

像看穿她內心所想，清懿笑道：「我想抬舉妳是真，若是妳真想做姨娘，以妳的才貌性情，當真是我兄長極好的身邊人。」

碧兒也笑了，她深吸一口氣，第一次這般坦蕩地道：「可我不願留在少爺身邊，我想跟著姑娘，做您的臂膀，赴湯蹈火，在所不辭。」

清懿唇角微勾。「梧桐閣的春日留不住妳嗎？」

春日。

果然，姑娘什麼都知道。可現下，碧兒沒有羞怯的情緒，她心中從未如此堅定而磊落。「春光易逝，人總要抓住更恒久的東西才是。」碧兒輕笑。「阮夫人救我於寒微，大少爺教我讀書明理，而今姑娘您，卻是賜我一條嶄新的生路，教我知道，女子立世能靠己而不求人。」

最後，她的目光越發沈穩而明亮，像是將曾經在夾縫求生的卑微、藏拙掀了乾淨，透出亮麗的本色。「姑娘如今正是用人之際，唯有同為女子，才懂姑娘的難處。倘若姑娘不嫌棄，便收我做您的能使喚的幫手，碧兒在所不辭，絕不後悔。」

直到這時，清懿才更為鄭重地審視眼前的女子，良久，她笑道：「既如此，還不快快起身。」

碧兒知道，她這是通過了考驗。

片刻工夫，清懿從裡間拿出一塊白玉權杖，隨意地遞給碧兒。

碧兒原以為是如紅菱一般，須從小管事做起，清懿卻用最輕描淡寫的語氣，說著足以叫人吃驚的話。「自今日起，妳須用三月之期，從李管事手裡將權柄接過來，從此，由妳做我的傳話人。」

碧兒倏地愣在原地，沈默不語。

清懿見她這模樣，不由得搖頭笑道：「原先見妳泰山崩於前而色不變，怎的現下露出這副形容？以妳之才，我重用妳屬實應當。」

碧兒躊躇道：「可翠煙和彩袖姊姊更是姑娘的心腹啊。」

「翠煙得力，卻只有一個。彩袖做事雖好，卻少了些大局籌謀。任人唯才不唯親，倘或我連這等見識都沒有，想必妳這隻良禽必不會擇我了。」清懿笑道。

碧兒低頭。「姑娘說的哪裡話。」

清懿卻絲毫不介意，反倒直率道：「妳我之間不必說場面話，因這個道理於我而言也是如此。倘或妳今日沒有通過這試探，又或許是猶豫不決，我都不會將這差使交與妳。同樣，如今既已交與妳，我便絕不疑心妳。」

這番好魄力，碧兒再難不服，頓時頷首道：「碧兒必當盡心竭力。」

主僕二人又談了一會兒公事，便到了飯點，清懿留她一道用飯。

原先府裡規矩重，碧兒從未與主子一道上過桌，可流風院眾人卻習以為常。

在潯陽時，有老太太在，丫鬟原也不能上桌，可到了曲府裡，從前有陳氏壓著，倒有幾分規矩；如今由流風院當家，清殊頓時撒了歡，強拉著眾人一道吃飯。先前幾個大的怕人說閒話，不樂意，後來拗不過那小魔星，便一起吃了幾次。

這等小事，清懿一向由著清殊的意，便也默許了。於是，茉白那幾個調皮的便歡歡喜喜地上桌吃飯。

碧兒此番還是頭一遭，故而有幾分不自在。

清殊偶爾是個極貼心的，見她斯文，怕她是靦覥，趕忙挾了許多菜在她碗裡，還要看著她吃，一面憂心忡忡地道：「碧兒姊姊，妳快些習慣吧，今後咱家這樣的事多著呢，妳總不能次次都吃這麼點啊？」

碧兒驚訝。「謝姑娘。」

「謝她什麼？她這個滑頭挑食，特地找妳銷贓呢，自己不樂意吃飯罷了！」彩袖差點噴笑，直接挾了塊肉到清殊碗裡。「您快吃吧，祖宗！」

清殊哭喪著臉。「我吃多了糖，不想吃飯了。」

彩袖板著臉。「甭找藉口，沒有這樣的事，趕緊吃了。」

主僕又在妳來我往地鬥嘴。

一旁，碧兒只悶頭吃飯。她不擅長招架這等熱切的善意，心中滾燙難言。

咱家，這個字眼出現了兩次。

不知怎的，碧兒眼眶有些酸脹，隱隱有淚意湧上心頭。身旁有一隻纖細白皙的手，遞來一塊帕子。抬頭，只見清懿笑容溫和，雖沒有言語，但萬般慰藉，皆在眼底。

熱鬧的一日結束，晚間的流風院靜謐而安詳。

孤月高懸，碧兒突發興致，來到庭院中，漫步目的地散步。

可巧，不遠處的亭子裡有燈火搖曳，是清懿在執筆作畫。

見碧兒來，她擱下筆笑道：「白日無閒暇，許久不曾動畫筆了。」

「姑娘在作畫？可否一觀？」碧兒雖飽讀詩書，卻不擅長丹青，故而頗有興趣。

「信手而畫，不是什麼好的。」

清懿淡笑著，卻任她賞看。只見畫上正是白日眾人的嬉笑玩鬧圖，寥寥幾筆，活靈活現，連喜怒嗔笑的眉眼都勾勒地恰是滋味。

雖不懂品畫，碧兒卻看得出清懿下筆之用心。想必只有極為留戀畫上之景，才會想要將這一瞬間變成永恆。

「姑娘是遺憾美好時光易逝嗎？」

聞言，清懿沈吟片刻，才笑道：「是，也不是。遺憾的是小孩長得太快，一轉眼就這麼大了；不遺憾，是因為我親眼見證了她的成長，還能送她更好的未來。如此想來，每一刻合該是美好。」

碧兒在清懿身旁坐下，難得沒了規矩。「美與不美，都是遺憾。」

她這句好似參禪的話，教清懿忍不住揶揄道：「那妳呢？離開梧桐閣遺憾嗎？我兄長雖性情耿介，卻也是世上不可多得的好男子，妳又可有遺憾？」

碧兒無奈搖頭，靈光一閃，也打趣道：「是，也不是。」

既遺憾，也不遺憾。

清懿何等聰明，一眼看穿她將有心之語藏在無心之話裡，便也知情識趣，不點破她。順著話頭，也半似參禪一樣地笑道：「郎心如鐵，是塊木頭，落花何必再多情。」

碧兒垂著眸斂起眼底的思緒，復又抬頭看月，臉上一片平靜。

「姑娘放心，雖有遺憾，卻也早已了悟。」

朦朧月光下，碧兒忽然想起，今日她交代完憐心，臨出門時，不知為何，突然有回頭看一眼的衝動。想必，那一刻，她是遺憾的。

梧桐閣裡滿園芬芳，尚如昨日。

隨著漸漸合上的門扉，春色被掩映在內，只餘幾條柳絲輕揚過矮牆，像為她踐行。明明仍在一座府裡，明明仍是主僕，明明只是重複過千百回的出門，可碧兒卻知道，今日她踏出這道門，便是告別了。

蒲柳不堪摘月，卻仍有自身一番堅韌倔強。亭離寺外的山風，吹過春去秋來的十餘年。從前沒說過的心思，現下也不必再說了。

如今，她要有自己的人生。

商道的事情告一段落，另一處也聽到風聲，知道了曲府的變動。

這日，平國公府的老熟人趙嬤嬤便遞了口信來。

「我家二奶奶許久未見姑娘們，心中掛念，特打發我來邀二位姑娘過府小聚。」趙嬤嬤臉上不見上回的倨傲疏離，笑容和煦道：「二奶奶還說，過了暑月，府中女學要開課了，姑娘們正是要上學的年紀，不如就趁著這時節上學可好？」

清懿溫聲道：「怎好煩勞姑母，我們小門小戶，在家認幾個字就是了。」

「姑娘說的哪裡話，您二位是二奶奶的嫡親姪女，就因這份親近，我們二奶奶也沒有不盡心的道理。」趙嬤嬤笑道：「且放寬心，一應上學籌備，自有二奶奶幫著操持。八月初六，正是開課日，姑娘只管入府來。」

見對方主動拋了橄欖枝，目的也就達成。

清懿不再推辭，只略福身道：「那恭敬不如從命，煩請嬤嬤替我多謝姑母。只是我如今年紀不上不下，同去上學難免尷尬，只教姑母備著椒椒的份就是，我就不必了。」

趙嬤嬤細細忖度，尋思著確實是這麼個道理，又想著上學之事本就是個由頭，不過賣個人情罷了。目的達到，一個去還是兩個去，又有什麼差別？

這般想著，趙嬤嬤也就俐落應下了，滿面笑容道：「自然，一切隨姑娘的意。我叨擾得久了，既然話帶到了，也就不耽誤姑娘的時間，二位只消八月初六來便是。」

清懿笑道：「嬤嬤不再坐會兒？」

又是一番人情寒暄，到底將上學之事談妥了，趙嬤嬤才離去。

甫一送走她，清懿臉上掛著的客套笑容便消失了，只淡淡吩咐碧兒道：「給掌櫃們遞話吧，可以開始了。」

碧兒神色一凜，頷首道：「是。」

曲府權柄已是囊中之物，曲府之外，曾經被曲雁華奪走的財產，是時候該還回來了。清懿看向窗外，只見烈陽當頭，晴空萬里，是個極好的兆頭。

與此同時，淮安王府也在盤算上學之事。

和曲府順順利利的結果不同，王妃為兒子上學的事氣得三天沒睡好覺，現下正指著緊閉的房門，喝罵道：「有本事你這輩子別出門！你十四歲都未滿，就要跟你父親去軍營，不如教我死了，你們爺兒倆愛上哪兒就上哪兒，橫豎我看不見，倒也清淨！」

許太監趕忙上前勸慰。「使不得，使不得，您氣歸氣，可別把這不吉利的字眼掛嘴邊。不就是上學嗎？好好和孩子說就是了。您說這重話，不也刺他的心？」

「他還刺心？他十歲那年偷偷跟著他爹跑到北疆去，倘或有個三長兩短，不是拿刀剜我的心？」王妃越想越氣，眼圈都紅了。

「全家的人哪個管我傷不傷心？王爺一年裡有幾日在家？一個好好的貴胄，非往那刀劍不長眼的地方跑！有他一個也就罷了，橫豎當我守活寡，偏又生個小的和他父親一路貨色，不把命當命！就連樂綾也是個假小子，愛持刀弄棒的。我是造了什麼孽，今世竟活得這副模樣，身邊一個貼心的都沒有！」

說到傷心處，王妃捂著臉哭了起來。

許太監臉色為難，想勸慰又不知從何說起，只能使眼色打發小廝送上帕子，又擺了座椅，好教王妃歇息。

這一家子雞飛狗跳是慣有的情景。

淮安王妃許南綺出身名門，乃許太傅嫡出么女，因家中父母慈愛，兄弟姊妹和睦，自小沒受過半點苦，一向是個愛嬌的；可偏生嫁給淮安王這個不懂風情的大老粗，又生了兩個和父親如出一轍的小老粗。

平日裡，王妃慣愛侍弄花草，偶爾親製胭脂、釵環，是一個有閒情逸致的風雅之人。一時歡喜，想與人分享，全家卻沒一個捧她的場。只見她惱了，那三個才裝模作樣地哄上一哄，她便說了，也是對牛彈琴。如此算下來，反倒是許太監最貼心。

這等小事不計其數，王妃氣都懶得氣了。可最讓她難以容忍的，便是這好戰的家風。

年前，晏徽雲便說要去軍營歷練。彼時他老子正回京養傷，一聽這話沒多想便答應了。這事傳入王妃耳朵裡，當晚就把王爺踹下床趕出門去。可憐王爺正在養傷，右手打著石膏，左手小心翼翼地敲門求饒，又連聲答應不再允諾兒子去軍營的事，這才得以進屋。

第二十五章

晏徽雲對自家父親這妻管嚴的模樣甚為無語，卻也沒法子。等到年節一過，他爹回了北疆，才偷溜去了京郊大營，且又在他姊晏樂綾的掩護下，好生瞞了王妃數月。

直到前不久，王妃無意中瞧見他身上的傷，這才東窗事發，非要押著他去上學不可。

聽著院子裡的哭聲，緊閉的房門終於「吱呀」一聲開了，面容陰鬱卻又透露一絲無奈的俊美少年踏出門來，煩躁地扒了扒頭髮。「好了好了，別哭了，我去還不成嗎？」

對家裡這位愛哭的母親，他是一點法子都沒有，滿腔的戾氣都只能好生收著，低聲下氣地認栽。

王妃見他不情不願，越發哭得厲害，狠捶了他一拳。「你這個小沒良心的！我讓你上學是害你嗎？我曉得你不願去宮裡的太學，早吩咐人去平國公府打點了。我又不用你學出什麼名堂來，只要不要到軍營混得一身的傷回家，我就千恩萬謝你！日後，你便是在學堂裡闖禍我也替你兜著！」知道自家兒子脾氣不好，總要與人起衝突，原先甚至連太子的小兒子都打過。現下她卻連兜底這樣的話都承諾了，可見是被逼急了。

晏徽雲既無奈又好笑，嘆了一口氣道：「罷了罷了，我既允了您，自會做到。」

聞得此言，王妃立時止住哭聲。「當真？」

晏徽雲一挑眉。「我幾時不守信？」

知道自家兒子雖有萬般不好，卻有一諾千金這項優點，王妃的心終於放了下來，這才破涕為笑，又神清氣爽地張羅道：「行了，那快快打發人給他備好上學用的一應物件，只等八月初六送他去。」

許太監忍著笑。「是，娘娘。」

很快，一院子的人就忙活了起來，剩晏徽雲面無表情地看著自家母親說變就變的臉色，一口氣憋得說不出話。

時間一晃而過，八月初六那日，臨到出門，晏徽雲懶懶地登上馬車，一掀車簾，卻發現裡頭端坐了一個人。那人摺扇輕搖，氣度出塵，不是他那倒楣兄弟袁兆又是哪個?!

「你怎麼也來了？都一把年紀了還要回爐重造不成？」晏徽雲隨口一刺，轉頭倒在一旁靠坐著。

知道自家表弟因上學一事，不情不願，煩躁了一陣子。袁兆對他夾槍帶棒的話也不惱，只淡笑道：「某些脫韁的野馬要被上嚼子，不才在下正是那個馴馬的。」

晏徽雲眉一挑，睇眼道：「你吃飽了閒得慌要去做講師？娘娘給了你什麼好處來看著我？」

「少給自己臉上貼金。」袁兆不鹹不淡地睨他。「此番雖借著看顧你的由頭，倒還真沒工夫特意為你跑一趟。」

晏徽雲略一思量，皺眉道：「發生什麼事了？」

聽他聞弦知音，袁兆才收起漫不經心，眼底帶著幾分正色道：「我父親手底下不乾淨，他平素雖糊塗，卻沒膽子犯大錯。我查了查他近日的交際，發覺他與如今襲爵的平國公程善均來往密切。」

轉瞬便知其中深意，晏徽雲眸光一凝，眉間帶著戾氣，冷道：「姑父腦子裡長的是草嗎？自老國公去後，程家只剩空架子，他平白搭上這艘船，沒利不說，反惹一身腥。」

「我父親倒沒糊塗到這份田地。」袁兆垂眸輕笑。

因一慣的默契，晏徽雲立時便問：「程家有內情？」

袁兆並未即刻答話，他掀開車簾望去，外頭人來人往，商鋪林立，不時有叫賣吆喝聲，一派安居樂業之景。隔著一道車壁，卻似有暗流湧動，順著他平靜的話語蔓延開來。

「我著人查探了程善均的往來，發覺他有大量不明金銀入帳，其數目驚人，非尋常經營可比。細細想來，能有如此暴利之道，不再難猜。」

空氣似乎凝滯了一瞬。兄弟倆出身皇家，見識非尋常人能比。那個顯而易見的答案，在道出謎面時，便已呼之欲出。

晏徽雲沈默了好一會兒，像在消化這件事情。

片刻後，他唇角微勾，眼底卻有極深的寒意，只聽他輕啟薄唇，一字一句道：「鹽鐵生意。」

袁兆閉眸未答，手裡摺扇輕搖。白玉為扇骨，檀木為扇柄，上畫煙雨山水圖。這柄極精美的扇子握在他骨節分明的手中，竟是如此相得益彰。

「程善均狗膽包天不成？」晏徽雲寒聲道：「僅憑他一人，便是賠上整個國公府，也斷不敢碰這樁買賣。其身後必有人相助，是何人？」

袁兆緩緩睜眼，「啪」的一聲，將手中摺扇盡收。

他以扇柄敲擊掌心，發出有規律的聲響，更為當下冷肅的氣氛增添一絲道不明的詭譎。

良久，如漩渦藏與平靜湖面，他漫不經心地吐出三個字。「晏徽霖。」

霎時間，晏徽雲眉宇間戾氣橫生。「竟是他！」

晏徽霖，當今太子次子、皇太孫晏徽揚同父異母的庶弟。

袁兆眼神古井無波，淡淡地添了一句道：「今日，他也會去平國公府。」

曲雁華此番可謂是十二分的殷勤，將清殊上學之事安排得妥帖至極。才剛進園子，便有程家兩個庶女在此等候，只充當個嚮導，好教頭次來學堂裡的清殊有個照應。

甫一見著清殊，大的那個便笑著迎上前來，親熱道：「妹妹可還記得我？上回咱們見過的。我在家中姊妹裡排行老三，妳要叫我聲三姊姊才是。」

另一個笑容靦覥些，溫聲道：「我行四，也比妹妹大一歲。」

「自然記得！姑母還提過，三姊姊喚作習真，四姊姊喚作習茜，我記性不錯吧？」

這麼一說，清殊便想起來，之前老太太壽宴時，遙遙見過這兩個姑娘，彼時她們斯文有禮，不肯多說話，倒也沒什麼交集。卻沒承想，此番接觸下來，她二人身上到底是養出幾分大家氣度的，待人接物極有分寸，熱情周到又不失禮數。

想來，姑母不曾苛待過家中庶女，都一視同仁地教養著。

「妳今兒是第一回來女學，不如我做個東道，帶妳四處逛逛，熟悉熟悉園子裡的景色。」程習真在前頭領路，一面為清殊介紹。「咱們女學分為蘭心、蕙質、淑德、賢雅四院。剛入學的都在蘭心院，以兩年為期，期滿升去蕙質院。以此類推，讀完賢雅一級，方可結業。以妳現下的年紀，正是要在蘭心院就讀。」

這不就是類似於現代的教育體系嗎？七、八歲入學，十五、六歲畢業，期間還有各項考試。

清殊不由得好奇道：「倘或有年紀大的中途想進來讀書，莫不是也從蘭心院開始讀？」

一旁的程習茜笑道：「自然不是，若是真這麼讀下去，等升至賢雅院，可不成老姑娘了？她家人哪裡肯依。因此，這也是有章程的。倘有十歲以上的姑娘來上學，便由教引娘子出一套考題，姑娘有些底子，便酌情升至其他院裡，免了虛度光陰。」

清殊聽得那句「老姑娘」，臉上有些訕訕。好傢伙，讀個八年書，再如何也不到二十歲，哪裡就老了喲？不過，古人對年齡的認知到底與現代人不同，也是情有可原。

清殊正暗暗消化著，程習真又添補道：「正是這個理呢，姑娘光陰可貴。原先有家裡大人嫌女兒家讀書久的，怕回去不好婚配，不乏有好些被家裡人強帶了回去。」

清殊眉頭一皺，語氣一不留神便衝了些。「這怎麼行？讀書讀一半，便要回去嫁人不成？」

「小丫頭不害臊，快休提那兩個字。」程習真「噗哧」一笑，輕瞋她一眼，復又收斂起笑意，眸中閃過一絲無奈道：「父母之言，哪有違抗的餘地？還不是說回去便回去了。女學剛興起那會兒，甚至一個院的人都湊不齊呢。後來有幾個貴女做表率，人才多了起來，可中途輟學的仍不在少數。」

清殊抿唇不語，片刻後才問道：「就一點法子也沒有嗎？」

「現下已經是極好的情形了，至少不曾有父母強押著回去的。原先，那才叫沒法子呢。」

程習真眸光黯淡，與程習茜對視一眼，都想起幾年前的那樁公案。

前些年的淑德院裡，出了個極有才名的姑娘，不僅通曉琴棋書畫，甚至連隔壁學塾的四書五經都裝入腹內。有次，教引娘子命眾女作命題詩文，旁的貴女堆了滿紙錦繡，只有她，託物言志，竟生生寫出一篇經世之道來。

原來，姑娘時時偷聽隔壁先生講學，知道這世上不僅有彈琴刺繡的風雅學問，更有「為天地立心，為生民立命」的鴻鵠之志。

人一旦開了竅，眼前的迷霧就會消散。姑娘不懂何為女子「該」或「不該」的學問，她只知道，胸中彷彿有一顆種子，生根發芽，極欲破土而出。

看到這篇文章，教引娘子先是大喜，後又大驚。最終，它被呈在教引大娘子、趙女官的案頭。

熹微燭光下，趙女官反覆誦讀了數遍紙上的文字，直把每一句都烙印在了心口。良久，室內唯餘她無力的一聲嘆息，與近乎呢喃的話語。

「為何是女子，又為何不能是女子？」

最後，那張寫得出類拔萃的文章，卻在火苗上，燃盡成灰。

趙女官命眾娘子不許再提此事，又命當時的學生三緘其口，只當從未有過這篇文章。可是，倘或一個人的思想有了轉變，靈氣到底隱藏不住。她開始明辨是非，知曉對錯，勇於反抗，不再唯命是從。

數月後，一封退學書遞到了學堂裡，來信者是姑娘的父親——朝中重臣，戶部尚書盧方槐。隨之而來的，是盧大人客套有禮的說辭。

「小女已到適婚之齡，配了裘大人家的小兒子，特來向姑姑請辭。多謝姑姑多年教導，實在費心。只是小女秉性頑劣，多餘的學問反倒改變了她的性情。」

聽得這番話，趙女官第一次失了涵養。她千方百計護著的學生，數十年難遇的女中君子，竟教自己的父親生生斷了學路！

那裘大人家的兒子是出名的紈袴，為了折斷女兒的羽翼，竟胡亂將她許給這等人。

一連數日，為了這個姑娘，趙女官四處奔走，豁出一切，不惜求到皇后娘娘面前，只說不過兩年工夫，待姑娘學成，再做打算也不遲。

可這權宜之計並未奏效。

皇后娘娘遲遲不答話，趙女官心下一凝，抬頭卻見娘娘臉上竟有哀戚之色。

「錦瑟……妳來遲了，那姑娘……」

娘娘的話未盡，有太監替她續上。那一瞬間，趙女官只覺耳中轟鳴，如墜冰窟。

「什麼？翩雪她……」

盧尚書家的么女，盧翩雪，於今晨在家中自縊。

銜金含玉出生的貴女，自縊。她以如此慘烈的方式，燃盡身體裡最後的焰火。為了虛無縹緲的志向，為了心中那團尚在襁褓中的火苗，為了掙出泥濘的那一絲微小的希望……值得嗎？後來，趙女官無數次問自己，她授與姑娘詩書，教她們自立於世間，到底是對是錯？

溫室的花朵，倘或不曾見識外頭的風雪嚴寒，便不知這世間有松柏的蒼翠，有雲雀的自由。可她們卻能安穩一世，仍做一朵盛開的花，姣好地依附樹木生長。不至於蚍蜉撼樹，試圖以脆弱的莖葉，飛蛾撲火般撞開精緻的牢籠，落得個零落成泥的下場。

輾轉難眠的夜裡，趙女官找出藏在匣子底下的半篇文章——雖付之一炬，卻到底不忍心，救了半張回來，悉心留著。借著昏暗的燭火，她撫平上頭的每一寸褶皺。

「紅妝亦有凌雲志，飲將鮮血代胭脂……」

她反覆咀嚼這句話，最終，眼神平靜而堅定。

何其有幸，她能教出這樣的學生。倘或有先驅者以身殉道，後繼者豈能怯懦？

那日後，趙女官長跪坤寧宮外三日，求得一道懿旨，凡入女學者，非自願不得輟學，若有外力相逼，可請皇后降罰。自那日起，至今日，女學方才有片刻安穩。

聽得程習真寥寥數語，清殊沈默許久。她從未想過，這所在她看來平平無奇的學堂，竟有人用命去爭取。也是這一刻，她忽然明白，姊姊很久之前說的那句話。

「妳棄之如敝屣，卻是叫旁人爭得頭破血流。」

同樣，她也是第一次如此真切體會到，一個女子活在世上的艱難。

「是我不好，開學頭一天，就說些讓妳不高興的話。」見清殊情狀，程習真又揚著笑臉，與習茜妳一言、我一語地逗她說話。

清殊捧場應和，心下到底沒了方才的興味。

程習真敏銳，心思一轉，又彎著眼道：「來，方才給妳介紹了各院的規制，現下跟妳說說妳們蘭心院的要緊事。」

清殊順勢問：「什麼要緊事？」

習真賣了個關子，與習茜對視一眼才笑道：「舉凡人多的地界必有頭領，譬如賢雅院的項連伊，淑德院的裴萱卓，都是姑娘裡拔尖的。自然，妳們蘭心院也有這麼個小頭領。」

清殊一樂，這不是古代版校霸嗎？

「妳們院裡這位頭兒，不以詩文書畫取勝，唯精通吃喝玩樂，是個教娘子們頭疼的主兒。」習真捂嘴笑道：「日後若見了她，可要躲遠些，別教她帶壞了妳。」

這會兒，清殊更樂了，倒真被吸引住了注意力，問道：「是哪家的姑娘？姓甚名誰？」

程習真笑了好一會兒，正要開口，卻有一道清脆十足的女聲自頭頂傳來。

「好妳個真兒，背地裡說我壞話，枉我成日姊姊長、姊姊短地叫妳呢！」

一時間，眾人紛紛尋找聲音的來處，最終定睛於側旁那棵蓊鬱的大樹上——一個八、九歲的紅衣小姑娘，蹺著腿坐在樹幹上，嘴裡叼著一根狗尾巴草。現下因生氣，正直了身子起來，索利地往下爬。

旁人心驚膽戰，她卻若無其事，看那架勢，是個熟練的好把式。

「可見不能背後說人，竟教妳當場逮住。」雖這般說，程習真臉上卻沒有愧色，仍笑意盈盈。

「哼，我大人有大量，不與妳計較。」紅衣小姑娘兩三下便跑到三人身邊，大眼睛掃視一圈，最終定在清姝身上。她雖故作倨傲神情，一雙大眼睛裡卻掩飾不住滿心的好奇。

清姝也定定瞧著她，雖想笑，眼睛彎了彎，到底強忍住了。可對面貨真價實的小姑娘卻沒這好定力，只聽她乾咳了兩聲，顧左右而言他地瞎掰扯了兩句，最後才狀似不經意地看向清姝。

「咦？這還有個新來的姑娘？」她一本正經道：「咳咳，我叫盛堯，請問妳是誰？」

清姝鞠躬。「我是曲家行四的姑娘，妳叫我清姝吧！」

兩個小姑娘相視而笑，看對方皆是順眼。

清姝就此開啟自己的「學生時代」，也認識了第一個同齡小夥伴。

——未完，待續，請看文創風1277《攀龍不如當高枝》2

菱昭㊔

朝朝暮暮，
相知相伴

8/6
出版

不可能吧？老天爺良心發現了，居然這麼眷顧她嗎？
她重生已經很不可思議了，沒想到連未婚夫也重生了！
原來上輩子他也沒能善終，跟她死在了同一天，
這下可好，有人能一起商量，她不用孤軍奮戰了，
何況她還得知了一個驚世秘密，這回他們的活路更大了吧？

文創風 1280-1282《姑娘這回要使壞》全三冊

身為姑蘇首富唯一的女兒，青梅竹馬的未婚夫裴行昭更是江南首富獨子，
沈雲商本以為自己應該享受榮華富貴，一輩子無憂無慮到老的，
萬萬沒想到，她紅顏薄命，只活到二十歲就香消玉殞，且是被人毒死的！
只因他們招惹來了二皇子那表面仁善、內心狠毒的煞星，
對方以權勢及彼此的家族性命相逼，硬生生威脅他們小倆口退婚，
小竹馬被迫娶了二皇子的親妹妹，成了人人稱羨的駙馬爺，
而她則嫁給了二皇子的摯友，讓京城許多女子心碎嫉妒，
兩樁婚姻，四個被拆散的人都不幸福，唯一開心的只有荷包滿滿的二皇子，
可她至死都沒能明白，二皇子死死拿捏住她，究竟是想從她這裡得到什麼？
她猜是出嫁前母親鄭重傳承給她的半月玉珮，難道……那玉珮有何秘密？
無論如何，幸運重生的她決定了，這回她要盡情使壞，為自己搏一條活路！
這一次不管二皇子怎麼威脅逼迫、使盡下三濫的手段，她都堅決不退婚，
裴行昭生是她的人，死是她的鬼，誰想要他，就得從她的屍體上踏過去，
何況她吃慣了獨食，誰想從她手裡搶，她就是死也要咬下對方一塊肉！
當然，她心裡清楚，胳膊擰不過大腿，所以得找個能讓二皇子忌憚的人！

途圖 著

揮灑自如敘情高手

8/13 出版

吃下她親手做的料理，就會洩露內心的秘密……
老天爺就是這麼不公平，不僅讓她重活一世，還成了超能力者，
她可得好好發揮這個優點，撫慰人心、收穫幸福人生！

文創風 1283-1285《禾處覓飯香》全三冊

江南，蘇心禾穿越而來，成為當地一位名廚的寶貝獨生女；
京城，李承允自北疆隨大軍歸家，繼續當他的平南侯府世子。
看似八竿子打不著的兩人，卻因一樁娃娃親走到了一起。
前世身為小有名氣的美食部落客，蘇心禾的廚藝不在話下，
加上生得貌若天仙，怎麼看都是被人疼寵的命，
誰知從侯府的下人到城裡的路人全說她家挾恩逼娶，
活像她玷污了他們心中的帥氣大明星——李承允似的。
罷了，在她看來，這表面圓滿、實則破碎不堪的平南侯府，
比她這個在單親家庭長大的小姑娘更需要救贖，
就讓她揮動料理魔法棒，滋潤每個人乾枯的心靈……

同場加映 7冊折扣後再減200元

文創風 1220-1223《小虎妻智求多福》全四冊

穿成大靖朝將門千金，寧晚晴卻發現原主去世的案情不單純，
為了讓東宮成為家人的靠山，她決定嫁給草包太子趙霄恆，
孰料備嫁時又起風波，前世身為律師的她連上山燒香都能遇到案件，
她當場戳穿神棍騙局，再搬出太子的名號，將犯人送官嚴辦！
這些大快人心的事全傳到趙霄恆耳裡，他挑著眉問她一句——
「還沒入東宮就學會拉孤墊背，以後豈不是要日日為妳善後？」
趙霄恆不呆耶！她幫百姓主持公道，他替她撐腰豈不是剛剛好～～

莫顏著

穿到古代衝事業，
女子也能闖出一片天

8/20
出版

虞巧巧最看不慣欺男霸女的惡人，
尤其這些惡人錢還很多，只要一掏出銀子，有罪都能變無罪，
她的刺客生意專門教訓這種人，懲奸除惡順便賺銀子，一舉兩得！

文創風 1286-1287《娘子出任務》全二冊

虞巧巧身為特勤小組的探員，敢拚敢衝，是國家重點栽培的人才，
她彷彿可以看見前途一片美好，卻因為一次穿越，全部化為泡影！
如果穿成個官府捕快，至少離她的本職沒有太遠，她可以在古代繼續衝事業，
可她穿成了平凡人家的姑娘，每天刺繡做女工，不憋死才怪！
好唄！既來之則安之，那自己「創業」總行了吧？
她靠著俐落的身手和大剌剌的性格，網羅了一票手下，
創立「刺客公司」，專接懲凶罰惡的案子，
管他是紈袴子弟還是市井流氓，只要對方夠壞，你付的銀子夠多，她就接！
於是她有了兩個身分，平時是乖巧的姑娘虞巧巧，
私底下則是刺客公司的頭頭「黑爺」，不論好人壞人聽到這威名都嚇得發抖，
唯有一人例外——笑面虎于飛，他是衙門捕快中的佼佼者，
破了不少大案，也建了不少奇功，
這男人似乎把「黑爺」列為頭號追捕對象，讓她的每個任務都變得棘手起來……

同場加映

文創風 1210-1211《國師的愛徒》全二冊

司徒青染身分高貴，乃大靖的國師，受世人膜拜景仰。
他氣度如仙，威儀冷傲，連皇帝也要敬他三分。
他法力高強，妖魔避他如神，唯獨一個女妖例外……
桃曉燕出身商戶，家裡富得流油，
從現代帶來的經商天分，讓她輕易贏得下一任家主位置！
街頭巷尾無不知曉她能幹，可這樣的她，卻被勞什子國師當成了妖？!

2024年7月出版

異世娘子廚師魂

文創風 1274～1275

只要勇於爭取，小廚娘也能成為大明星！
從雲端跌入泥裡並不是世界末日，可怕的是失去對生命的熱情。
她不但要用廚藝發家致富，更要把握得來不易的幸福……

跳脫框架鋪陳專家／顧非

如果可以，季知節希望自己穿越到古代的故事能淒美一點，
像「知名廚神出海捕撈食材時不幸葬身大海」之類的，
偏偏她就是被幾顆荔枝給噎死，丟臉丟到姥姥家了。
只不過，與其糾結是怎麼「過來」這裡的，
不如專注於解決眼前的困境——舉家遭到流放，溫飽都成問題。
幸虧她有那麼一點本事，能靠做些吃食生意賺錢，
不僅是自個兒的親人，還拉拔同樣落難的未婚夫江無漾一家，
讓大夥兒刮目相看不說，甚至對她肅然起敬。
然而，季知節萬萬沒想到，她所做的一切竟引發連鎖效應，
在改變自身命運的同時，也捲入了推翻朝廷的漩渦……

為流浪貓狗加油 和貓寶貝 狗寶貝 廝守終生(一定要終生喔！)的幸福機會

對人來說，貓寶貝狗寶貝只是生活的一部分，但妳(你)對牠們來說，卻是生活的全部，領養前請一定要考慮清楚——

▲ 美好的黑帥兄弟——小景和小新

性　　別：男生
品　　種：米克斯
年　　紀：5個月
個　　性：小景親人親貓；小新親貓，對人稍微害羞
健康狀況：已施打兩劑預防針，
　　　　　貓愛滋、貓白血、毛冠狀病毒檢測皆陰性
目前住所：新北市永和區

本期資料來源：Ezojze ZackEs HuangWu個人臉書 https://www.facebook.com/ezojze.huangwu.94

『小景和小新』的故事：

一如往常在TNR（誘捕、絕育、放回原地）抓紮母貓的時候，發現有兩隻小幼崽躲在廟的柱子後面，怯生生看著我們。牠們肚子餓得發慌，卻不敢出來吃東西，看起來瘦巴巴、楚楚可憐，這就是我們與小景、小新的初相遇。

剛開始，貓的本能讓牠們害怕人類，但是在家裡成貓的帶動之下，牠們和人類的互動有極大的進步。小景（賓士哥哥）長相老成，個性溫和穩定，時常自在地在屋子裡走來走去觀察所有事物，對其他成貓尊重、不挑釁；小新（黑貓弟弟）則是吃貨，個性好惡鮮明，不喜歡的東西會表達抗議，之前看到人會飛速遁走，但最近已經開始給摸了。

兩兄弟每天努力學習社會化，尤其去過三、四次送養會之後，對人類的信任度大幅增加。您想要一次收服兩隻萌寶嗎？上臉書私訊或加Line ID：enzoesther，叩叩Esther先幫您鑑定家中的防護措施，讓美好緣分永駐您家！

認養資格：

1. 認養人須以硬網格、高抗拉力網或粗尼龍繩網做防護。
   各式紗窗皆無法阻擋貓咪爪子抓破，即便綠色塑膠園藝網在日曬之下會脆化，也不是理想的防護材料。
2. 須同意簽認養寵物切結書。
3. 須同意送養人日後之追蹤家訪，對待小景和小新不離不棄。

來信請說明：

a. 個人基本資料：姓名、性別、年齡、家庭狀況、職業與經濟來源等。
b. 想認養小景和小新的理由。
c. 過去養寵物的經驗，及簡介一下您的飼養環境。
d. 若未來有結婚、懷孕、出國或搬家等計劃，將如何安置小景和小新？

風 文創

1276

攀龍不如當高枝 1

國家圖書館出版品預行編目資料

攀龍不如當高枝 / 小粽著. --
初版. -- 臺北市 : 狗屋出版社有限公司, 2024.07
冊 ; 公分. --（文創風 ; 1276-1279）
ISBN 978-986-509-539-0（第1冊 : 平裝）. --

857.7　　113007935

著作者	小粽
編輯	林俐君
校對	沈毓萍
發行所	狗屋出版社有限公司
地址	台北市104中山區龍江路71巷15號1樓
電話	02-2776-5889～0
發行字號	局版台業字845號
法律顧問	蕭雄淋律師
總經銷	知遠文化事業有限公司
電話	02-2664-8800
初版	2024年7月
國際書碼	ISBN-13　978-986-509-539-0

本著作物由北京晉江原創網絡科技有限公司授權出版

定價290元

狗屋劃撥帳號：19001626

網址：love.doghouse.com.tw　E-mail：love@doghouse.com.tw